세계 단편소설 걸작선

세계 단편소설 걸작선

개정판 1쇄 펴낸 날 | 2004년 4월 10일
개정2판 1쇄 펴낸 날 | 2010년 7월 23일

펴낸이 • 임형욱 | 지은이 • 오 헨리 외 | 엮은이 • 이용범
옮긴이 • 구광본 유은경 임형욱 장혜영
편집주간 • 김경실 | 편집장 • 정성민 | 디자인 • 조현자 | 영업 • 이다윗
펴낸곳 • 행복한책읽기 | 주소 • 서울시 중구 필동3가 15 문화빌딩 403호
전화 • 02-2277-9216,7 | 팩스 • 02-2277-8283 | E-mail • happysf@naver.com
필름출력 • 버전업 | 인쇄 제본 • 동양인쇄주식회사 | 배본처 • 뱅크북
등록 • 2001년 2월 5일 제2-3258호 | ISBN 978-89-89571-67-4 03890 값 • 10,000원

세계
단편소설
걸 작 선

오 헨리 외 지음
이용범 엮음

행복한책읽기

사랑은 누구에게나 특별하게 다가온다. 그러나 아이러니컬하게도 이 세상에 특별한 사랑이란 없다. 이 세상에 존재했던 사랑 중에 소중하지 않은 사랑은 하나도 없기 때문이다. 그러므로 사랑은 누구에게나 특별한 것인 동시에, 누구에게나 공평하게 찾아오는 전염병 같은 것이다.

누구나 한 번씩은 사랑의 열병을 앓는다. 사춘기의 첫사랑에서부터 노년의 로맨스에 이르기까지, 그들이 앓은 열병의 깊이는 같다. 따라서 거지의 사랑도, 왕족의 사랑도, 예술가의 사랑도, 그리고 성자의 사랑까지도, 사랑은 특별한 것인 동시에 보편적이다.

무수한 세월이 흐른다 할지라도, 아마 사랑은 모든 이에게 영원한 테마가 될 것이다. 사랑이 인간의 근본적 욕망과 손을 맞잡고 있기 때문이다. 인간에게 있어서 사랑하고 싶은 욕망, 사랑 받고 싶은 욕망은 끝내 해소되지 않을 것이다. 완전히 타오르고, 완전히 해소된 사랑은 영원히 존재할 수 없다고 보이기 때문이다.

그리하여 사람들은 오늘도 사랑의 욕망을 꿈꾼다. 대부분은 고급한 사랑을 원하지만, 사랑의 품격은 원시시대부터 지금까지 별로 달라진 것이 없다. 도대체 야만적이지 않은 사랑이 존재할 수 있는 것일까. 완력과 근육이 필요했던 원시인들의 사랑이, 황금과 권력이 필요한 오늘날의 사랑보다 더 야만적이었다고 말할 수 있을까.

이 책에 실린 열한 편의 사랑 소설은 우리나라를 비롯한 세계 명작 단편에서 가려 뽑은 것이다. 물론 사랑이란 사람에 따라 다양한 형태로 해석되고, 실제로 그렇게 존재한다. 이 책에 실린 열한 편의 소설 역시 다양한 사랑의 모습을 그려내고 있다.

사실 사랑을 해석하려는 시도는 무의미하다. 그것은 아프고 방해받으며, 절망한다. 또한 그것은 기쁘고 가슴 설레며, 획득된다. 사랑은 지금까지 그렇게 존재해 왔고, 앞으로도 영원히 그렇게 존재할 것이다.

그러므로 사랑의 진리 같은 것은 없다. 그것을 탐구했던 모든 사람들의 결론은 분명하다. 그들의 결론은 이렇다.

사랑하라, 아파하라, 그리고 성숙하라.

2004년 1월
이용범

차례

김용익

꽃신

김용익(1920-1995)

1920년 경남 통영 출생. 주로 미국에서 활동하며 영어로 작품을 발표했다. 이방인 작가로서 그는 자신의 어린 시절과 6.25를 전후한 어려운 시절 맨몸으로 살아가는 사람들의 이야기를 토속적인 언어로 작품에 담아 내었다.

작품집으로는 『한국의 달』 『행복의 계절』 『뒤웅박』 『푸른 씨앗』 『겨울의 사랑』 『양산골에서 온 신발』 등이 있으며, 단편 「꽃신」은 여러 나라에서 우수 도서로 선정, 교과서에 실렸으며, 가장 아름다운 소설로 세계 각국 주요 매체에 19회 소개되었다.

꽃신
The Wedding Shoes

그래도 나는 시장에서 노인의 앞 판자 위에 놓인 꽃신을 보다가 오고 또 오곤 했다. 앞으로는 다시 오지 않으리라는 결심이, 올 때마다 이 시장 모퉁이에 더 오래 있게 한다. 다시 오면 꽃신이 한 켤레씩 눈에 띄지 않았지만 사려고 머뭇거리는 사람은 볼 수 없었다. 슬퍼서는 안 될 일이 슬프게 되어 버린 어떤 결혼의 내 추억처럼 꽃신을 사 가는 사람은 눈에 잡히지 않았다.

지금 저 판자 위에 꽃신 다섯 켤레만이 피난민으로 가득 찬 시장의 공허를 담고 있다. 그것이 다 팔려 가기 전, 한 켤레 신발을 위해 돈주머니를 다 털어 버리고 싶지만 결혼 신발 아닌 슬픔을 사지나 않을까 두렵다.

늦가을 채소장수와, 외롭고 미신을 좇는 얼굴을 보며 중얼거리는 점쟁이 사이에 앉은 신장수. 시장에 햅쌀을 찾아다니던 그날 나는 이 노인을 보고 가까이 다가갔다. 내가 부산에 오기 전, 우리 집 울타리 뒤에 살던 신집[靴店] 사람이라 알았을 때 걸음은 멈춰졌다. 전쟁을 피해 꽃신을 메고 온 그의 모습이 눈에 선하다. 가슴이 철렁하고 쓰라렸다. 나는 원한에 찬 말을 마음으로 울부짖었다.

'3년 묵은 빈대가 탄다면 삼이웃이 불타도 좋다!'

신집 사람——그의 딸에 대한 청혼을 거절하고 저희 세업世業을 자랑하며 백정인 우리를 모욕하던 그 입, 슬픔이 복받쳐 굳게 주먹이 쥐어진다. 신집 부인이라면 인사를 했을지 모르지만 저 노인에게 내가 인사를 하다니, 결코. 그의 집에 갔었던 날이 어제같이 생생하다. 못자리에 비친 그림자처럼 언제나 내 마음에 그림자를 던져 주었고 어디로 가든 그 일은 내 눈에 앞선다.

별안간 비바람이 불던 다음 날, 마을을 둘러싼 네 개의 언덕과 푸른 하늘 사이에 공기는 맑고 풍성하여 꿈꿀 수 있는 그 거리, 농부들이 황금빛 새 짚으로 단장한 마을 초가들은 젊고 매끄럽게 보였다. 우리 집 처마 끝에 집을 짓고 사는 시끄러운 참새들이 수수밭으로 날아가기 전, 이른 아침 아버지는 암소를 사러 부산으로 떠났다. 그날 아침 농부 몇 사람이 자식들 혼인날에 쓸 갈비, 쇠대가리 등을 구하러 왔다. 그들은 밭 너머 저편에 있는 사람에게 얘기하듯 경쾌한 목소리로 떠들어댔다. 모두 중매쟁이 입에서 나온 듯싶은 좋은 얘기만 하면서 아들, 혹은 딸 사돈이 될 집안 자랑을 하고 있었다.

"우리 혼인날 다음에 메뚜기가 짝을 지을 거요."

늙은 농부가 말했다.

"햅쌀은 났고 설렁설렁한 바람이 두 사람을 이불 속에 몰아넣을 거요. 잔치 음식은 쉬지 않지, 온 마을 사람은 잔치에 왔다가 달이 훤한 언덕을 넘어 돌아갈 때 장고 같은 배를 두들기며 우리 신랑 신부 잘 살라고 노래하겠지."

그들은 해가 언덕과 하늘 복판 사이에 걸린 술때까지 말하고 있었다. 떠날 때 그들은 신집 지붕에 누운 커다란 호박을 보고 하는 말이,

"호박이 너무 커서 지붕이 내려앉지나 않을까?"

몇 해 이엉을 갈지 않아 빛깔이 거무칙칙하고 호박의 무게도 겨웁게 보였다.

농부는 말을 이었다.

"우린 풋고추 시절에는 꽃신 없이 혼인 못할 거로 알았지. 우리보다 자식놈들이 더 똑똑하다 생각지 않소? 그놈들은 돈 먹는 꽃신보다 고기를 사라 하니."

우리 집은 조용해졌다. 어머니는 그들이 떠들지 말았으면 했다. 그들이 와서 자식 혼인 얘기를 하고 가는 날이면 신집 사람은 술을 마시고 밤늦게 돌아와 온 동리를 잠 못 이루게

했다. 나는 왜 그가 상심해하는지 알고 있다. 꽃신을 맞추러 가는 사람이 거의 없기 때문이다.

그가 젊었을 시절, 아니, 몇 가을 전만 해도 농부들은 꽃신부터 맞추러 갔었다. 농부들은 신집에서 중매쟁이 말을 하며 쌈지의 담배가 다 떨어져야 겨우 일어섰다. 그리고 나서 그들은 울타리 너머 우리를 불러 고기가 얼마 필요하다는 말을 건넸다. 마을 아낙네들은 곧잘 찾아와 신집 사람에게 누가 꽃신을 맞췄는지 그가 들은 얘기를 묻곤 했다. 신집 사람은 마을 일을 다 알고 있었다. 어머니는 손님을 기다리면서 한숨 쉬고 부러워했다.

"신집 문턱은 손님들 발로 닳아빠지는데……."

이제는 해마다 울타리 너머로 신집 찾는 손님이 적어졌다. 그것은 오래전 일이 되었다. 그 대신 그들은 우리 집에 와서 고기를 주문하며 혼인 얘기를 했다.

그날 무엇이 나를 구혼하러 가게 했는지. 붉고 거무스름한 단풍잎 사이의 살랑 부는 가을바람 탓일까? 아름다운 하늘빛 탓일까? 결혼 얘기에 내 마음이 설렌 탓일까? 아마도 화사한 그날을 엮을 오색무지개 가락이 오랜 세월 머뭇거렸던 내 발길을 그 집으로 돌려놓았을 게다. 신집은 그 앞에서 마을 아낙네가 '엎어지면 코 닿을 곳이 백정네 집이오' 하고 나그네에게 가르쳐 줄 만큼 가까웠다.

그러나 구혼할 것을 생각할 때 신집은 언덕 너머로 물러가 버린다. 내 마음은 여러 해를 걸쳐 많은 언덕을 넘어왔으며, 그날 저녁 마침내 목적지 가까이 닿은 것이다.

신집 딸은 어느 일갓집 부엌아이로 가고 없었다. 신집 사람도 출타 중이었고, 그의 부인이 고추를 따면서 인사했다. 처음에 내 마음을 이야기하기 전 다른 말을 해야겠다 생각했다. 그러나 내 목은 메어 말이 나오질 않았다. 부인의 빠진 볼에는 문 앞에 빚쟁이가 왔을 때 볼 수 있는 슬픔을 띠고 가을 햇빛 아래 있었다. 드디어 나는 빚진 돈 때문에 온 것이 아니라는 말을 했으나 다음 말이 안 나왔다. 숨 막히는 몇 순간이 흘렀다.

"따님한테 장가들겠소!"

소리쳤다. 나는 부인을 바라보지 못했다. 아이 아버지와 상의하겠다는 말이 들려왔다. 나는 눈을 들었다. 부인의 얼굴에는 기쁜 응낙이 있었다. 다음, 부인이 무슨 말을 했는지 기억할 수 없다. 그 자리를 떠났을 때 나는 부인의 행복스런 얼굴에 모든 내 감정을 담은 눈을 남겨 놓고 온 느낌이었다. 집에 돌아와서 어머니에게 말했을 때 그는 자신 있게,

"요다음 네가 그 집을 찾아가면 신집 사람은 한 바짓가랑이에 두 다리를 끼고 서둘며 널 맞이할 게다."

그날 밤 잠을 못 이루었다. 나는 신집 사람이 돌아왔는지 알려고 여러 번 들락거렸다. 서리 맞은 낙엽과 귀뚜라미 울음

속에 나는 내 생애의 가장 찬란한 순간을 예고해 줄 그의 발소리를 기다렸다. 언덕 위의 반짝이는 별들이 어쩌나 가까이 보이던지 연이 닿을 것만 같았다.

나는 내 결혼의 방해가 될 아무것도 생각할 수 없었다. 이웃사촌이라면 그들이야말로 가장 가까운 사촌이겠지. 두 집 담 사이에 자란 표주박은 싸움 없이 나누었고, 아버지는 내가 기억할 수 있는 옛부터 신집에 쇠가죽을 팔아 왔다.

요즘에 와선 코 높은 그는 오지 않고 부인을 보내서 다음 달에 돈을 갚을 테니 쇠가죽 한 가음을 팔라 했다. 우리는 지불할 능력이 없음을 알면서도 두 켤레 신발을 만들 수 있는 쇠가죽을 가져가게 했다.

신집 사람은 신발 재료가 없어지면 홍겨운 노래도 슬픈 가락으로 투기며 술이 취해 밤중에 돌아와서 마을 사람을 깨웠다. 신집 부인은 길에서 나와 부모를 우연히 만나면 별안간 엉뚱한 동리 소문을 얘기하고 도망치듯 가 버린다. 부인은 빚 얘기를 꺼낼까 봐 그랬던 것이다.

신집 사람은 나를 좋아했다. 내가 울타리 높이만큼 클까 말까 했을 때 그는 일방[工房]에 흩어진 줄, 끈, 바늘 따위를 치우고 나와 그의 딸의 자리를 마련해 주었다. 그가 쇠가죽 바닥에 둥근 은빛 못을 박고 화려한 비단에 풀칠하여 붙이고 신발 코에 알맞은 빛깔의 장식을 하는 것에 나는 정신이 빠졌다. 그는 언젠가 나에게 이런 말을 했다.

"네가 커서 장가들 때는 너하고 너의 신부, 중매쟁이를 위해 제일 예쁜 꽃신을 만들어 줄게."

다시 어느 날 그는 내 얼굴을 한참 보고 있다가 자기 딸을 힐끗 쳐다보며,

"상도야. 너는 얼굴이 깨끗하고 잘생겨서 장차 중매쟁이 신발이 닳아지지 않겠다. 그러나 신부집 부모는 중매쟁이가 나서기를 바란단다. 그 은방울 같은 구수한 이야기가 부모들 마음을 흐뭇하게 해 주거든."

그의 눈은 꽃신 쪽으로 내려갔으나, 미소를 머금은 입은 나를 향하고 있었다. 언제나 나는 신랑 신부, 중매쟁이 얘기를 하는 그의 비뚤어진 입에 마력을 느꼈다. 그때 그는 한 달에 꽃신, 적어도 신랑, 신부, 중매장이의 꽃신 세 켤레를 만들어 생활했다.

그의 딸과 나는 훗날 언덕을 두 개 넘어 학교에 같이 다녔다. 신집 사람은 딸에게 꽃신을 신겨 학교에 보냈다. 그녀만이 꽃신을 신었기 때문에 다른 애들처럼 뛰지 못하여 그녀는 가끔 꽃신 신기를 좋아하지 않았다.

신집 사람은 담뱃대를 물고 한 켤레의 신발을 내밀며,

"상도야, 옥색 비단과 빨간 치레가 예쁘지 않어? 내 딸이 이걸 신으면 더 예쁘지."

나는 진심으로 고개를 끄덕였다. 내가 만일 여자로 태어난다 할지라도 꽃신 신는 것 이외 좋은 일이 있을 성싶지 않

았다.

마을 아낙네들은 부처님처럼 그녀 눈 사이에 난 사마귀와 볼의 보조개를 보고 남자깨나 끌겠다 했지만, 나는 그녀의 얼굴을 생각해 본 적이 없고 다만 그녀가 신은 꽃신을 좋아했다. 그녀는 발이 부르틀까 봐 흰 버선을 신었는데 학교로 가는 좁은 길에서 나는 가끔 그녀보다 뒤져 가며 꽃신에 담긴 흰 버선발의 오목한 선과 배[木船] 모양으로 된 꽃신을 바라보았다. 그 선은 언제나 달콤한 낮잠을 자고 있는 느낌을 주었다.

비가 온 다음 날 물이 괸 길에서 나는 그녀를 업고 넘어지지 않으려 애썼다. 그녀는 청개구리처럼 등에 꼭 매달렸는데 나는 내 허리 양 켠에서 흔들리는 꽃신을 얼마나 사랑하였던가.

내가 진급하자 차츰 신집 사람을 보기 힘들었다. 나는 집 밖의 일에 관심을 갖게 되었고 신집 사람도 결혼에 대한 이야기를 별로 하지 않았다. 내가 누구 신발을 만드느냐고 물어도 그는 입을 봉하고 말이 없었다. 그의 비뚤어진 입은 깊은 상심을 나타내고 있어 가까이할 수 없었다. 하루는 그 입이 갑자기 열리어 나를 놀라게 했다.

"요즘 혼인은 너무 서둘러서 메뚜기 헐레식이다. 혼삿날에 양화 고무신을 신거든. 내 딸은 고무신을 백날 신기느니보다 단 하루라도 꽃신을 신기겠다."

그때서야 주문도 받지 않고 꽃신을 만들고 있는 것을 깨달았다.

꽃신의 코를 바라보고 있으면 무엇을 보고 있는지, 잊어버린다. 아직 덜 된 꽃신은 점점 커져서 해도 없는 바닷가에 사공 잃은 배가 떠내려가는 것 같았다.

나는 왜 농부들이 저렇게 아름다운 꽃신을 원치 않는지 알 수 없었다. 신집 사람은 목덜미를 붉히며 말을 이었다.

"그놈들은 꽃신 한 켤레 값이면 고무신 세 켤레 살 수 있다고? 난 그들이 고무신 백 켤레 갖다 주어도 내 꽃신 한 켤레하고 바꾸지 않을 끼다."

어린 내 마음에도 그가 자꾸 가난해지는 것을 짐작했다. 오는 여름이면 비가 샐 지붕을 가을이 되어도 갈지 못했다. 그의 딸이 아주 적은 돈으로 고기를 사러 왔을 때, 나는 얼마나 아버지가 덤을 많이 줄 것을 원했는지……. 아버지는 꼭 덤을 주었다. 여름이 다 갔을 무렵 태풍 경고에 설레이고 있는데 신집 부인과 딸은 조심스레 꽃신을 한 보따리 싸 가지고 우리 집에 와서 밤을 지새웠다. 그들은 그들 집의 지붕이 날아갈까 봐 두려워했던 것이다.

봄철 어느 날 그녀가 학교를 그만두고 부엌아이가 된다 했을 때까지 나는 그렇게 딱한 줄은 몰랐다. 나는 그녀에게 떠나지만 않는다면 집에서 고기를 훔쳐내겠다고 말하며 애원했으나 기어코 떠나 버렸다.

그녀는 기와집에서 일하고 있었다. 학교에서 집으로 오는 길에 나는 그 기와집 옆을 지나지만 안에 들어가지는 못했다. 나는 울타리하고 집 사이에 난 틈에서 발돋움을 하고 목을 뽑아 한 번만이라도 그녀가 마당에 나올 것을 기다렸다. 특히 비라도 심하게 온 다음이면 겨우 꽃신만이 치마 밑에 보인다. 왔다갔다 하는 꽃신은 공중에 춤추는 것 같아 얼마나 아름다웠나! 나는 기와집에서 내 꽃신을 빼앗아 갔다고 생각했다.

그해 온 봄철 동안 청개구리가 논에서 울 때 나는 그 공중에 뜬 꽃신을 보러 갔다. 그러나 얼마 가지 않아 내가 뜰 안을 기웃거리는 것을 본, 턱이 두 개 있는 기와집 뚱보영감이 앵두나무를 심어 울타리의 틈을 가려 버렸다. 해가 저물면 마을 집들에 등잔이 켜지듯 소문은 퍼져서 사람들은 나를 보고 빙긋이 웃었다. 열을 띤 신집 사람은 나에게 이렇게 말했다.

"상도야, 나는 결코 값을 내리지 안 할 끼다. 나는 내 딸에게 부엌에서도 꽃신을 신기겠다. 그리고 딸이 시집갈 때 꽃신을 다 주어 보낼 끼다."

그가 말하는 시집가는 날은 여러 산을 넘어야 할 그런 먼 일로 생각되었다. 나는 실망하며 내가 장가들 날까지 몇 켤레의 짚신을 갈아 신어야 할 것인지. 신집 사람은 굵은 손가락으로 내 턱을 치켜올리고 내 눈을 들여다보며 희망에 찬 듯,

"요다음 가을에는 어느 혼가에서 꽃신을 사겠지. 그러면 내 딸도 집에 돌아올 수 있을 거야."

그해부터 앵두꽃은 다섯 번이나 지고 둥근 열매를 맺었다.

그러나 그녀는 돌아오지 않았고 도리어 멀리 있는 다른 집에 가서 일하게 되었다. 이제 내가 청혼했으니 내일 큰 쇠가죽을 가지고 가서 그의 딸을 위해 가장 아름다운 꽃신을 만들어 줄 것을 부탁하리라. 혼인날이면 가마 타는 대신 이웃집끼리니 우리 가족은 집에서 짠 하얀 베를 깔아 꽃신이 그 위를 밟게 할 것이다.

가을밤은 조용히 깊어 갔고 나는 차가운 뜰을 몇 바퀴 돌았는지, 그때 거칠고 취기 어린 신집 사람 목소리가 들렸다. 그는 자신이 만든 비꼬는 노래에 곡조를 실어서 부르고 있었다.

"농부가 나에게 인사를 했다. 가을날이 참 좋군요. 여보 신집 사람 댁 호박은 잘 자랍니까?"

잠시 후 네모진 미닫이에 그림자가 지나갔다. 신집 부인이 남편을 마중하러 일어났을 거라 생각했다. 몸이 떨렸다. 부인이 남편에게 전할 내 청혼얘기를 듣고자 나는 울타리에 기대어 귀를 기울였다. 싸움 소리가 들려온다. 여닫이는 바람이 불어서 그런 것처럼 확 열리며 노기 띤 목소리가 튀어나왔다.

"내 딸은 백정네 집 자식에겐 안 주어!"

나는 그 다음 말을 들을 때까지 내 귀를 의심했다.

"백정녀석에 빚진 게 있다구 내 딸을 홀애비가 부엌뚜기 해먹듯 쉽사리 할려구 했지. 백정녀석이 중매쟁이 있다는 걸 알 리 있나. 내 딸은 일곱 마을에서 가장 훌륭한 꽃신장이 딸이야."

그 말은 그릇이 와그락와그락 깨지는 것 같았다. 부인은 말을 막으려고 미친 듯 소리를 질렀으나 남편의 큰 소리에 눌린다.

"쇠고기 덤이나 좀 있을까 해서 혀끝으로 한 좋은 말이 백정녀석 마음을 크게 했다. 나는 혼인식 때 신는 꽃신장이다!"

내가 기억한 것은 어머니가 내 팔목을 잡고 허덕이며,

"어떻게 하려는 거야."

나는 내 손에 백정칼을 들고 대문간에서 떨고 있는 자신을 보았다. 어머니는 칼을 빼앗았다. 나는 어머니가 그렇게 힘이 센 줄은 몰랐다. 어머니의 목소리는 놀랄 만큼 엄했다.

"너는 손톱을 가지고도 남을 해치지 못해. 다른 사람들이 우리 백정을 어떻게 생각하겠니?"

내 심장은 갈쿠리로 긁는 것같이 아팠다. 나는 내 팔을 깨물고 그 아픔을 잊으려 했다. 이것이 영원히 잊을 수 없는 쓰라림이라 깨달은 나는 땅을 치고 울었다.

여러 날 나는 집 안에 틀어박혀 처녀가 아이를 밴 것처럼 햇빛을 피하였다. 해가 저물었을 때, 나는 가까운 언덕에 가서 풀밭에 얼굴을 묻고 태산 같은 슬픔에 내가 찌그러지지 않았는가를 의심했다. 여러 사람들이 언덕을 넘어갔다. 어떤 늙은 부인의 흙 묻은, 그 모양 없는 신발에 나는 구역을 느꼈다. 그가 신은 신발도 한때는 꽃신이었던가. 그 신발은 내 가슴처럼 무겁게 움직였다.

가을이 언덕을 넘어 멀리 갔다. 햇볕이 내리쬐는 밭에서, 사방 언덕에서, 나는 가을을 찾아볼 수 없었다. 눈이 와도 놀라지 않을 어두운 날 신집에 들어가는 중매쟁이를 보았다. 이미 밑바닥에 깔린 내 마음은 더 이상 내려앉을 수 없다.

다만 딸의 결혼에 쓸 거라고 쇠고기와 꽃신을 만들 쇠가죽을 사러 올 부인을 보는 것은 참을 수 없다.

어머니는 내 괴로움을 다 알아차렸지만 아버지는 얼마만큼이나 알아차렸을까. 아버지는 부산 쇠고기시장에 있는 삼촌에게 나를 보내려 했다.

부모는 내가 이 골짜기를 빠져나가기만 하면 마음을 잡고 바람 부는 대로 방향을 바꿀 수 있을 것을 바랐다. 어디로 가나 여자가 있다는 말을 하려고 애썼다. 아버지는 바로 내게 이런 말을 하지 않았지만, 해가 짧은 겨울에도 걸어갈 수 있는 부산을 향해 떠날 때 그는 애매하게 부채질하는 투로,

"도회지 여자들과 바람을 피워라. 그러면 한 여자만 생각하지 않게 될걸."

봄은 동해로부터 부드럽지만 다소 매운 바람을 싣고 부산에도 찾아왔다. 봄바람은 도회지 여자들의 치마를 이리저리 나부끼게 했지만 나는 여자들과 봄바람을 좇지 않았다.

내 마음은 언제나 어렸을 때 신집 일방에서 꿈꾸던 아름다운 꽃신 곁에 머물고 있었다. 그러나 이상하게 나는 이미 과

거에 묻혀 버린 장차 신부를 그려 볼 수 없었다.

그녀와 그녀의 꽃신은 눈앞에 나타나지 않았다. 나는 언제나 그녀 뒤를 따랐으며 꽃신 뒤축과 그녀의 흰 버선 뒷모양만 바라보았다. 내 마음이 그 뒤를 따르면 그들은 마치 나로부터 멀리 도망칠 운명에 있는 것처럼 고개를 넘고 또 넘어 달아났다. 나의 행복을 담은 꽃신은 결코 똑바로 나를 보고 걸어오지 않았다.

전쟁이 부산에 번져 왔을 때까지 나는 꽃신 뒤축을 좇는 것을 단념할 수 없었다. 부모는 골짜기 집에서 피신하여 내 곁에 와 살고 있었다. 쏟아지는 피난민, 다들 집 문을 닫았으니, 그들 말대로 길…… 먼지 많은 거리의 손님이었다. 밀려오는 전쟁통에 농민들은 백정에게 개 값으로 소를 팔았다. 인플레지전은 나에게 기쁨 없이 나뭇잎처럼 호주머니를 부풀게 했다. 나는 이제 꽃신을 잊었다는 생각조차 하지 않았다.

여름이 추억 하나 남기지 않고 지나갔다. 나는 가을이 다 지나갔을 때까지 가을이 온 지도 몰랐다. 추수를 마친 논밭에서 남쪽으로 떠나는 새 떼들 그림자가 내 마음 구석에 옮겨졌다. 그래서 나는 멍청하게 햅쌀을 구하러 장마당을 헤매었다. 그때 내 눈은 판자 위 꽃신에 끌렸다. 꽃신의 코는 나를 향하여 노려보았다. 왜 다가갔는지 이유를 모르겠다. 이유를 따짐으로써 내 마음은 다시 노여움과 쓰라림에 찼다.

그때 심정 같아서는 꽃신을 모조리 사서 그에게 보라는 듯 신발 속에 돈을 가득 채우고 싶었다. 판자 앞, 몇 발짝 되는 곳에서 내 걸음은 멈춰졌다. 신집 사람 얼굴에는 어쩌나 많이 주름이 갔던지, 비뚤어진 입은 기름기 없는 초 심지 같았다. 저 입은 다시 큰소리를 치지 못하겠지.

나는 누가 꽃신을 사는지 보려고 기다렸다. 그러나 물건값을 물어 보지 않고 못 배기는 장돌뱅이 이외 누구 하나 눈여겨보려는 사람조차 없었다. 장돌뱅이 한 사람이 소리쳤다.

"퇴물인 꽃신을 가지고 하늘 값을 부르니, 여보 노인, 당신 자다가 남의 다리 긁는 게 아니오?"

그는 장돌뱅이 욕지거리에 무관하며, 아직 꼬부라지지 않는 허리를 꼿꼿이 세우고 있었으나 그의 배는 등에 닿을 것같이 보였다.

꽃신은 한 켤레 두 켤레 없어졌다. 나는 오고 또 오곤 했다.

노인의 물건이 차츰 줄어들자 그에 대한 날카로운 내 감정은 식어 갔다. 그 대신 슬픔이 자리를 차지하였다. 날씨가 차지자 노인의 비뚤어진 입은 흰 입김도 없이 기침을 했다. 꽃신을 다 팔고 나면 그는 어떻게 될지 걱정스러웠다.

내 마음에도 기침하는 그 입이, 한때 따뜻한 일방에서 자신의 결혼 얘기를 하며 미소 짓던 입으로 변해 있었다. 그때 꽃신은 얼마나 가벼웠던가.

나는 장터 시끄러운 소리에 정신이 들어 사람을 헤치고 걸어나왔다. 여러 종류의 신발──구두, 고무신, 징을 박은 군화──모두 무겁게 보였다. 아마도 사는 사람 기분에 따라 신발의 무게는 달라지겠지. 이 나라에는 꽃신을 채울 기쁨, 그런 기쁨을 가질 겨를이 없고 공허뿐──공허뿐.

때때로, 나는 노인이 나를 알아보기를 바랐다. 그러면 나는 부인과 딸에 관한 말을 물어 볼 수 있었을 것이다. 그러나 그는 나를 알아보지 못했다. 그의 깜박이지 않는 눈에는 알아보는 흔적이 없었고 나도 먼저 말을 걸지 않았다.

나는 꽃신이 다른 사람에게 다 팔려 가기 전 한 켤레 가지고 싶었지만 꽃신 아닌 슬픔을 사지나 않을까 두렵다. 나는 먹구름 속에 자취를 감추기 직전 길을 더듬어 보는 눈초리로, 꽃신을 바라보았다. 꽃신이 세 켤레 남았을 때 나는 그곳에 차마 가지 못했다. 예쁘게 꾸며진 꽃신의 코가 나를 바라보고 있다가 훌쩍 뒤돌아설 것 같아 더 이상 찾아 못 갔다.

첫눈은 일찍 왔다. 길 위에 남겨진 발자국은 꽃신이 밟고 간 것일까. 그 아름다운 꽃신이 젖은 것 같아 애처롭다. 불현듯 나는 빠른 걸음으로 시장에 달려갔다.

그때 심정은 노인이 꽃신을 가지고 나오지 않았으면 싶었으나 한편 꽃신이 있었으면……. 장 모퉁이 가까이 갔을 때 가슴이 뛴다. 검은 우산 아래 놓인 판자, 두 켤레의 꽃신이 나를 보고 있다. 기뻤다. 그 기쁨을 나는 두 손에 꽉 쥐었다.

그런데 노인은 보이지 않았다. 휘어진 어깨에 노란 담요를 걸치고 한 부인이 눈을 맞고 앉아 있었다. 부인은 자기보다 꽃신 위에 우산을 받쳐 주고 있었다.

신집 부인일까. 처음 자신이 없었다. 그러나 신집 부인이었다. 눈은 비스듬히 내린다. 어서 신발을 싸서 돌아가지, 부인은 왜 저리 앉았는지.

양복 웃저고리에 한복바지를 입은 사나이가 발을 멈추고 안경 너머 꽃신을 보고 있다. 흥정하는 것 같다. 호주머니에 손을 넣고 돈을 찾는다. 나는 달려갔다. 손에 쥘 수 있는 대로 돈을 꺼내어 부인 앞에 내놓았다.

"여기 있소. 이 꽃신 내 겁니다!"

사나이는 매우 불쾌한 눈초리를 보냈는데, 눈송이가 그의 안경을 가리지 않았다면 사나이의 노여움을 똑똑히 보았을 게다. 부인은 담요를 땅에 떨어뜨리고 마치 위조지폐로 그녀를 속이기라도 하는 듯 몸을 뒤로 사렸다. 잿빛 눈동자는 피곤해 보였고, 슬프게도 무표정하며 앞으로 그림자 하나 더 받을 수 없는 겨울 길처럼. 나는 급히 말을 이었다.

"상돕니다. 아저씨는 어디 계시오?"

부인은 넋 빠진 사람처럼 나를 쳐다보았다. 그의 입술은 떨리기 시작하면서 이빨이 다 빠진 잇몸이 드러났다. 겨울바람처럼 메마르고 소리 죽인 울음이 들렸다. 나는 가족들을 잃은 늙은이의 우는 모습을 많이 보았다. 절망적인 일이 일어난 것을 알았다.

나는 부인이 떨어뜨린 우산을 주워 들고 꽃신 위에 받쳤다.

눈보라는 꽃신 위에 날렸다. 부인은 꽃신에 묻은 눈을 조심스레 닦고 신문지에 가만히 쌌다.

"바깥어른은 이 꽃신을 낯선 사람에게 고무신 값으로 안 팔려 했다."

부인은 다시 말을 이었다.

"그런데 나는 아침마다 수용소收容所에서 그를 쫓아냈지. 한 달에 겨우 한 켤레만 싼값으로 팔고 오고 그러면 나는 다시 신을 팔라고 짜증을 내고……. 꽃신이 두 켤레 남았을 때 그는 어린애처럼 꽃신을 안 팔려고 고집을 부렸다. 할 수 없어 장에 나가기는 했지만 언제나 꽃신은 그대로 갖고 돌아왔지. 하루는 온종일 빈속으로 떨다가 돌아와서……."

부인은 다음 말을 못했다. 부인의 뺨을 타고 내리는 것은 눈인가……. 부인은 누그러져서,

"그분은 꽃신이 다 팔리기 전에 돌아갔다. 그것이 소원……."

부인은 내가 내놓은 지폐를 잠시 보고 신발을 싼 꾸러미를 내밀었다.

"이 돈 가지면 이제 버젓이 장사도 치르겠다."

나는 그 꾸러미를 받지 못했다. 잠든 어린이가 꼭 쥐고 자는 버들피리를 빼앗는 것같이, 아직도 신집 사람이 꽃신을 꼭 쥐고 있는 느낌이었다. 나는 머리를 흔들고,

"당신 따님을 위해 이 꽃신을 가지시오."

잠시 동안 그녀가 결혼했는지 어떤지를 생각했으나 이제는 다 소용 없다는 것을 알았다. 그녀는 이 꽃신을 가지게 될까. 다만 그녀가 어느 곳에 있건 꽃신을 받아 주었으면 싶었다.

담요를 개켜 그 속에 돈을 넣고 꽃신이 든 꾸러미와 함께 부인 팔에 안겨 주었을 때, 부인은 그것을 꼭 껴안았다가, 어린애를 안고 가는 듯 머리를 약간 수그리고 걸었다. 부인은 말했다.

"그 애는 죽었다. 그 애는 지난 여름 폭격에 죽었다."

아아 그러나 나는 이미 알고 있었다. 오래 전 내 예감은 그녀의 죽음을.

우산을 폈다. 부인이 젖지 않게 팔을 뻗치며 그녀의 뒤를 쫓았다. 뒤에서 누가 신난 소리로,

"야아! 자리가 생겼다! 판자도 놔 두고 간다."

시장 밖에는 바람이 눈을 휘몰았다. 바람에 날리지 않게 우산을 반쯤 펴서 꽃신을 가진 부인이 넘어지지 않기를 바라며, 그녀의 뒤를 따른다.

꽃신을 짓듯 다듬은 문장으로 피어난 사랑 이야기

안타까운 것이 비단 사랑만은 아니다. 정작 안타까운 것은 세월이다. 사랑을 포함한 그 모든 것이 시간의 지배를 받는다. 따라서 영원한 사랑이란 없다. 세월이 흐르면 모든 것은 변해 가는 것이다.

하지만 사람들은 한순간의 사랑에 목숨을 건다. 사랑은 목숨을 걸만한 충분한 가치가 있지만, 인간이 동물과 다른 점은 자신의 운명에 순종할 줄 안다는 것이다. 즉 인간은 이미 닥쳐온 운명에 맞서 치욕스런 투쟁을 벌이기보다는, 기꺼이 물러설 줄 아는 것이다.

꽃신을 만드는 신집 소녀를 사랑했던 백정 집안의 소년을 상기해 보라. 적어도 꽃신이 사람들로부터 가치를 인정받고 있을 때, 소년에게 있어서 꽃신 집 딸은 도저히 다가갈 수 없는 존재였다. 하지만 세상이 변하면서 사람들은 꽃신 대신 값싼 고무신을 찾게 되고, 마침내는 천한 백정의 손때 묻은 고기를 더 선호하게 된다.

이제 소년은 사랑할 자격을 갖추었지만, 궁핍해진 소녀는 부엌데기로 팔려 가고 만다. 소년은 '기와집'으로 상징되는 '돈'이 소녀를 빼앗아 갔다고 생각한다. 앵두꽃이 다섯 번 피고 질 때까지 소녀는 돌아오지 않고, 소년은 그녀가 돌아온다면 큰 쇠가죽으로 아름다운 꽃신을 만들어 하얀 베를 깔아 소녀가 그 위를 밟게 하리라 결심한다. 그러나 청년이 되어 버린 소년은 자존심 강한 소녀의 아버지에게 거절당한다.

전쟁이 터지고 그는 우연히 피난지에서 꽃신을 팔고 있는 소녀의
부모를 만난다. 꽃신이 하나 둘 팔려 나가고 마지막 두 켤레의 꽃신이
남았을 때, 그는 소녀를 위해 많은 돈을 지불하고 꽃신을 산다. 하지
만 소녀는 이미 이 세상에 없다.

운명에 우연이란 없다. 인간은 어떤 운명과 마주치기 전에 이미 자
기 자신의 운명을 만들어 내는 것이다. 사실 운명이란, 알 수 없는 것
이라기보다는 피할 수 없는 것이라는 말이 옳다. 소녀를 사랑한 것은
소년의 운명인 동시에 그의 선택이며, 소녀와의 이별 역시 운명인 동
시에 이미 그의 선택 속에 포함되어 있는 것이다. 하지만 운명적인 사
랑을 방해하는, 또 다른 시간의 운명들은 얼마나 많은가? 신분, 전쟁,
몰락과 영화, 혹은 죽음 같은 것들.

사랑은 내가 무엇인가로 변하여 돌아올 때까지 기다려 주지 않는
다. 그러므로 사랑에는 시간이 없다. 그러니, 다만 사랑하라. 더 이상
지나간 일에 대해 말하지 말라. 지나간 운명, 지나간 사랑, 그리고 죽
음에 대해서도 더 이상 얘기하지 말라. 오직 지금, 사랑의 나무 그늘
밑에 머물라. 그리고 모든 미련을 다 떠나보내라.

기쿠치 간_菊池寛

어떤 사랑 이야기

기쿠치 간(1888-1949)

일본의 소설가이자 극작가. 본명은 기쿠치 히로시. 가가와현[香川縣] 출생. 『무명작가의 일기』『다다나오경 행장기』 등을 「중앙공론」에 발표함으로써 일약 신진작가가 되었으며, 정확한 심리묘사와 뚜렷한 주제로 신현실주의 문학의 새 방향을 열었다. 그는 「문예춘추」를 창간하였고, 권위 있는 문학상인 '아쿠타가와 상', '나오키 상' 등을 제정하여 작가의 복지와 신인의 발굴·육성 등에 공헌하였다.

작품으로는 소설 『진주부인』『원한을 넘어서』『도주로의 사랑』, 희곡 『옥상의 광인』『아버지 돌아오다』 등 50여 편에 이른다.

어떤 사랑 이야기

ある戀の話

이미 수년 전에 돌아가시긴 했지만, 내 아내의 할머니는 귀한 집안의 외동딸이었다고 합니다. 당시 그 할머니의 집안은 도쿄의 동남쪽에 있는 쿠라마에藏前에서 큰 사업을 벌이고 있었습니다. 에도시대에만 해도 그곳에는 커다란 미곡 창고가 있었는데, 그녀의 아버지는 서민 출신이었지만 자신의 이름을 걸고 칼을 찰 수 있는 특권을 부여받았다고 합니다.

그 무렵 관리들은 급여를 미곡으로 받았는데, 그녀의 아버지는 에도 정권으로부터 미곡을 받아 이것을 관리들에게 대신 팔기도 하고, 쌀을 담보로 높은 이자를 받아 막대한 이익을 얻을 수 있었습니다. 지금으로 따지면, 정부의 허가를 얻어 상거래를 할 수 있는 특권 상인인 셈이지요. 그래서 그녀의 아버지는 무려 200~300만 엔의 재산을 지녔던 쟁쟁한 실력가로 성장할 수 있었습니다.

꽤 권세를 떨치던 집안의 외동딸이었던 그녀가 어릴 때부터 매우 귀하게 자랐다는 것은 두말할 필요도 없습니다. 그녀가 어렸을 때였답니다. 언젠가 그녀는 신사 참배를 하기 위해 새 게다를 신었는데, 게다에는 금가루를 섞어 옻으로 칠한 금종金鐘 장식이 달려 있었습니다. 또 게다의 속은 텅 비어 있었는데, 그녀가 가마에서 내려 게다를 신을 때는 아랫사람들이 그 속에 데운 물을 채워 발을 따뜻하게 했다고 합니다. 그러니 그녀가 얼마나 호사스런 생활을 했는지 짐작이 갑니다.

그녀는 사춘기 시절부터 헤이안시대 때 유명한 미인의 이름을 별명으로 가질 만큼 대단히 아름다운 소녀였다고 합니다. 그러나 그녀의 결혼생활은 매우 불행했습니다.

그녀는 열일곱의 나이에 도쿄의 에도江戶 서쪽에 사는 한 남자와 결혼했습니다. 그 남자는 닌코오仁孝 천황 때의 자산가 중에서 최고 부자에 속하는 천만장자였습니다. 그녀는 부유한 집안으로 시집을 갔지만, 사실은 아버지의 뜻에 따른 일종의 정략결혼이었습니다.

그 무렵 그녀의 집안은 점점 기울어져 이미 남편이 될 사람의 집안에 10만 냥이라는 빚을 지고 있었습니다. 그동안 그녀가 누려온 것에 비하면 그 돈은 아주 적은 빚이었습니다. 하지만 남편은 완고하고 무정한 사람이었습니다. 빚 독촉이 점점 혹독해지자 그녀의 아버지는 고민에 빠졌습니다. 마침 채권자가 후처를 찾고 있는 것을 알게 된 아버지는 빚 독촉을 피하기 위해, 또 한편으로는 빚을 어느 정도 메워 보기 위해 나이 든 채권자에게 금지옥엽으로 기른 외동딸을 시집 보내고 말았던 것입니다.

어찌 되었든 그녀가 결혼했을 때, 남편 마에소오前宗의 나이는 마흔 일곱이었습니다. 그녀와는 무려 30살의 나이 차가 있었던 것이지요. 게다가 전처 소생의 아들딸이 네 명이나 있었기 때문에 결혼생활이 행복하지 않았다는 것은 말할 필요도 없을 것입니다.

마에소오라는 사내는 천만장자임에도 불구하고 욕심이 많았습니다. 그런 까닭에 진실한 사랑을 그녀에게 주지 않은 것도 당연한 일이었습니다. 게다가 빚의 대가로 결혼한 것이었기 때문에 마에소오는 돈으로 그녀를 마음대로 할 수 있다고 생각했습니다. 그래서 마에소오는 그녀에게 따뜻한 사랑을 베풀기보다는 예쁘장한 노리개처럼 갖고 놀며 괴롭히는 데에 지나지 않았습니다.

그때 겨우 열일곱 나이. 진주처럼 순수한 그녀의 가슴에, 이성에 대한 첫 느낌은 다정다감한 사랑이 아니었습니다. 그녀의 가슴속에 이성에 대한 가슴 설렘 대신 흉포한 압박이나 두려울 정도의 욕정 같은 것이 강하게 새겨졌던 이유가 바로 거기에 있었습니다. 그러나 행복인지 불행인지, 결혼한 이듬해에 남편은 그 지역을 휩쓴 콜레라 때문에 갑자기 죽고 말았습니다.

그때 그녀는 이미 딸을 임신하고 있었습니다. 그 뱃속의 아이가 바로 나의 장모님이었지요. 어쨌든 전처의 자식은 모두 네 명이었는데, 장남은 무려 스물다섯 살이나 되었던 모양입니다.

남편이 죽은 후, 그녀는 아이를 낳았습니다. 아이를 낳자마자 그녀는 갓난아이를 데리고 나와 남편 집안과의 인연을 끊어 버렸습니다. 계속 그 집에 머물러 있는 것은 젊은 그녀를 위해서도, 전처를 위해서도 좋지 않다고 생각했던 까닭이었습니다.

마에소오의 후계자는 대단히 이해심 깊은 사람이었던 모양입니다. 그는 아이의 양육비로 1만 냥이라는 상당히 많은 금액을 그녀에게 나눠 주었다고 합니다. 그녀는 그 돈을 받아 아이와 함께 먼저 친정으로 돌아왔습니다. 그러나 아이를 맡기고 재혼하라는 부모의 권유와 수시로 들어오는 혼담을 피해, 그녀는 딸을 데리고 무코오지마向島에 혼자 떨어져 살게 되었습니다.

그 후 그녀는 마음씨 좋은 하인 부부만을 곁에 두고, 계속 독신으로 살아왔습니다. 어쩌면 첫 결혼을 통해 남자에 대한 실망감을 너무 깊이 맛보았기 때문인지도 모릅니다. 또 너무 순진한 나머지 상처 입기 쉬웠던 소녀시절을 무작정 참고 살아왔기 때문에, 결혼생활을 하는 동안 치유하기 힘든 남자혐오증이 생기게 되었는지도 모르지요.

어쨌든 그녀는 작고 평온한 집에서 메이지유신 사태와 같은 혼란한 상황이 벌어져도 먼 산 불구경하듯 안온하게 지냈습니다. 그리고 하나뿐인 딸이 성장하자, 메이지시대 최고 관청인 다조우칸太政官에서 관리로 일하던 청년에게 시집을 보냈습니다. 그 청년이 바로 나의 장인 어른인 셈이지요.

그녀의 결혼이 불운했던 것에 비해, 딸의 결혼은 상당히 축복을 받았습니다. 그녀는 딸을 출가시킨 후 곧 딸 부부의 집으로 옮겨가 그곳에서 행복한 만년을 보내게 되었습니다. 손자들을 진심으로 사랑하고, 또한 손자들로부터 사랑받으며, 그렇게 살았습니다.

내가 그녀에 대해 알게 된 것은 물론 아내와 결혼한 후였습니다. 그때, 그녀는 일흔이 넘은 나이였지요. 비록 미망인이라고는 해도 그녀는 당당할 정도의 품위와 태도를 가진 분이었습니다. 아내는 그녀의 막내 손녀였기 때문에 어려서부터 귀여움을 독차지하고 있었던 듯합니다. 그런 연유로 그녀는 사흘이 멀다하고 우리 신혼집을 찾아오곤 했습니다. 아름다운 용모를 가졌으면서도 열여덟 살부터 미망인으로서 살아왔기 때문인지, 그녀는 기백 있는 남자처럼 시원시원하게 말하곤 했습니다.

언젠가는 자동차 소리가 밖에서 들리는가 싶더니 그녀의 쾌활한 음성이 들려왔습니다.

"또 이 늙은이가 찾아왔네. 젊은이들끼리만 있으면 부부싸움이나 할 테니까 말이야."

그녀는 나이에 전혀 어울리지 않는 시원스럽고도 약간은 경박한 인사를 하면서 거리낌없이 집안으로 들어오는 것이었습니다. 나는 그녀를 인간적으로도 좋아했지만 그녀가 살았던 에도시대, 특히 도쿠가와 이에나리의 통치 이후부터 퇴폐적으로 변하기 시작한 에도 문화에 대해 연구하는 것을 대단히 좋아했습니다. 더구나 나는 그 시대를 배경으로 한 편의 역사소설을 써 볼까 생각하고 있었지요. 때문에 그 시대를 직접 눈으로 보고, 온몸으로 살아온 그녀의 입을 통해 당시 사람들의 살아가는 모습이나 풍속, 다양한 계급의 생활에 대해 이야기를 듣는 것에도 대단한 흥미를 갖고 있었습니다.

그녀 또한 자신의 옛 이야기를 열심히 들어 주는 사람이 있다는 사실을 즐거워하는 것 같았습니다. 그녀는 자신이 하는 이야기에 스스로 흥미를 느꼈는지, 여러 가지 재미있는 옛 이야기를 내게 들려주었습니다. 에도의 유곽을 떠돌면서 풍류를 즐기던 사람들의 이야기라든가, 닌코 천황 때의 혁명이라든가, 당시 연극인들이 모여 살았던 도쿄의 사루와카초猿若町에서 공연된 연극, 또는 옛날에 번성했던 도쿄의 사찰과 거리에서 볼 수 있었던 기발한 구경거리에 대한 이야기, 집집에서 벌어졌던 연중행사, 여러 가지 물건을 소개한 책 등에 대한 것이었지요.

그녀는 매우 자세한 이야기를 시원시원한 목소리로 들려 주었습니다. 나는 때로 노트에 메모를 하기도 했으므로, 그녀는 나를 무척 신뢰하게 되었고 나에 대한 호의도 갖게 되었습니다.

아내의 언니가 세 명이나 있었고 모두 도쿄에서 가정을 꾸리고 살았음에도 그녀는 늘 우리 집에만 빈번히 찾아왔습니다. 그래서 결국에는 언니들의 불평이 쏟아지는 것을 감수해야 했습니다.

"너희 집에서만 할머니를 독점하는 것은 나빠. 할머니도 그렇지요, 막내 손녀한테만 가시다니……."

하지만 그때는 그녀의 이야기도 점점 바닥을 드러내고 있을 즈음이었습니다. 그러던 어느 날, 내가 그녀에게 물었습니다.

"뭔가 재미있는 이야기 없었습니까? 조금 특별한 이야기, 할머니께서 직접 겪은 일 같은 거요."

내가 보채듯 캐묻자 그녀는 잠시 생각에 잠겨 있다가 가만히 입을 열었습니다.

"그렇군. 내가 겪은 일들 중에서 누구에게도 이야기하지 않았던 일이 하나 있군. 평생 아무한테도 얘기하지 않을 거라고 생각했었는데……."

그녀는 말을 하면서 그 균형 잡힌 얼굴을 약간 붉혔습니다.

"그래, 참회하는 마음으로 그 시절 이야기해 볼까나. 다른 아이들 앞에서는 전혀 하지 않았던 이야기지만 마침 자네 혼자만 있으니까……."

그러면서 그녀는 다음과 같은 이야기를 시작하였습니다. 나는 지금부터 그 이야기를 해 볼까 하지만 이미 4, 5년 전에 들은 이야기이므로 그녀가 갖춘 맛깔스런 입담까지 그대로 전하는 것은 무리입니다. 그 점을 고려하여 들어주십시오.

"나는 남편에게 질려 있었기 때문에 평생 다른 남자를 만나지 않겠다고 결심했지. 그리고 그 결심대로 지금까지 살아왔지만…… 단 한 번, 하마터면 그 결심을 깨뜨릴 뻔한 적이 있었지. 부끄러운 얘기지만……."

그녀는 약간 말하기 힘들어하는 것 같았습니다.

"자랑할 만한 일은 아니지만 내가 딸아이를 데리고 친정에 돌아와 있는 동안에도 재혼에 대한 얘기는 끊임없이 흘러나왔지. 부자였던 하타모토旗本의 젊은 주인처럼 재혼이라도 상관없고, 아이를 집에 데려와도 괜찮다고 말할 정도로 나한테 미련을 가진 사람도 있었어. 그래도 내 결심은 조금도 흔들리지 않았지. 딸이 클 때까지는 그다지 세상과 접하고 싶지 않았거든. 그래서 거의 숨어 지내듯 생활하게 된 거지.

그 이야기는 몇 번이나 했지만……, 혼자 살기 시작한 지 몇 년째이던가, 내가 스물너댓 살 정도 되었을 때였을 거야.

그땐 유신이 나기 바로 전이었어. 나는 점점 사는 게 재미없고, 쓸쓸하다는 생각을 하기 시작했네. 계속 집에만 틀어박혀 있으니까 그렇겠지 싶어서, 그 당시 대여섯 살이었던 딸을 데리고 가끔 바깥 나들이를 하게 되었지. 애초엔 세상으로부터 당분간 거리를 두려고 했던 내가 그땐 왜 세상이 그립게 느껴졌는지 몰라…….

그 즈음이었을 거야. 나는 어떤 남자 하나를 사랑하게 되었어. 웃지 말게. 난 참회하는 마음으로 이 얘기를 꺼내는 거니까……. 그 남자는, 말하자면 배우였지. 과부들이 남자배우를 좋아하는 일이야 세상에서 흔히 있을 수 있는 일이지. 자네도 난처한 기분이 들겠지만 내 경우는 조금 달랐어. 내가 사랑했던 그 배우는 연극인의 거리로 잘 알려진 아사쿠사의 사루와카초오에서 모리타守田라는 가부키 극단에 몸담고 있었네.

당시 모리타 극단은 에도시대의 유명했던 세 극단 중 하나였지. 지금은 자리를 옮기고 이름도 신토미新富 극단으로 바뀌었지만 말이야. 그 배우의 이름은 소메노스케染之助였는데 극중에서는 주로 미소년의 역할을 맡았어. 인기도 많지 않고 집안도 변변치 않은 배우였지만, 왠지 그 배우가 무대에 나오면 나는 이미 평범한 일상을 잊어버린 채 정신을 빼앗기곤 했지. 마치 꿈을 꾸고 있는 듯한 심정이 되어 버리고 말았던 거야.

그 남자는 잘 나가는 배우는 아니었어. 그는 유명한 배우들과 함께 에도에 찾아왔지만 그에게는 에도가 맞지 않았던 모양이야. 무대에 올라도 사람들의 관심을 전혀 끌지 못했지. 아무리 웃어도 그의 얼굴 한 구석에는 늘 슬픔의 그림자가 서려 있었어. 하지만 그의 슬픈 표정은 관객에게 받아들여지지 않았던 것 같아. 그의 동작은 소박하기 짝이 없었지. 가부키 배우가 화를 낼 때는 눈을 부라린다거나, 울 때는 큰 소리로 울부짖는다거나, 웃을 때에는 무대가 흔들릴 정도로 높은 소리를 내야 하는데, 그는 그렇지 못했어. 그는 울 때에도, 웃을 때에도, 화났을 때에도 전혀 배우로서의 과장된 몸짓을 보여 주지 못한 거야. 그래서 울거나 화내거나 웃을 때에도 보통 사람과 조금도 다르지 않았지. 배우로서는 미숙했지만 오히려 그 점이 내 가슴에 와 닿았던 것 같아. 그 때문에 관객으로부터는 환호를 받지 못했지만 말이야."

"요즘에는 그런 연기 방법을 사실주의라고 말합니다. 그런 배우를 볼 줄 알았던 할머니는 과연 보는 눈이 높으셨군요!"

나는 진심으로 감탄하며 말했습니다.

"비웃지 말게……. 어쨌든 그 배우가 관객에게 받아들여지지 않을수록 나는 그를 동정하게 되었어. 그 배우의 숨겨진 연기를 보고 있는 것은 나 혼자뿐이라는 기분으로 말이야. 하여간 그 배우를 처음 본 것은 〈카마쿠라 삼대기鎌倉三代記〉라는 연극을 공연할 때였어. 그 연극은 도쿠가와 이에야스가 도

요토미 가문을 멸망시키는 장면을 극화한 것이었는데, 그 연극에서 그 배우는 미우라노스케三浦之介 역을 연기했지.

내 주위에 있던 관객들은 모두 입을 모아 그의 연기에 악담을 퍼부었네. '교토의 배우는 전혀 기본이 안돼 있어' 라든가 '분장 하나 제대로 못한단 말이야' 라고 하면서 심한 혹평을 늘어놓더군. 나는 그의 연기가 기본에 맞는지 어떤지는 알지 못했지만, 그의 연기는 상처 입은 젊은 무사가 아내와의 사랑과 주군과의 의리 사이에서 갈등하는 마음을 제대로 표현하고 있다는 생각이 들었어. 아주 먼 옛날의 무사가 내 가족이나 되는 양 절절한 느낌으로 다가왔던 거야.

그날 이후, 나는 매일 그가 연기하는 연극을 보고 싶어했어. 그래서 아사쿠사에 갈 적에는 아무것도 모르는 철없는 딸을 데리고 연극을 구경했지. 하루 종일 연극을 볼 수는 없었기 때문에, 오후 두 시 정도에 도착해서, 그가 나오는 장면만을 보았지. 나중에는 딸아이를 하인 부부에게 맡기고, 나 혼자서 매일 외출할 정도였어. 한 남자에게 관심을 갖게 되니까 그때까지 별로 관심이 없었던, 내가 예쁘다는 평판마저도 기쁘게 생각되었어. 미모를 가지고 있다는 것만으로도 자신감이 생겼으니까……."

그녀는 가끔씩 말을 끊어 가며 얘기했습니다. 나는 그녀의 얼굴을 보면서 스물너댓 살의, 여성미 충만했던 그녀의 모습을 상상해 보았습니다. 그러자 눈앞에 있던 늙은 여인의 모습은 사라져 버리고, 아름다운 미인도美人圖에서 갓 빠져 나온 듯한 여인네의 모습이 머릿속에 뚜렷이 떠오르는 것이었습니다.

"그때까지만 해도 나는 사람들한테 아름답다는 소리를 들어 왔지만, 그런 소리를 듣는 게 그다지 기쁘게 생각되지는 않았지. 하지만 그때부터, 내가 아름답게 태어났다는 것이 얼마나 기쁜 일인지 알게 되었어. 그 남자에게 다가설 수 있는 단 하나의 희망은, 나 자신의 아름다운 용모뿐이라고 생각되었기 때문이지. 그런데……!"

갑자기 그녀는 쾌활하던 목소리를 바꾸어 가느다란 목소리로 말했다.

"그 배우의 분장하지 않은 얼굴을 보고 말았던 거야……. 분장하지 않은 그의 얼굴을 한 번 보고 난 후, 3개월 동안이나 계속되었던 나의 사랑이 싸늘하게 식어 버리고 말았다는 것이 참으로 이상하지 않나? 그날도 나는 딸도 떼어놓고 연극을 보러 갔었어. 그런데 돌아오는 시간이 조금 늦어져서, 서둘러 뒷골목으로 걸어갔지. 그때, 곁을 스쳐 지나가던 동네 여자가 소리치더군.

「어머, 저기 소메노스케가 오네?」

나는 그 소리를 듣고 가슴이 뛰어서 내 발이 땅을 밟고 있는지조차 알 수 없을 정도로 흥분해 버리고 말았지. 그래도 이런 기회를 놓치면 다시는 얼굴을 볼 수 없다고 생각했기 때문에 마음을 다잡고 뒤돌아보았지. 그런데 바로 뒤에 서 있는 사람은……, 글쎄, 창백하다고 해야 할지……. 검게 패인 두 볼을 덮고 있는 거친 살갗과 바짝 마른 몰골, 그리고 키가 작달막한 사내 하나가 걸어오고 있는 것 아니겠나? 나는 그런 남자가 저 아름답고 유연하던 소메노스케일 리가 없다고 생각했어. 그래서 눈을 돌리고는 그의 주변을 찾아보았지만, 그 남자 외에는 별로 눈에 띄는 사람이 없었어. 다만 외상값을 받으러 다니는 술집 심부름꾼 같은 아이와 열일고여덟이나 될 성싶은 여자아이가 걸어오고 있을 뿐이었지.

순간 나는 그 남자에 대한 생각에 빠져서 동네 여자의 목소리를 잘못 들었다고 생각했지. 하지만 나는 혹시나 싶어 부끄러움을 무릅쓰고 그 창백하고 작달막한 남자의 뒤를 따라가 보았지. 그랬더니 그 남자는 아사쿠사의 사찰 경내로 들어가더군. 쫓아가 보니 어떤 찻집으로 들어가는 것이 보이더군. 나도 아무렇지도 않은 듯 찻집으로 따라 들어가 그 남자의 건너편에 있는 탁자에 앉았어. 그 남자와의 거리는 겨우 1미터 정도밖에 되지 않았어. 그는 줄무늬의 평상복에 고급 견직물로 짠 웃옷을 걸치고 있었는데, 언뜻 보기에도 배우로서의 화려한 모습은 찾아볼 수 없었어.

나는 사람을 잘못 본 것이라고 생각하면서, 아무 생각 없이 그를 바라보고 있었지. 역시 그가 말하는 품이나 행동하는 것이 무대 위의 소메노스케라고는 도저히 생각할 수 없었어. 전혀 다른 모습에, 초라하고 품위 없는 보잘것없는 사내에 불과했거든. 만일 이런 사내가 소메노스케라면 참을 수 없다고 생각할 정도였는데, 마침 그때 길다란 견사 띠를 두른 건달 같은 남자가 두 사람을 데리고 들어와서 그를 보며 말했지.

「아이고! 소메노스케 씨, 연극은 벌써 끝났습니까?」

순간, 나는 아무것도 생각할 수 없을 정도로 실망하고 말았네. 그의 아름다움은 무대 위에서만 환상으로 만들어진 것이란 걸 깨달았던 게지. 그도 현실로 돌아온 인간이 되었을 때는 이렇게 보잘것없는 모습인가, 하면서 나는 숨이 막힐 듯 낙담하고 말았어. 그때 건달 같은 사내가 그에게 묻더군.

「어떻습니까, 다쓰辰 영감 집에서 괜찮은 도박판이 벌어졌다는데 같이 가겠어요?」

그 모습을 보고 있자니 이 남자가 이런 형편없는 사내들을 상대로 도박이나 하고 다니는 남자라는 것을 알게 되었어. 나는 악몽을 꾼 것 같은 심정으로 달아나듯 집으로 돌아왔지."

"저어, 그나마 다행이네요. 만약 할머니께서 그런 배우한테 속았다면 제 아내가 어떻게 되었을지도 알 수 없는 일이잖아요."

나는 짐짓 안도의 한숨을 몰아쉬며 말했습니다.

"하지만 아직 얘기가 끝난 게 아니네. 그날, 집에 돌아와서 곰곰이 생각해 보았지. 문득 이런 생각이 들더군. 내가 사랑한다고 생각했던 것은 소메노스케라는 배우가 아니라 소메노스케가 분장하고 있던 미우라노스케나 카스요리勝賴, 주지로中次郎, 고레모리維盛와 같은 연극 속의 인물이 아닐까 하고 말이야. 현실에는 살아 있지 않은 아름답고 늠름한 옛날 사람들 말이지.

그런 생각을 하고 나니 그럴지도 모른다는 생각이 들더군. 난 너무 어린 나이에 남편에게 괴롭힘을 당했지. 그래서 이 세상의 모든 남자를 멀리하려고 애썼어. 하지만 그것 때문에 무대 위에 등장하는 옛날의 이상적인 남자들을 사랑하게 되었던 것인지도 모르지. 그렇게 생각하니 분장하지 않은 소메노스케의 모습이 참을 수 없을 정도로 싫어졌어. 다음 날부터는 문득 연극을 보러 갔던 것이 부끄러워졌고, 그 후로는 두 번 다시 발걸음을 하지 않게 되었네."

그녀는 이야기를 끝냈습니다.

"그것으로 끝이었습니까? 그것으로 그 사람과는 만나지 않았습니까?"

나는 재촉이라도 하듯 물었습니다.

"얘기가 전부 끝난 게 아니라니까. 그 후 6개월 정도는 연극을 보러 가지 않았지. 그러던 어느 날 딸아이가 갑자기 묻더군.

「엄마, 요즘은 전혀 연극 보러 안 가시네요. 어제 선생님께 들었는데 이번 모리타 극단의 연극이 무척 좋다고 하던데?」

딸아이가 무용학원에 다니고 있었는데, 아마 거기에서 연극에 대한 소문을 듣고 온 모양이야. 그땐 분장을 하지 않은 소메노스케를 보았을 때의 불쾌감으로부터 점점 벗어나고 있었던 때였지. 그래서 연극만 보러 가는 것은 상관없겠다고 생각해서 딸을 데리고 모리타 극단의 연극을 보러 갔어.

연극 제목은 〈주신구라忠臣藏의 토오시通し〉였는데, 그때 소메노스케는 간베이勘平 역을 하고 있었어. 나는 제5막에서 그가 화승총을 들고 객석 통로로부터 숨을 헐떡이며 달려오는 것을 보았지. 무대 장면은 허름한 거리였는데, 그 장면을 보는 순간, 나는 감탄해 버리고 말았네.

저 뒷골목에서 봤던, 검푸르게 양 볼이 패인 보기 흉한 사내 대신에, 자못 영락零落한 무사에게서나 볼 수 있을 것 같은 우아하고 품위 있는 남자가 절실한 마음으로 달려오고 있었거든. 그 모습은 이루 말로 표현할 수 없을 정도로 아름답고 용기 있는 모습으로 내 가슴을 찡하게 울려 버렸지.

이미 나는 분장하지 않은 그와의 우연한 만남과 불쾌한 기억 따위는 까맣게 잊고 말았어. 그날 나는 소메노스케가 역할을 맡은 간베이를 보고, 바로 예전과 같은 기쁨에 젖어 버리고 말았어.

그날 이후 나는 또 매일 그를 보러 갔어. 이번에는 그에게 반해 있는 것이 아니라, 그가 맡고 있는 역할에 반해 있는 것이라는 것을 스스로 잘 알고 있었기 때문에 매일같이 연극을 보러 다니는 것이 별로 부끄럽게 여겨지지 않았네. 예전보다도 더 드러내놓고 연극을 보러 갈 수 있었고, 누구에게도 숨길 것 없다고 생각했기 때문이지. 그래서 좌석도 되도록 무대와 가깝고, 좋은 자리로 사서 매일 드나들게 되었지.

세 번에 한 번쯤은 딸을 데리고 갔지만, 나중에는 딸아이가 질려 버려서 따라오지 않겠다고 했지. 결국 내게는 잘된 일이라고 생각했어. 그렇게 매일 연극을 보러 다니자 주위에서 이상한 소문이 돌기 시작했어. 그가 무대에 등장하는 시간에만 들어가고, 그의 연기가 끝나면 서둘러 돌아오곤 했으니까 그런 소문이 돈 것도 무리는 아니지. 하지만 내가 그에게 마음이 있다는 소문에는 별로 신경 쓰지 않았어. 내가 무대 위의 그에게서 눈을 못 떼는 것은 그가 미우라노스케가 되기도 하고, 카스요리가 되기도 하고, 간베이나 요시쯔네義經가 되기도 했기 때문이니까 말이야. 내가 사랑하는 것은 소메노스케라는 배우가 아니라 옛날의 아름다웠던 인물로 분장한 '그'라는 사실을 알고 있었기 때문이지. 그래서 그런 소문도 그다지 나쁘게 생각되지 않았어.

그러고 있는 동안 점점 그 남자 쪽에서도 나를 바라보는 시선이 달라지기 시작했어. 그의 눈빛은 단지 저 여자가 '나에게 반한 관객이니까, 신경을 써야지' 라는 정도를 벗어나는 듯했어. 시간이 지날수록 그가 나를 쳐다보는 시선은 뜨거워졌어. 더 이상 별 일 아닌 일로 넘겨 버릴 수 없을 정도가 되어 버린 거지.

어느새 그와 나는 무대 위아래에서 시종 서로를 응시하게 되었어. 양쪽 모두 서로를 바라보게 되었던 거야. 내가 바라 보고 있는 것은 소메노스케가 아닌, 그가 맡은 역할의 인물이 었지만 그는 그렇게 생각하지 않았던 모양이야.

그러던 어느 날, 내가 아무 생각도 없이 연극을 보고 있으려니까 극장 안내원이 곱게 포장한 고급 과자를 가져와서는 이렇게 말하더군.

「이것은 소메노스케 님이 보내는 것입니다.」

그 얘기를 듣는 순간, 무대 위에 있는 아름다운 인물에 대한 환상은 사라지고, 그 대신 지난번 뒷골목에서 만났던 검푸르고 흉하게 생겼던 작은 사내의 모습이 서서히 머릿속에 떠올랐던 거야. 그 순간 나는 정말 참을 수 없는 불쾌감을 느꼈어. 그래서 막이 내리자마자 도망치듯 극단을 나와 버렸지. 물론, 그 과자 상자는 안중에도 없었지.

그런 일이 있은 후, 6개월 동안은 연극을 보러 가지 않았어. 하지만 가끔씩은 그가 무대에 선 모습을 그리워했지. 그해, 추석 공연 때였어. 극작가 바킨馬琴의 대표작인 〈핫켄덴八犬傳〉을 모리타 극단의 전속 작가가 각색했는데 대단한 호평을 받았지.

그때 소메노스케는 이누즈까시노犬塚信乃 역을 맡았는데 연기가 꽤 좋다는 소문이 났어. 그래서 나는 연극을 보고 싶은 욕구를 느꼈지. 마침내 참을 수 없을 정도로 그가 보고 싶어지자 나는 다시 모리타 극단을 찾아갔지. 언제나 앉았던 자리에 앉아 있자니 무대에서 연기하고 있던 그가 곧 나를 찾아내고 말았어.

그것은 오랫동안 헤어져 있던 아이가 사랑하는 어머니를 만나는 것 같은 느낌이었어. 마냥 미칠 듯한 심정에 눈물이 솟구칠 것 같은 야릇한 대면이라고 할 수 있었지. 나는 6개월이나 연극을 보러 오지 않았던 것에 대해 그에게 말로 형용할 수 없는 미안함을 느꼈어.

그는 상대역과 격렬하게 연기를 할 때에도 흘끔흘끔 나에게 불 같은 시선을 보내오곤 했어. 실제의 그가 그런 시선을 주었다면 1분도 가만히 앉아 있지 못했을 것이지만, 그가 극중 인물이 되어 있을 때에는 어쩐지 내가 극중 인물의 연인이 된 것 같은 기분이었지. 나는 그에게서 눈을 뗄 수 없었고 가슴이 두근거릴 정도로 기뻤어. 나 역시 그에게서 시선을 떼지 않은 채 빤히 바라보았고, 어쩔 때는 생긋 웃어 주기도 했어. 마치 연인으로부터 뜨거운 시선을 받는 듯 황홀해진 기분으로 말이야.

이윽고 막이 내리고 나는 자리에서 일어나 화장실에 가려고 복도로 나갔어. 그때 내 뒤를 쫓아온 듯한, 극장 안내원이 말했지.

「부인, 실례합니다.」

나는 과부였지만 다른 과부들처럼 머리를 자르지는 않았

어. 오히려 나는 평범한 부인들처럼 둥글게 머리를 말아 올리거나 금색 머리띠로 머리를 묶어 올리곤 했지. 더구나 연극을 보러 나올 때는 사람들의 시선을 의식해서 옷을 잘 차려 입었기 때문에 사람들은 나를 여염집 부인이라고 여겼지. 아니면 부잣집 첩이라도 되는 양 생각했을 거야. 나는 걸음을 멈추고 안내인에게 되물었어.

「저한테 무슨 볼일이라도?」

내가 묻자 그는 낮은 목소리로 대답했어.

「저, 소메노스케 씨가 꼭 좀 부인을 만나 뵈었으면 합니다만…….」

안내인은 머뭇머뭇 손을 비비며 말했어. 만약, 그때, 그 안내원이 다른 사람의 이름을 말했다면 나는 두 번 물어 볼 것도 없이 만나러 갔을지도 몰라. 하지만 그의 이름을 듣는 순간, 저 뒷골목에서 만났던 검푸르고 키 작은 남자의 얼굴이 눈앞에 어른어른 떠올랐지. 그래서 나는 두 번 다시 그를 만나고 싶은 생각이 없었어. 나는 매우 차가운 태도로 안내원에게 말했어.

「무슨 일인지는 모르지만 거절하겠다고 전해 주세요.」

그가 무대 위에서 보여준 모습은 나의 마음을 앗아가 버렸지만, 배우인 그에게는 전혀 마음을 줄 수가 없었어. 안내원은 내 얼굴을 보며 어이없어 하는 듯했지만 내 표정을 보고는 힘없이 물러갔지.

그러고 나서도 나는 변함없이 연극이 바뀔 때면 서너 번은 새 연극을 보러 갔지. 연극을 볼 때마다 그가 나를 응시하는 눈빛이 점점 더 뜨거워지는 것을 느꼈어. 그가 너무 노골적으로 나를 쳐다보았기 때문에, 내 쪽에 앉아 있던 여자 관객들까지도 나를 향해 뜨거운 질투의 눈길을 보낼 정도였어.

그렇지만 그와는 한 번도 만난 적이 없었어. 그 사람도 내가 만나자는 제의를 딱 잘라 거절했기 때문인지, 어느 정도 내 맘을 짐작한 듯 보였고 더 이상 손을 뻗쳐오지 않게 되었지. 물론 나는 그가 싫었지만, 그가 맡고 있는 연극 속의 젊고 아름다운 사람이 나를 바라보고 있을 때에는 연인의 시선을 받고 있는 듯 기쁨을 느꼈어. 나 역시도 객석에 앉아 그 눈길을 되받아 주고 있었던 게지.

내가 스물여섯이 되던 해 10월이었어. 그가 속해 있던 극단은 10월 공연을 마지막으로 교토로 돌아가고, 11월에는 새로운 극단이 들어온다는 소문이 돌았어. 그 무렵엔 각 극단이 10월이 되면 1년 계약으로 배우를 교환하고, 11월부터 새로운 배우들이 섞여 극단에 출연하는 것이 연중행사였거든.

나는 2년 가까이 익숙해져 있던 그의 무대와 이별하지 않으면 안 되었어. 갑자기 이별해야 한다고 생각하니, 그때까지 내 눈앞에 펼쳐졌던 화려한 환상을 송두리째 빼앗겨 버리는 듯한 슬픔을 느꼈어. 그런데 극단이 떠난다는 소문은 시간이 지날수록 사실이라는 것이 밝혀졌지.

이제는 더 이상 그를 볼 수 없다는 생각에, 나는 그의 공연을 이틀이 멀다하고 보러 다녔어. 그때 상연한 연극은 〈요시쓰네센본자쿠라義經千本櫻〉였는데, 그는 3막에 나오는 초밥집 장면에서 타이라노 고레모리平維盛 경으로 등장했지. 나는 하인으로 분장하고도 넘쳐날 듯한 품위를 가지고 있는 고레모리 경의 모습을 얼마나 사무치게 바라보고 있었는지 몰라. 나는 고레모리 경을 사랑하는 초밥집의 처녀아이를 또 얼마나 부러워했는지……. 거기에다 고레모리 경이 나의 눈에 비치는 그의 마지막 모습이라고 생각하니까 더욱더 아련한 그리움이 가슴속으로 밀려들었지.

그 연극의 상연 일정이 모두 끝나갈 무렵이었어. 그의 무대와 영원히 이별해야 한다는 슬픔이 내 작은 가슴을 점점 조여오고 있었지.

그러던 어느 날이었어. 초밥집 장면이 막을 내리고, 나는 서둘러 객석을 빠져나오려 일어섰지. 그런데 전혀 본 적도 없는 배우인 듯한 남자가 나를 쫓아와서 이렇게 말했어.

「소메노스케 님께서 이제까지 연극을 봐 주신 것에 대한 보답으로 드리는 것입니다. 부디 받아 주십시오.」

그러면서 낯선 배우는 보랏빛 비단으로 싼 작은 물건을 내밀었지. 비록 소메노스케라는 배우에게는 관심이 없었지만, 그의 마지막 무대라는 것이 깊은 아쉬움으로 남았기 때문이었을까. 나는 아무 말 없이 목례를 한 후 그 비단 꾸러미를 받았어.

　나는 그저 그의 소박한 답례품 정도라고 생각했었지. 그런데 집에 돌아와 그것을 열어 보니, 안에서 나온 것은 생각지도 못했던 한 통의 편지였어. 거기에는 배우가 쓴 것이라고는 생각하지 못할 정도로 숙련된 달필達筆로 쓰여진 긴 글이 있었어. 정확한 내용은 잊어버렸지만, 아마도 이런 의미의 내용이었을 거야.

　지난 2년 남짓의 시간 동안, 당신은 그 아름다운 두 눈동자로 제게 가슴이 미어질 듯한 아픔을 주셨습니다. 당신은 저를 사랑했던 것이 아니었지만, 또한 저를 미워한 것도 아니었습니다.

　단지 당신은 긴 시간 동안 저를 농락했다고밖에는 생각할 수 없습니다. 처음에 저는 어리석게도 당신이 저를 사랑하고 있다고 믿었습니다. 그땐 제 자신이 얼마나 행복한 사람이라고 생각했었는지 모릅니다.

　저는 관객으로부터 그다지 갈채 받지 못하는 배우에 불과했지만, 당신의 두 눈동자가 제 연기를 가만히 지켜보고 있다고 생각하면 천 명의 관객으로부터 갈채를 받는 것 이상으로 얼마나 기뻤는지 모릅니다. 당신이 제 연기를 지켜보고 있는 동안, 저는 당신의 눈동자가 제 마음 깊은 곳에 나날이, 그리고 깊숙이 꿰뚫어 오는 것을 느꼈습니다.

저는 배우로서 오랜 시간 동안 여러 여성들과 접해 왔습니다만, 당신만큼 아름다운 분은 한 번도 만나 본 적이 없었던 듯합니다. 그리하여 어느새인가, 저는 당신을 사모하게 되었습니다. 저는 당신의 그 자태를 보지 못할 때에는 객석이 아무리 많은 관객으로 가득 차 있어도 연기를 할 때 전혀 힘이 나지 않았습니다. 또한 그것과는 정반대로 관객이 아무리 적어도 당신의 자태가 객석의 한 구석에 보이면 다시 태어난 듯한 힘이 생겨, 연기에 몰두할 수 있었습니다. 그리고 제가 몸을 움직일 때마다 따라오는 당신의 두 눈빛이 빛나는 것을 보면, 얼마나 행복했는지 모릅니다.

제가 무대 위에서 한탄을 하면 당신도 슬퍼하고, 제가 웃으면 당신도 웃는 것을 보고 얼마나 기뻤는지 모릅니다. 저는 당신이 저를 사랑하고 있다는 사실을 믿어 의심치 않았습니다. 그리고 당신이 저에게 사랑을 호소해 오기를 꾹 참고 기다렸습니다.

그러나 제 기대와는 달리 당신은 좀처럼 그 굳은 입을 열어 주지 않을 것이라고 생각하게 되었습니다. 그래서 결국 제 자신이 직접 더 이상 가두어 둘 수 없는 사랑을 고백할 수밖에 없었습니다. 그런데 그것은 뜻밖에도 당신에 의해 너무도 심하게, 조금의 동정도 없이, 거절당하고 말았던 것입니다. 저는 너무도 큰 착각을 하고 있었다는 것을 알았습니다.

그때 저는 당신이 저를 사랑하고 있다는 생각에만 골몰해 있었던 것입니다. 당신이 저를 보아 주신다고 생각한 것은 모두 저의 착각이었던 것입니다. 관객이 배우를 바라보는 것과 같이 당신도 무심히 저를 바라보고 계신 것이라고 생각하니, 저의 착각이 참을 수 없이 부끄러웠습니다.

그 일이 있은 후, 저는 한동안 당신의 모습을 볼 수 없었습니다. 당신의 모습이 객석에 보이지 않았으므로 확실히 제가 잘못 생각했다는 사실을 믿게 되었지요. 당신이 저의 무례한 행동에 화가 나서 더 이상 모습을 보이지 않게 된 것이 아닌가 하는 생각이 들자 저는 너무나 절망하여 한동안 한탄만 하며 세월을 보내게 되었습니다.

그래서 저는 연기를 할 때에도 종종 동작이 틀리고, 제대로 대사를 하지 못하는 실수를 저지르곤 했습니다. 그럴 때마다 단장은 저를 꾸짖었지요.

「이 멍청이! 조심해!」

험한 말을 들으면서도 저는 갑자기 혼을 빼앗겨 버린 사람처럼 행동했습니다. 마치 무대 뒤에서 조종을 받으며 움직이는 꼭두각시 인형처럼, 빈 껍데기만이 남아 있는 것 같았지요. 저는 주위 사람들의 움직임을 흉내 내며 움직이는 배우에 지나지 않았습니다.

그동안 저에게도 따르는 여자가 많았습니다. 저는 지금까지 사랑도 여러 번 했고, 여자도 많이 알고 있습니다. 하지만 저의 마음 깊숙한 곳으로부터 강렬하게 사랑이 움튼 것은 이

것이 처음이었습니다. 게다가 저는 그 필사적이었던 사랑으로 인해 망가져 버리고 말았던 것입니다. 그러니 그때에는 너무도 낙담하여 절망에 빠졌던 것이 결코 무리는 아니었습니다.

그런데 어찌된 일입니까. 당신에 대해서, 단지 당신이 저를 사랑하리라고 여겼던 것이 커다란 착각에 지나지 않음을 깨닫고 애써 당신에 대한 그리움을 포기하려 할 때였습니다. 저는 문득, 그렇습니다, 그것은 확실히, 제가 〈하켄덴八犬傳〉에서 이누즈까시노 역을 맡아 무대에 올랐던 때였습니다. 객석을 바라보니, 객석의 한구석이 성스럽게 빛나고 있는 듯 여겨졌습니다. 이것은 제가 과장해서 하는 말이 아닙니다.

정말로 당신은 그런 느낌이었습니다.

'아! 그 부인께서 와 주셨구나!'

저는 금방 느낌으로 알아 버리고 말았던 것입니다. 저는 무대에서 전투 장면을 연기하면서도 틈틈이 당신이 앉아 있던 객석의 주변을 살폈습니다. 순간 저의 느낌이 저를 배신하지 않았다는 것을 알게 되었습니다. 작은 돌멩이들마냥 어수선하게 앉아 있는 관객들 사이에, 어두운 밤의 달빛과 같은 당신의 얼굴이 주변을 압도하고 있다고 말해야 할까요? 바로 당신이, 그 자리에, 밝고 성스럽게 빛나고 있는 것이 아니겠습니까. 당신의 아름다운 두 눈동자가, 저에게 있어서는 슬픔이라고밖에는 말할 수 없는 그 빛이, 제 몸을 꿰뚫듯 날카롭게 바라보고 있는 것이 아니겠습니까.

그것은 확실히 사랑의 눈빛이었습니다. 사랑에 미친 여인의 눈동자였습니다. 저는 당신에게 무참히 거절당한 것을 잊고, 역시 당신이 저를 사랑하고 있다고 생각할 수밖에 없었습니다.

그날 제가 또다시 무례를 저질러, 당신에게 냉혹하게 거절당한 일은 얘기하지 않겠습니다. 다만 그 이후에도 당신은 매일 연극을 보러 오셨지요. 그렇기 때문에 저의 무례한 행동이 당신을 언짢게 했던 것은 사실이지만, 당신의 저에 대한 사랑은 변함이 없는 것이라고 안도하게 되었습니다.

그리하여 저는 때가 될 때까지 기다려야 한다고 생각했습니다. 당신이 자연스럽게 저에게 마음을 열어 고백해 주실 때까지 조용히 기다릴 수밖에 없다고 생각했지요. 그 후로는 단지 무대 위에서만 가만히 당신을 응시하게 되었습니다.

그로부터 벌써 일 년 반이 지났습니다. 그 사이 저를 바라보는 당신의 눈동자는 점점 밝게 빛이 났고, 지금이야말로 당신이 간직하고 있던 가슴속의 사랑이 터져 버릴 때라고 믿게 되었습니다. 그럼에도 당신은 열정적으로 무대 위의 저를 바라보기만 할 뿐, 조금도 제 곁에 다가오려고 하지 않았습니다.

마침내 저는 당신의 그 알 수 없는 눈동자 때문에 괴로워하지 않는 날이 없게 되었습니다. 저를 바라보았던 그것은 사랑의 눈동자가 아니었단 말인가! 어떤 따스함이나 자비도 없이 단지 그 모습만으로 내 가슴을 태워 버릴 정도로 괴로워하게 만드는 거짓 눈동자였단 말인가!

저는 깊이 고민하게 되었습니다. 그때쯤 저는 당신에게서 시선을 받는 것이 점점 괴롭게 느껴지기 시작했습니다. 당신의 알 수 없는 눈동자가 저의 마음과 몸을 참을 수 없을 정도로 무겁게 만들어 버렸습니다. 저는 단 하루도 그런 중압감을 견딜 수 없게 되었습니다.

그런데 이번에 생각지도 않게 극단이 교토로 가게 되었습니다. 이제 점점 출발할 날이 다가오고 있습니다. 저는 에도에 그다지 집착을 하고 있지는 않습니다. 다만 당신의 눈동자, 당신의 진실한 심정을 알지 못하고 에도를 떠나는 것이 무엇보다도 마음에 걸립니다.

지금까지 저의 무대를 봐주셨던 정으로 단 한 번만이라도 좋으니 저를 만나 주십시오. 그리고 당신의 입을 통해 당신의 진실한 마음을 들려주십시오. 만약 당신의 입에서 '당신을 사랑하고 있다'는 말만 들을 수 있다면, 그 말을 이 세상의 어떤 것보다 귀한 이별의 선물로 알고 에도를 떠날 생각입니다. 또한 당신의 입에서 '당신을 사랑하지 않는다'는 말을 듣는다 해도 역시 소중한 선물로 알고 에도를 떠나고 싶습니다. 부디 저의 마지막 소망을 들어주십시오. 단지 한 번만으로 만족할 것이니, 더 이상 만나게 될 일은 없을 것입니다.

"대충 그런 내용의 편지였네."

"그래서 할머니께서도 드디어 그 사람을 만나게 된 것입니까?"

내가 물었을 때 그녀는 가만히 옛날 일을 떠올리려는 듯 눈을 깜빡였다.

"만나기는 만났지. 상대방도 역시 내 심정을 조금은 알고 있었나봐. 극장 2층에 있는 객실에서 만났는데, 그는 무대에서 분장했던 고레모리 경의 모습 그대로 나를 찾아왔지. 나는 배우 소메노스케가 아니라 그토록 꿈꾸던 고레모리 경과 만났으므로, 그런 대로 기분은 괜찮았지. 그는 내 앞에서 손을 짚고는 무엇인가 중얼거리며 울기도 하고, 또 애절하게 하소연을 하기 시작했어. 그 모습을 보고 있자니, 눈앞에 있는 고레모리 경의 모습은 사라지고 다시 옛날 뒷골목에서 만났던 소메노스케의 흉한 모습이 보이는 것 같았어. 도무지 그에게 연인이 되어 줄 생각이 들지 않았지. 그래서 나는 적당히 말을 끊고 돌아왔지. 아마 그는 무척 낙담했을 거야."

"그러고 나서, 어떻게 되었습니까?"

"그것으로 끝이었어. 교토에 간 후로는 어떻게 되었는지 전혀 소식이 없었으니까. 하긴 유신이 금방 일어나기도 했으니까 말이야."

그녀는 지그시 눈을 감았습니다. 나는 그녀의 사랑 이야기

를 듣고 어떤 감동을 받지 않을 수 없었습니다. 요즘처럼 돈
으로 남자 배우를 사는 귀부인들과는 전혀 달랐습니다. 배우
의 보기 싫은 육체에는 사랑을 느끼지 못하고, 무대 위의 연
기를 통해 살아난 연극 속의 인물을 사랑하게 되었다는 것이
너무 흥미로웠지요. 로맨틱하면서도 현실에서 벗어난 사랑
을 할 수 있었다는 것이 놀라웠습니다.

인생을 살면서 흉악한 남자에게 질려 버린 그녀는 바로 꿈
속의 아름다운 남자를 사랑하게 되었던 것입니다. 나는 이러
한 사랑을 할 수 있었던 그녀의 예술적이고 고매한 인품에 존
경심을 가졌습니다. 새삼 그리움에 젖어 젊은 날의 아름다운
용모를 간직한, 우아하고 품위 있는, 그러나 지금은 나이가
들어 주름이 가득한 그녀의 얼굴을, 나는 가만히 바라보았습
니다.

사랑의 뒷모습은 연극이 끝난 뒤의 무대 같은 것

결혼이란 해도 후회하고, 하지 않아도 후회한다는 고전적인 명언이 있다. 그렇다. 우리의 인생이란 얼마나 많은 회한과 눈물로 얼룩져 있는가. 하지만 후회하는 사람은 그가 어떤 처지에 놓여 있든 '후회'라는 밥을 먹고 산다. 그런 사람에게 인생은 늘 청산해야 할 그 무엇이며, 끝내 다시 써야 할 그 무엇이다.

결혼을 한 대부분의 사람들도 늘 후회하며 산다. 그들은 3주일 동안 서로에 대해 연구하고 3개월 동안 서로 사랑하다가 3년 동안 싸우고, 이후 30년 동안 서로 참아내며 산다. 그리고 그 자식들 역시 부모와 같은 일을 되풀이하며 인생을 흘려보낸다.

이 소설의 주인공은 불과 열일곱의 나이에 서른 살이나 많은 남자와 혼인했다. 아무런 설렘이나 기대도 없이, 단지 빚 때문에 팔려간 소녀는 남편이 죽을 때까지 끔찍한 결혼생활을 하면서 남자에 대한 혐오증을 키워 간다.

그녀에게 아름다운 사랑은 더 이상 찾아오지 않을 것처럼 보인다. 하지만 살아 있는 한, 사랑이 끝나는 법은 없다. 사랑이 변하는 법도 없다. 다만 사랑하는 대상이 달라질 뿐이다.

사랑에 빠진 사람은 장님이 된다. 사랑에 빠진 사람에게는 상대방의 약점이나 단점까지도 아름다워 보인다. 함께 있을 수만 있다면, 하나가 될 수 있다면, 그들은 기꺼이 독약을 마시는 것이다. 물론 이것이 진실한 사랑인가 하는 것은 별개의 문제이다.

이 소설 속의 주인공이 사랑한 것은 연극배우가 아니라 그가 연기한 극중 인물들이었다. 스스로 갈구하고, 스스로 빚어낸 환상 속의 인물을 사랑한 것이다. 그녀는 보잘것없는 사내에게 실망을 느끼지만, 연극을 볼 때마다 새로운 사랑의 대상을 찾아낸다.

물론 그녀가 사랑한 것이 허상이었다고 말할 수는 없다. 그녀의 사랑으로 인해 연극배우는 정열적으로 연기에 몰입할 수 있었다. 그녀만을 위한 연기라 해도 상관없다. 그는 그녀의 눈빛이 사랑임을 확인했고, 믿었으며, 그렇게 행동했다. 사랑의 실패는 그 다음의 문제이다.

모든 사람은 누군가를 사랑할 준비가 되어 있다. 그들은 늘 사랑을 갈구하지만 사랑은 단 하루밖에 지속되지 않는다. 하지만 그 하루는 영원하다. 날마다 우리는 현실과 만나고, 환상과 조우하며, 누군가가 던진 눈빛에 착각을 품으며 살아가기 때문이다. 그러므로 오늘도 스치듯 지나가는 누군가의 눈길을 받았다면, 우리는 지금 사랑에 빠질 준비가 되어 있는 것이다.

푸슈킨 _ Aleksandr Sergeevich Pushkin

눈보라

알렉산더 푸슈킨(1799-1837)

러시아 리얼리즘 문학의 확립자. 『나의 친구, 시인에게』로 문학계에 첫발을 들여놓았다. 그는 농노제 하의 러시아 현실을 정확히 그려 내는 것을 지향하였으며, 깊은 사상과 높은 교양으로, 이후의 러시아 작가와 유파에게 지대한 영향을 끼쳤다. 1837년 그는 아내를 짝사랑하는 프랑스 망명 귀족과의 결투로 부상당하여 38세에 죽음을 맞았다.

작품으로는 『삶이 그대를 속일지라도』 『예프게니 오네긴』 『스페이드의 여왕』 『벨킨 이야기』 『대위의 딸』 『청동의 기사』 등이 있다.

눈보라

The Snowstorm

우리의 기억에 남을 만한 그 시기, 그러니까 1811년이 거의 저물어갈 무렵, 가브빌라 가브릴로비치 R씨는 네나라도보에 있는 자신의 영지에 살고 있었다. 그는 손님을 후하게 접대할 뿐만 아니라 인정이 많기로 소문이 나 있었다.

이웃들은 자주 그의 집을 찾았는데 어떤 이들은 식사를 하고, 어떤 이들은 술 한 잔을 마시고, 어떤 이들은 그의 부인과 잔돈을 걸고 보스턴 게임을 하곤 했다. 또 어떤 이들은 그 부부의 귀여운 딸 마리아 가브릴로브나를 보기 위해 찾아오기도 했다.

마리아는 몸매가 날씬하고 얼굴이 새하얀 열일곱 살의 아가씨였다. 그녀는 많은 사람들이 며느리로 삼기 위해 눈독을 들일 만큼 아름답고 유복한 신부감이었다.

그녀는 많은 프랑스 소설을 읽었는데, 그 때문인지 일찍 사랑에 눈뜰 수 있었다. 그녀가 첫사랑의 대상으로 고른 사람은 휴가를 얻어 마을로 돌아온 가난한 병사 블라지미르 니콜라 예비치였는데, 그는 어떤 장교의 부관으로 일하고 있었다.

이 젊은이 역시 마리아 못지않은 사랑의 열정으로 불타고 있었다. 하지만 마리아의 부모는 두 사람의 만남을 달가워하지 않았다. 두 사람의 관계를 알아챈 마리아의 부모는 딸이 다른 생각을 못하도록 청년에게 퇴역한 말단 관리를 대할 때보다 더 냉담하게 굴었다.

그럼에도 불구하고 두 사람은 수시로 편지를 주고받았고, 매일같이 다른 사람의 눈을 피해 소나무 숲이나 오래된 예배당 근처에서 만났다. 그곳에서 그들은 서로에게 영원히 사랑할 것을 맹세했고, 자유롭게 사랑을 나눌 수 없는 자신들의 운명을 한탄하며 걱정스런 앞날에 대해 의논하기도 했다. 편지를 주고받고 서로 대화를 나누면서 두 사람은 자연스럽게 한 가지 결론에 도달했다.

'우린 서로가 없이는 숨조차 쉴 수 없어. 그런데도 가혹한 부모의 뜻이 우리의 행복을 방해한다면, 아예 부모의 뜻을 무시하고 살면 되는 것 아닐까?'

말할 필요도 없는 일이지만, 이 생각은 젊은이의 머릿속에 먼저 떠올랐고, 곧이어 마리아의 소설적인 상상력을 충족시켰다.

겨울이 오자 두 사람의 만남은 중단되었다. 하지만 편지 왕래는 점점 더 잦아졌다. 블라지미르 니콜라예비치는 그녀에게 편지를 보낼 때마다 이렇게 썼다.

'내게 모든 것을 맡겨 주오. 만일 우리가 비밀리에 결혼식을 올린 다음 얼마 동안 어딘가에 숨어 지내면, 마침내는 당신의 부모도 우리의 사랑을 허락해 줄 것이오. 부모도 결국엔 우리의 사랑에 감동할 것이고, 더구나 당신의 불행을 가만히 보고 있지는 않을 것이오.'

사랑하는 사람의 편지를 받은 마리아는 한동안 망설일 수밖에 없었다. 그는 두 사람이 도망칠 수 있는 여러 가지 계획에 대해 말했지만 마리아는 선뜻 받아들일 수가 없었다.

고민 끝에 그녀는 연인의 제의에 동의했다. 집에서 도망치기로 약속한 날, 그녀는 머리가 아프다는 핑계를 댄 채 저녁 식사도 하지 않고 자기 방에 있기로 했다. 하녀 역시 그녀의 계획에 동참했기 때문에 둘이서 뒷문을 통해 정원을 빠져나가기로 했다. 그런 다음 미리 준비해 놓은 썰매를 타고 마을에서 한참 떨어진 좌드리노 마을로 달려갈 생각이었다. 그곳에 있는 성당에서 블라지미르가 기다리기로 되어 있었던 것이다.

운명의 전날 밤, 마리아는 잠을 자지 못하고 꼬박 밤을 새웠다. 그녀는 뜬눈으로 밤을 지새며 속옷과 옷가지를 챙겨 짐을 꾸린 후 친구와 부모한테 각각 한 통씩의 편지를 썼다. 그녀는 지극히 감동적인 표현으로 작별을 고하고, 자신의 선택에 대해 변명하며 용서를 구했다. 그러면서 부모에게 남기는 편지의 말미에 이렇게 썼다.

「언제가 될지는 모르지만 저는 부모님의 발 아래 엎드리는 것이 허락되는 순간을 제 생애에서 가장 귀중한 순간으로 삼을 것입니다.」

두 통의 편지를 봉했을 때는 이미 어슴푸레 여명이 밝아 오고 있었다. 그녀는 그대로 침대에 몸을 던졌고, 곧 잠이 들었지만 무시무시한 꿈이 쉴 새 없이 그녀를 깨우곤 했다.

첫 꿈은 끔찍했다. 결혼식에 참석하기 위해 썰매에 올라타는 순간, 아버지의 손이 그녀를 붙잡았다. 그러고는 현기증이 날 정도의 빠른 속도로 눈 위를 질질 끌고 가서는 바닥 모를 캄캄한 지하로 내동댕이치는 것이었다.

그녀는 가슴이 턱 막히면서 깊은 수렁 속으로 곤두박질치기도 하고, 블라지미르가 창백한 얼굴로 피를 흘리며 풀밭 위에 누워 있는 것을 보기도 했다. 블라지미르는 찌르는 듯한 목소리로 한시바삐 결혼하자고 애원했다…….

그 밖에도 많은 환영들이 그녀의 눈앞에서 하나하나 펼쳐졌다. 마침내 그녀는 침대에서 일어났다. 얼굴은 평소보다 한결 창백했고 머리가 지끈거리기 시작했다. 결국 그녀의 부모는 마리아의 이상한 낌새를 눈치 채고 말았다.

"무슨 일이니? 어디 아픈 거야?"

계속되는 부모님의 물음이 그녀의 가슴을 더욱 아프게 했다. 그녀는 부모님을 안심시키기 위해 짐짓 쾌활한 표정을 지으려 했지만 마음먹은 대로 표정을 지을 수가 없었다.

이윽고 저녁이 되었다. 가족과 보내는 날도 이것이 마지막이라고 생각하니 그녀는 가슴이 바싹 조여드는 것만 같았다. 그녀는 살아 있다기보다 오히려 죽어 있는 듯 보였다. 그녀는 자기를 둘러싼 모든 사람들, 모든 물건들과 남몰래 작별을 고했다.

저녁 식사가 나오자 그녀의 심장은 심하게 고동쳤다. 그녀는 떨리는 목소리로, 저녁을 먹을 생각이 없다고 말하고는 아버지와 어머니에게 밤인사를 했다. 부모는 그녀에게 차례로 키스를 하며 여느 때와 같이 축복해 주었고, 순간 그녀는 터져 나오려는 울음을 간신히 참아 냈다.

자신의 방으로 돌아와 그녀는 의자에 몸을 던지고는 하염없이 눈물을 쏟았다. 하녀는 그녀에게 마음을 가라앉히고 용기를 내라고 위로했다. 모든 것이 준비되었다. 이제 30분 후면, 마리아는 이 집과 자신의 방과 평탄했던 처녀 적의 생활을 영원히 버린 채 떠나지 않으면 안되었다…….

밖에는 심한 눈보라가 휘몰아치고 있었다. 바람은 울부짖고, 덧창은 덜컹거렸다. 모든 것이 그녀에게는 위협적이고 불길한 전조처럼 느껴졌다.

이윽고 온 집안이 적막해지고 모두들 잠에 빠졌다. 마리아
는 털목도리를 두르고 따뜻한 외투를 걸쳤다. 그러고는 귀중
품을 담은 상자를 들고 뒷문으로 향했다. 하녀가 꾸러미 두
개를 들고 그녀를 뒤따랐다. 그들은 문을 나와 정원으로 내려
섰다. 눈보라는 좀체 수그러들지 않았다. 마치 죄 지은 어린
처녀의 발길을 멈춰 세우려는 듯, 바람은 거칠게 몰아쳤다.

그들은 거친 바람을 맞으며 힘겹게 정원 끝에 이르렀다. 길
가에 세워진 썰매가 그들을 기다리고 있었다. 모진 추위에 몸
이 얼어 버린 말들은 한 자리에 가만히 서 있지 못했고, 마부
는 안달하는 말들을 제어하면서 그 앞을 왔다 갔다 하고 있었
다. 마부는 마리아와 하녀를 썰매에 태우고 꾸러미와 귀중품
상자를 실은 후 고삐를 잡았다. 말들은 이내 쏜살같이 눈보라
속을 내달렸다.

블라지미르는 그날 온종일 돌아다녀야 했다. 아침에는 좌
드리노 성당의 신부에게 찾아가서 간신히 그를 설득했고, 그
다음에는 이웃 지주들 가운데서 혼인 서약에 참석할 증인을
구하러 돌아다녔다.

그가 찾아간 사람은 마흔 살의 퇴역 소위였는데, 그는 두
말 않고 증인이 될 것을 승낙해 주었다. 그는 오히려 블라지
미르의 모험이 지난 경기병 시절의 짓궂은 장난을 떠오르게
한다고 말했다. 그는 블라지미르에게 저녁 식사를 대접하며

나머지 두 명의 증인에 대해서도 걱정하지 말라고 얘기했다.

그의 말대로 저녁 식사가 끝나자 콧수염을 기르고 각반 달린 장화를 신은 측량기사 슈미트와 경찰서장의 아들로 얼마 전 창기병 부대에 들어간 열여섯 살쯤 되는 소년이 나타났다. 그들은 블라지미르의 요청을 수락했을 뿐만 아니라 그를 위해 목숨까지 바칠 각오가 되어 있다는 맹세까지 했다. 블라지미르는 너무나 감격한 나머지 그들을 포옹하고는 결혼식 준비를 위해 집으로 돌아왔다.

벌써 날이 꽤 저물어 있었다. 그는 믿음직한 마부 한 사람에게 상황을 정확히 일러준 후 마리아를 데려오게 했다. 또 말 한 필이 끄는 작은 썰매를 준비하도록 하여 자신이 타기로 했다.

그로부터 두 시간 후 그는 혼자 썰매를 몰아 좌드리노 마을로 향했다. 마을까지는 환히 알고 있는 길이었고, 20분이면 충분한 거리였다.

그러나 블라지미르가 마을의 경계를 벗어나 벌판으로 들어서자 거친 바람이 일기 시작하더니 이내 눈보라가 몰아쳐 한 치 앞도 볼 수 없게 되었다. 한순간에 길은 눈으로 덮여 버렸고, 주위의 모든 것은 뿌옇고 누르스름한 농무濃霧 속으로 사라졌다. 더구나 거친 눈보라가 난무하며 하늘과 땅도 구별할 수 없을 지경이었다.

언뜻 정신을 차렸을 때 블라지미르는 들판 한가운데 홀로 고립되어 있음을 깨달았다. 다시 길로 빠져나오려고 애를 썼지만 허사였다. 썰매를 끌던 말이 앞을 분간하지 못하고 내달리는 바람에 썰매는 쉴 새 없이 뒤집어졌다. 블라지미르는 방향만은 잃지 않으려고 애썼다. 그러나 벌써 30분이 지났는데도 좌드리노 마을은 보이지 않았다.

다시 10분이 지났다. 여전히 마을을 둘러싸고 있던 숲은 보이지 않았다. 블라지미르는 깊은 계곡 사이의 벌판을 지나갔다. 여전히 눈보라는 몰아쳤고, 구름이 걷힐 기미도 보이지 않았다. 말은 점점 지쳐가고 있었다. 그는 세찬 눈보라를 맞으며 허리까지 쌓인 눈 속에 여러 번 나뒹굴었는데도 비 오듯 땀을 흘리고 있었다.

드디어 그는 자신이 방향을 잘못 잡고 있는 것을 깨달았다. 블라지미르는 썰매를 멈추고 잠시 생각에 잠겼다. 그는 기억을 더듬으며 지나온 길을 곰곰이 따져 보았다. 그런 다음 그는 오른쪽으로 방향을 잡아야 한다는 확신을 얻었다.

마침내 그는 오른쪽으로 썰매를 몰기 시작했다. 지친 말은 간신히 걸음을 옮겨 놓고 있었다. 길을 나선 지 한 시간이 넘었으므로 좌드리노 마을은 가까운 곳에 있을 것이다. 그러나 아무리 달려도 벌판은 끝이 없었다. 어딜 가나 하얀 언덕과 고랑들뿐이었다.

썰매는 계속 뒤집어져 그는 쉴 새 없이 쓰러진 썰매를 일으켜 세워야 했다. 다시 시간이 흘러갔다. 블라지미르는 심한 불안에 휩싸이기 시작했다.

　이윽고 한쪽에 거무스름한 무엇인가가 보이기 시작했다. 블라지미르는 그쪽으로 방향을 바꿨다. 앞으로 다가가자 그는 그것이 마을을 둘러싸고 있는 숲임을 알았다.

　'됐어' 하고 그는 생각했다. '이젠 멀지 않아.'

　그는 숲의 외곽을 따라 썰매를 몰았다. 얼마 후면 낯익은 길이 나타나거나 이 숲을 빙 돌아가면 마을이 나타날 것이라는 희망을 품은 채였다. 좌드리노 마을은 바로 숲 너머에 있을 것이다.

　얼마의 시간이 지났을까. 그는 가까스로 마을로 향하는 길을 찾아냈다. 그는 마음을 놓으며 앙상하게 몸을 드러낸 겨울 나무들 사이로 들어갔다. 숲 속으로 들어서자 바람은 그다지 거세지 않았다. 길은 평평했고 말도 기운을 차리기 시작했다. 그제야 블라지미르는 안도의 한숨을 내쉬었다.

　그러나 아무리 달려도 마을은 보이지 않았다. 금방 끝을 드러내야 할 숲도 끝없이 이어져 있었다. 블라지미르는 낯선 숲으로 들어온 것을 알고는 금세 공포에 질렸다. 순간 그는 아득한 절망감에 휩싸였다. 당황한 그는 말에 채찍질을 가했다. 말은 빠른 걸음으로 달리는가 싶더니 이내 기운이 빠지고 말았다. 그의 온갖 노력에도 불구하고 15분쯤 지나자 힘이 빠진 말은 더욱 더 느릿느릿 걸어가기 시작했다.

　한참을 달리자 나무들이 듬성듬성해지면서 숲의 끝이 나타났다. 숲을 빠져나오긴 했지만 여전히 마을의 모습은 보이지 않았다. 한밤이 다 된 듯했다. 순간 그의 눈에서 눈물이 솟구쳤다. 그는 방향도 분간하지 않고 다급히 말을 몰았다.

폭풍이 멎고 구름도 흩어지기 시작하자 눈앞에는 파도 모양의 흰 양탄자로 덮인 평원이 펼쳐져 있었다. 무척이나 밝은 밤이었다. 문득 그는 멀지 않은 곳에, 너댓 채의 집으로 이루어진 작은 마을이 있다는 것을 발견했다. 블라지미르는 서둘러 그곳으로 향했다. 첫 농가 앞에 이르자 그는 썰매에서 뛰어내려 창문으로 달려가 두드렸다. 잠시 후 나무 덧창이 올라가고 노인이 회색 수염을 내밀었다.

"무슨 일이오?"

"여기서 좌드리노 마을까지 먼가요?"

"여기서 좌드리노 마을까지 머냐고?"

"네, 네, 머냐고요?"

"멀지 않아요! 10베르스타 정도." (1베르스타는 1,067m. 10베르스타는 약 11km)

그 말에 블라지미르는 마치 사형 선고를 받은 사람처럼 머리카락을 휘어잡은 채 몸이 굳어 버렸다.

"어디서 왔소?"

노인이 다시 물었다. 블라지미르는 대답할 기분이 아니었다.

"이봐요, 말을 빌려 줄 수 없겠습니까?"

"우리한테 무슨 말이 있겠소?"

노인이 대답했다.

"그럼 길을 안내할 사람이라도 구할 수 없겠습니까? 돈은 달라는 대로 드릴 테니까요."

"기다리시오."

노인이 덧창을 내리면서 말했다.

"그럼 아들놈을 보내 드리죠. 그 애가 안내할 겁니다."

블라지미르는 잠시 기다렸다. 그러나, 일 분도 채 못 되어 그는 다시 창문을 두드리기 시작했다. 덧창이 올라가고, 다시 노인이 얼굴을 내밀었다.

"무슨 일이오?"

"아드님은 어떻게 된 겁니까?"

"곧 나올 거요. 신발을 신고 있으니까요. 춥지 않소? 안으로 들어와 몸이라도 녹이시오."

"고맙습니다만, 아드님을 빨리 내보내 주십시오."

문이 삐걱거리더니, 이윽고 막대기를 손에 쥔 젊은이가 밖으로 나왔다. 젊은이는 막대기로 방향을 가리키기도 하고, 눈덩이에 파묻힌 길을 찾기도 하며 앞장서 걷기 시작했다.

"몇 시쯤이나 되었습니까?"

블라지미르가 그에게 물었다.

"날이 곧 밝을 겁니다."

젊은이가 대답했다. 블라지미르는 더 이상 말을 하지 않왔다.

그들이 좌드리노에 도착했을 때는 벌써 날이 훤히 밝아 있었다. 성당 문은 닫혀 있었다. 블라지미르는 길을 안내한 젊은이에게 사례를 하고는 성당 안마당으로 들어갔다. 하지만 그곳에는 아무도 없었다. 도대체 그를 기다리고 있던 소식은 무엇인가!

아무 일도 없었다.

마리아의 부모는 잠이 깨어 거실로 나왔다. 그녀의 아버지는 실내 모자를 쓰고 솜 재킷을 입은 채였고, 어머니는 솜을 넣은 실내 가운을 입고 있었다. 부모는 하녀를 불러 딸의 몸 상태는 어떤지, 지난밤엔 잠을 잘 잤는지를 물었다. 하녀는 마리아의 방에 갔다 와서는 아가씨가 간밤에 잠을 잘 자지는 못했지만, 몸이 좀 나아져서 곧 거실로 나올 것이라고 말했다. 잠시 후 문이 열리더니 마리아가 아빠와 엄마에게 인사를 했다.

"머리는 좀 어떠냐?"

"좋아졌어요, 아빠."

"어제 틀림없이 석탄 가스를 마신 게다."

어머니가 말했다.

"그런 것 같아요, 엄마!"

마리아는 태연히 대답했다.

그날은 무사하게 지나갔지만 밤이 되자 마리아는 병이 났다. 읍에서 의사를 데려와야 했다. 의사가 도착했을 때 그녀는 열에 들떠 헛소리를 하고 있었다. 이후 그녀는 두 주일 동안이나 삶과 죽음의 경계를 넘나들었다.

집안 식구들은 아무도 그녀의 도주 계획에 대해 알지 못하고 있었다. 운명의 전날 밤에 그녀가 썼던 편지들은 모두 불태워졌고, 하녀는 주인이 화를 낼까 두려워 일체 아무 말도 하지 않았다. 모두 마찬가지였다.

결혼식을 주선하려 했던 성당의 사제와 퇴역 기병 소위, 콧수염의 측량기사, 어린 창기병 등 증인으로 참석하려 했던 사람들까지 모두 입을 닫고 있었다. 거기에는 나름대로의 이유가 있었다. 마리아를 데려가기로 했던 마부는 비록 술이 취하더라도 절대로 헛말을 하는 사람이 아니었다. 때문에 모두들 그를 믿고 굳게 비밀을 지킨 것이다.

그러나 마리아 자신이 고열로 몸부림치며 끊임없이 헛소리를 하는 바람에 그 비밀이 새어 나오고 말았다. 그러나 그녀의 헛소리는 정확하지 않았다. 줄곧 마리아의 곁을 지킨 어머니가 알 수 있었던 것은, 딸이 블라지미르 니콜라예비치를 죽도록 사랑하고 있으며, 아마도 그것 때문에 병이 악화되었다는 것뿐이었다.

어머니는 이 사실을 남편과 몇몇 이웃들과 의논했다. 마침내 그들은 이 일이 마리아의 운명일지 모른다는 생각을 하게 되었다. 운명은 피할 수 없는 것이고, 가난은 죄가 아니며, 부부로 함께 살 상대는 돈이 아니라 사람이라는 것에 의견의 일치를 보았다. 교훈적인 격언들은 자기 합리화를 위해 마땅한 생각을 떠올리지 못할 때, 놀랄 만큼 유용한 경우가 있는 법이다.

그러고 있는 동안 마리아는 점점 회복되기 시작했다. 블라지미르는 벌써 오래전부터 마리아의 집에 모습을 비치지 않고 있었다. 마리아 부모의 냉대에 주눅이 들어 있었던 것이다.

하지만 마리아의 부모는 딸의 결혼을 승낙했다. 부모는 예기치 못한 이 소식을 블라지미르에게 알리기로 결정하고 사람을 보냈다. 하지만 블라지미르는 전혀 뜻밖의 답장을 보내왔다.

「이젠 두 번 다시 마리아의 집에 발을 들여놓지 않겠습니다. 나의 유일한 희망은 죽음뿐입니다. 그러니 나를 잊어 달라고 전해 주십시오.」

마리아의 부모는 그의 편지를 받고 놀랐다. 며칠 후 마리아의 부모는 블라지미르가 다시 부대에 합류했다는 소식을 들었다. 때는 1812년이었다.

부모들은 병에서 막 회복되기 시작한 마리아에게 이 사실을 알릴 엄두를 내지 못했다. 그녀 역시 블라지미르의 이름을 입 밖에 내는 일이 없었다.

몇 개월이 지난 뒤, 그녀는 보로지노 전투의 실종자 및 중

상자 명단 속에서 블라지미르의 이름을 발견했다. 그 명단을 확인하는 순간 그녀는 기절하고 말았다. 주위 사람들은 또다시 열병이 도지는 게 아닌지 걱정했다. 그러나 다행스럽게도 별 탈은 없었다!

또 다른 불행이 그녀를 찾아왔다. 아버지가 세상을 떠난 것이다. 아버지가 그녀에게 많은 유산을 남겨 주었지만 그것으로 위안이 되지 못했다. 그녀는 엄마와 함께 슬픔을 나누면서, 절대로 엄마 곁을 떠나지 않을 것이라고 맹세했다. 그 후 모녀는 슬픈 추억들이 어린 네나라도보를 떠나 다른 곳으로 이사했다.

이사한 마을에서도 많은 구혼자들이 마리아의 주위를 맴돌았지만 그녀는 누구에게도 털끝 만한 희망도 안겨 주지 않았다. 어머니는 가끔 후보자를 골라 보라고 타일렀지만 마리아는 고개를 흔들고 생각에 잠기곤 했다.

블라지미르는 이미 이 세상 사람이 아니었다. 그는 프랑스 군대가 들어오기 전날 밤에 모스크바에서 사망했다. 마리아에게 있어서 그에 대한 추억은 성스러움 그 자체였다. 적어도 그가 예전에 읽었던 책들이며, 그의 그림들, 그가 그녀를 위해 베껴 둔 악보나 시 등, 그를 떠올릴 수 있게 하는 모든 것은 그녀가 보관하고 있었다. 이 모든 것을 안 이웃들은 그녀의 변치 않는 마음에 놀라워하며, 호기심 어린 눈빛으로 이 처녀가 가진 슬픈 정절을 정복하게 될 영웅이 나타나기를 기다렸다.

이윽고 전쟁은 영광스럽게 끝났다. 러시아 군인들은 외국에서 돌아왔고, 사람들은 군인들을 맞이하기 위해 달려갔다. 군악대는 〈헨리 4세 만세〉나 〈티롤의 왈츠〉, 그리고 〈조콘다 아리아〉 같은, 전리품이라고 할 수 있는 노래들을 연주했다. 소년의 나이로 전쟁에 나갔던 장교들은 완전한 성인이 되어 십자훈장을 달고 귀환했다.

병사들은 연신 독일 말이나 프랑스 말을 섞어 유쾌하게 떠들어댔다. 잊을 수 없는 한때! 영광과 감격의 순간이었다! 조국이라는 말을 귀에 담을 적마다 러시아 사람의 가슴은 얼마나 격렬하게 뛰었는지! 재회의 눈물은 얼마나 달콤했던가! 우리는 얼마나 한마음이 되어 민족에 대한 자긍심과 황제에 대한 사랑을 하나로 결합시켰던가! 그리고 황제에게는 얼마나 감격스러운 순간이었던가!

여인들, 그때의 러시아 여인들은 정말 어디에 비할 데가 없는 아름다운 여인들이었다. 그들의 몸에 밴 차가움은 사라졌다. 여자들은 개선 군인들을 맞으며 외쳤다.

"만세!"

그리고 하늘 높이 모자를 던졌다.

당시의 장교들 가운데서 그 누가 러시아 여인이 가장 훌륭하고 귀중한 포상이었노라고 고백하지 않을 수 있을까?

이 빛나는 시기에 마리아는 어머니와 함께 시골에서 살고 있었기 때문에 대도시의 시민들이 군인들의 귀환을 어떤 식으로 축하했는지 직접 보지는 못했다. 그러나 면과 읍내에서도 환호성은 굉장했다. 시골 마을에서 장교 차림의 남자는 진정한 승리자로 대접받아 그가 옆에 있으면 연미복을 입은 연인은 기분이 상할 수밖에 없는 노릇이었다.

마리아의 냉담한 태도에도 불구하고 그녀는 여전히 구혼자들에게 둘러싸여 있었다. 그러나 영광스런 부상을 입은 기병대위 부르민이 단춧구멍에 훈장을 달고 귀족 아가씨들이 흔히 말하듯 '흥미로운 창백함'을 지니고 그녀의 영지에 나타났을 때 다른 여자들은 순순히 물러서지 않을 수 없었다. 부르민은 스물여섯 정도의 나이였다. 그는 휴가를 보내기 위해 마리아의 영지 바로 이웃에 있는 자신의 영지에 와 있었다.

마리아는 그를 각별히 대했다. 그녀는 그가 있는 자리에서는 활기차 보였다. 그녀가 그에게 교태를 부렸다고 할 수는 없었다. 그러나 그녀의 거동을 관찰한 시인이라면, 이렇게 말할 것이다.

이것이 사랑이 아니라면 무엇이랴?

부르민은 분명 아주 매력적인 젊은이였다. 그는 여자들의 마음을 사로잡는 재능을 가지고 있었다. 남을 배려하는 예의

와 사물을 관찰하는 능력이 있었고, 전혀 잘난 척하지 않았으며 더구나 유머를 구사할 수 있는 재능까지 갖추고 있었던 것이다. 마리아를 대하는 그의 태도는 소박하고 자연스러웠으나, 그녀가 어떤 말이나 행동을 하든 그의 온 마음과 눈길은 항상 그녀를 뒤쫓았다.

그는 조용하고 온순하게 보였지만 한때 굉장한 장난꾸러기였다는 소문이 있었다. 하지만 그런 평판이 마리아가 그에 대해 갖고 있는 생각에 방해가 되지는 않았다. 마리아도——다른 모든 젊은 숙녀들과 마찬가지로——용기와 열정에 따른 장난에는 기꺼이 관용을 베풀었던 것이다.

그러나 그의 우아함, 그의 쾌활한 말, 귀공자 풍의 창백한 낯빛, 붕대를 감은 팔보다도 더 그녀의 호기심과 상상력을 자극한 것은 이 젊은 경기병 장교가 무언가에 대해 침묵하고 있다는 점이었다. 그녀는 그가 자신에게 반했다는 것을 알고 있었다. 부르민 또한 자신의 경험을 통해 그녀가 자신을 각별히 대한다는 것을 이미 알아차렸다.

하지만 그녀는 부르민이 자신의 발 아래 엎드리는 것을 보지 못했고, 그의 고백도 듣지 못하고 있었다. 무엇이 그를 그토록 자제하게 하는 것일까? 진실한 사랑에 따르는 부끄러움일까? 여자를 낚으려는 교활한 술책일까?

이것은 그녀에게 의문의 수수께끼였다. 오래 생각한 끝에 그녀는 수줍음 때문이라는 결론에 도달했다. 그리하여 그녀는 더 각별한 주의를 기울이고, 때에 따라서는 애정 어린 행동까지 하며 그를 격려하기로 마음먹었다. 그녀는 지극히 돌발적인 결말을 상상하며 초조하게 낭만적인 사랑 고백을 고대하고 있었다. 어떤 종류의 비밀이라도 여자의 마음에는 항상 짐이 되는 것이다.

이윽고 그녀의 전략은 효과를 보기 시작했다. 부르민이 깊은 생각에 잠기고, 그의 검은 눈이 불타면서 마리아에게 머무는 것만으로 미루어 봐도 결정적인 순간이 가까워 오고 있음을 짐작할 수 있었다. 이웃들은 이미 결판이라도 난 듯 결혼식을 이야기했고, 마리아의 어머니는 딸이 마침내 신랑감을 찾은 것을 기뻐했다.

그러던 어느 날, 마리아의 어머니가 거실에 혼자 앉아 카드 패를 떼고 있는데, 부르민이 찾아왔다.

"마리아는 어디에 있죠?"

"정원에 있네."

마리아의 어머니는 흥미로운 표정으로 다시 말을 이었다.

"가 보게. 나는 여기서 기다리고 있겠네."

부르민이 정원으로 나가자 마리아의 어머니는 성호를 그으며 아마 오늘 모든 일이 끝나려나 보다, 하고 생각했다.

부르민은 연못가 버드나무 아래에서 손에 책을 들고, 하얀 드레스를 입은 채 마치 소설의 진짜 여주인공처럼 앉아 있는 마리아를 발견했다. 의례적인 인사 몇 마디를 건넨 후 갑자기

침묵이 흘렀다. 마리아 역시 꾹 입을 다물었다. 마침내 그로부터 확실한 고백을 듣기 위해서였다. 이 어색한 침묵으로부터 벗어나려면 그 역시 고백을 하지 않고는 못 배길 것이라고 생각한 것이다.

부르민은 난처해진 상황을 깨닫고는 그녀에게 오래전부터 마음을 열어 보일 수 있는 기회를 찾고 있었다고 말했다. 그런 다음 잠깐 자신의 얘기에 주의를 기울여 달라고 청했다.

"당신을 사랑해요."

이윽고 부르민이 말했다.

"당신을 열렬히 사랑합니다……."

마리아는 얼굴을 붉히면서 고개를 떨어뜨렸다. 부르민이 어렵게 말을 이었다.

"제가 조심했어야 하는데…… 결국 매일 당신의 모습을 보고 당신의 목소리를 듣는 달콤한 습관에 빠져 버려…… 이미 제 운명과 맞서기에는 늦어 버렸습니다. 당신에 대한 회상, 당신의 사랑스럽고 비할 데 없는 모습은 이제부터 제 삶에 고통과 기쁨이 되겠죠. 그러나 아직 저에게는 어려운 의무를 수행해야 하는 일이 남았군요. 당신한테 무서운 비밀을 털어놓고 우리들 사이에 넘을 수 없는 벽을 세워야 하는 의무……."

"벽은 늘 있었지요."

마리아는 활기를 띠며 대답했다.

"저는 아무리 해도 당신 아내가 될 수 없는 여자……."

"알아요."

그는 나지막하게 대답했다.

"언젠가 당신이 사랑을 했고, 애인이 죽었고, 3년 동안이나 비탄에 빠져 있었던 일을 잘 알고 있습니다. 착하고 사랑스런 마리아! 제 마지막 위안마저 빼앗지는 마십시오. 당신이 저를 행복하게 해 줄 수 있을 것이라는 생각 말입니다. 만약……"

"아무 말 마세요. 제발, 아무 말도 하지 마세요. 당신은 나를 고문하는군요."

"네, 알아요. 느끼지요. 당신이 제 사람이 되었으면 하는 걸. 그러나, 저는 불쌍한 인간이지요. 저는 이미 결혼을 했습니다!"

마리아는 화들짝 놀라며 그를 쳐다보았다.

"이미 결혼했습니다."

부르민이 계속 말했다.

"벌써 결혼한 지 4년째입니다. 하지만 누가 제 아내인지, 그녀가 어디 있는지, 그녀를 언젠가 만날 수 있는지조차도 모르고 있습니다!"

"무슨 말씀을 하시는 거죠?"

마리아가 외쳤다.

"1812년 초였지요."

부르민이 말했다.

"저는 우리 연대가 주둔해 있는 곳으로 서둘러 가고 있었습니다. 어느 날 저녁, 역참驛站에 늦게 도착하여 말들을 빨리 매어 두라고 명령하려는 차에 무시무시한 눈보라가 치기 시작했지요. 그러자 마부들이 눈보라가 지나갈 때까지 기다리라고 하더군요. 그들 말을 따랐지요. 그런데 알 수 없는 불안이 휩싸더군요. 마치 누군가가 저를 그냥 밀어 대는 것같이 말입니다. 눈보라는 좀체 수그러들지 않았어요.

저는 견딜 수가 없었습니다. 다시 말들을 매라고 명령하고는 눈보라 속으로 곧장 내달렸습니다. 마부는 언 강을 건너 달려가려고 했지요. 그러면 지름길로 갈 수 있었거든요. 그런데 강둑이 눈으로 덮여 있어 마부가 그만 길로 나가는 지점을 찾지 못하고 지나쳐 버렸습니다. 그래서 우리는 알지 못하는 곳에 있게 되었지요. 거센 바람은 좀체 잠잠해지지 않았습니다. 마침 저는 희미한 불빛 한 점을 발견하고 그리로 가자고 명령했지요. 우리는 마을에 도착했습니다. 나무로 지은 성당에 불이 켜져 있더군요. 성당 문은 열려 있었는데 울타리 밖에 썰매 몇 대가 서 있었고, 사람들은 현관을 들락거리고 있었고요. 그때 몇 사람이 나를 향해 소리치더군요.

「이리로! 이리로!」

저는 마부에게 다가가려고 했지요. 그런데 누군가 내게 말하더군요.

「도대체 왜 이렇게 늦은 거야? 어디서 꾸물거리느라 늦었어? 신부는 기절했고 사제도 어찌할 바 몰라 하고 있네. 우리는 지금 막 돌아가려고 하던 참이었다고! 어서 내리게.」

저는 말 없이 썰매에서 내려 서너 개의 촛불이 희미하게 비치고 있는 성당으로 들어갔지요. 한 젊은 여자가 교회의 어두운 구석에 앉아 있었고, 다른 젊은 여자는 그녀의 양 관자놀이를 비벼 주고 있었어요.

「다행이에요.」 하고 그 여자가 말했지요. 「가까스로 도착하기는 하셨으니. 아씨를 죽게 할 뻔했잖아요.」

늙수그레한 사제가 제게로 다가오며 물었지요.

「시작할까요?」

「시작하세요, 시작하세요.」 하고, 저는 얼이 빠져 지껄였지요.

젊은 여자를 일으켜 세우더군요. 그녀는 한 점 티도 없게 보였습니다. 사실 이해받을 수도 없고, 용서도 구할 수 없는 경솔한 짓이었지요. 그녀와 나란히 설교단 앞에 서게 되었습니다. 사제는 무척 서둘고 있었구요. 세 명의 남자와 하녀는 그녀를 돌보느라 온통 정신이 팔려 있었지요. 사제가 혼인 서약을 시켰습니다.

「서로 키스하세요」라고 말입니다.

제 아내는 제게로 창백한 얼굴을 돌렸어요…….. 저도 그녀에게 입을 맞추려 하는데 그녀가 비명을 지르더군요. 「아! 그가 아니에요! 그가 아니에요!」 하며 정신을 잃고 바닥에 쓰러졌어요.

증인들은 경악하며 저를 쳐다보았지요. 저는 몸을 돌려 아무 방해도 받지 않고 교회에서 나와 마차에 몸을 던지며 소리 쳤어요.「어서 출발해!」하고."

"세상에!"

마리아가 신음처럼 외쳤다.

"그러고 나서 당신은 불쌍한 당신 아내가 어찌 되었는지 모르세요?"

"모릅니다."

부르민이 대답했다.

"제가 결혼한 마을의 이름도 몰라요. 어느 역참에서 출발 했는지도 기억을 못하고요. 그 당시 저는 죄스러운 저의 장난 질에 전혀 의미를 두지 않았으니까요. 그래서 저는 성당에서 출발하자마자 곧 잠이 들어 다음 날 아침에야 깨어났지요. 이 미 세번째 역참이더군요. 당시 저와 함께 있었던 하인은 이미 전쟁 중에 죽어 버렸습니다. 그래서 제가 잔인하게 조롱했고, 지금까지도 잔인하게 보복당하고 있는 그 여자를 찾을 수도 없습니다. 이젠 그런 희망조차 없습니다."

"세상에! 세상에!"

마리아가 소리를 내지르며 덥석 그의 손을 잡았다.

"그러니까 당신이었군요! 저를 못 알아보시겠어요?"

부르민의 얼굴이 창백해졌다. 그리고 그녀의 발 아래로 자 신의 몸을 던졌다.

알 수 없는 사랑의 여정, 사랑과 운명은 하나다

엇갈린 만남은 비극의 단골 메뉴이다. 대부분의 연애소설 또한 비극의 형식을 취하고 있기 때문에, 엇갈린 만남을 통해 비틀어지는 운명을 다루는 경우가 많다. 이 소설 역시 이러한 틀에서 크게 벗어나지는 않는다.

사랑을 갈구하는 한 쌍의 연인이 있다. 이들 역시 사랑의 훼방꾼을 피해 도주를 결심한다. 하지만 약속이란 얼마나 깨지기 쉬운 것인가. 사랑을 하면서 연인들은 수없이 많은 언약을 남발하지만, 대부분은 오해되고 뒤틀리며 수난을 겪는다. 그리스 신화에 등장하는 '피라모스와 티스베'의 이야기를 본뜬 「로미오와 줄리엣」에서도 연인의 약속은 사소한 오해 때문에 죽음으로 연결된다.

결국 사랑의 약속이란 앞으로 두 사람이 걸어가야 할 험난한 여정을 예고하는 단서일 뿐이다.

소설 속의 주인공도 마찬가지이다. 이들은 초라하지만 아늑한 성당에서 결혼식을 올릴 기대에 부풀어 마침내 서로의 둥지를 떠난다. 이들에게는 어떤 시련이나 수모도 감내할 각오가 되어 있었다. 그러나 이들을 기다리고 있는 것은 아름다운 미래가 아니라 오해와 상처였다.

남자는 뒤늦게 성당에 도착하지만 아무도 만날 수 없었다. 먼저 성당에 도착해 있던 여자는 거의 정신을 잃은 채, 우연히 성당 앞을 지나던 남자와 결혼식을 올린다. 그런 다음 세 사람은 서둘러 제자리로 돌아가야 할 사람들처럼 헤어진다. 결국 그녀의 연인은 전쟁터에 나가 목숨을 잃고, 결혼식에 신부와 신랑으로 참가했던 생면부지의 여자와 남자는 깊은 상처를 간직하게 된다. 오랜 세월이 흘러, 신랑은 운명적인 힘에 이끌려 그녀 곁으로 다가온다. 아이러니컬하게도 진짜 사랑은 이제부터 시작된다. 처음엔 전쟁터에서 죽은 남자가 사랑의 주인공처럼 보이지만, 결국 그는 자신의 연인과 엉뚱한 사람과의 사랑을 잉태시켜 주는 조연으로 전락하는 것이다.

이제 여신의 질투를 원망할 필요는 없다. 사랑의 여신은 바로 진짜 사랑을 만나게 하기 위해 그들의 운명을 잠시 비틀었을 뿐이다. 그러니, 이별을 슬퍼할 이유도 없다. 지금 겪고 있는 사랑은 결국 누군가를 만나기 위한 여정 같은 것이기 때문이다.

사랑이란 인생에 있어서 최초의 것이 아니라 최후의 것이다. 따라서 현재의 사랑을 실패했다고 해서 절망할 필요는 없다. 인간이 위대한 것은 자신에게 주어진 운명을 사랑할 수 있는 존재이기 때문이다. 그리고 그런 사람만이 최후의 사랑을 쟁취할 수 있다.

오 헨리_ O. Henry

크리스마스 선물

오 헨리(1862-1910)

미국의 소설가. 본명은 윌리엄 시드니 포터(William Sydney Porter). 순수한 단편작
가로, 따뜻한 유머와 깊은 페이소스를 작품에 풍기게 하여 모파상이나 체호프에도
비교된다. 미국 남부나 뉴욕 뒷골목에 사는 가난한 서민과 빈민들의 애환을 다채로
운 표현과 교묘한 화술로 그려 놓았다. 특히 독자의 의표를 찌르는 줄거리의 결말은
기교적으로 뛰어나다.

불과 10년 남짓한 작가 활동 기간 동안 300편 가까운 단편소설을 썼으며, 작품집으
로는 『경찰관과 찬송가』『마지막 잎새』『크리스마스 선물』『20년 후』 등이 있다.

크리스마스 선물

The Gift of the Magi

1달러 87센트. 그게 전부였다.

그중 60센트는 1센트짜리 동전들이었다. 동전은 채소가게나 과일가게, 또는 푸줏간 주인과 실랑이를 벌이며 한 푼 두푼 모은 것들이다. 우수리를 깎아 달라고 가게 주인들과 실랑이를 할 때마다, 그녀는 옹색한 거래에서 느끼는 자신의 인색함 때문에 늘 두 뺨이 붉어지곤 했었다. 델라는 세 번이나 돈을 세어 보았다. 그래도 수중에 있는 돈은 고작 1달러 87센트. 하지만 오늘은 크리스마스 이브였다.

낡은 소파에 몸을 던진 채 엉엉 울고 싶은 심정이었다. 실제로 델라는 그렇게 울었다. 울면서, 그녀는 깨달았다. 인생이란 흐느낌과 눈물과 웃음으로 이루어진다는 것을, 그것도 주로 흐느낌으로 이루어진다는 것을.

그녀가 머물고 있는 집은 주당 8달러짜리 가구가 딸려 있는 셋방이었다. 정확한 표현이 되지는 않겠지만, 금방이라도 부랑자 단속반이 쳐들어올 것만 같은 그런 집이었다.

아래층 현관에는 편지 한 통 담겨 있지 않은 우편함과 사람 손가락으로는 도저히 울릴 수 없을 것만 같은 초인종이 붙어 있다. 또 그 옆에는 '미스터 제임스 딜링햄 영' 이라는 이름표가 붙어 있다.

'딜링햄' 은 그녀 남편의 이름이었다. 딜링햄이 주당 30달러의 급료를 받으며 잘나가던 시절에는 그 이름표마저도 보란 듯 으스대며 현관에 붙어 있기도 했다. 그러나 수입이 주당 20달러로 줄어든 뒤 '딜링햄' 이라는 글자도 흐릿하게 색이 바래 버렸고, 이제는 그 글자마저도 눈에 안 띄는 'D' 자 하나로 줄어들기를 간절히 원하고 있는 듯 보였다. 그러나 이름표와는 달리, 미스터 제임스 딜링햄 영은 직장에서 귀가하면 부인 델라로부터 '짐' 이라는 애칭으로 불리며 뜨거운 포옹을 받았다. 그건 정말 흐뭇한 일이었다.

델라는 울음을 멈추고 분첩으로 두 뺨을 다독거렸다. 그녀는 창가에 서서 잿빛 고양이가 잿빛 뒷마당의 잿빛 울타리를 걸어가는 것을 멍하니 내다보았다. 내일은 크리스마스. 하지만 그녀의 손엔 고작 1달러 87센트밖에 없었다. 그것으로 짐에게 크리스마스 선물을 사 주어야 한다. 그녀는 힘이 닿는 대로 수개월 동안 한 푼 두 푼 동전을 모아 왔다. 그런데 결과가 고작 이것뿐이라니!

일주일에 20달러는 금세 없어졌다. 지출은 예상했던 것보다 더 컸다. 씀씀이란 게 항상 그렇다. 짐에게 줄 크리스마스 선물을 사는 데 고작 1달러 87센트라니. 그녀는 짐을 위해, 사랑하는 짐을 위해 뭔가 그럴 듯한 선물을 살 계획을 세우며 얼마나 많은 시간을 행복하게 보냈던가. 뭔가 훌륭하고 흔치 않으며 그럴듯한 선물, 짐이 가진 고귀한 명예에 어울릴 만한 선물을 위해⋯⋯.

창문들 사이에 낡은 거울이 하나 걸려 있었다. 주당 8달러짜리 셋방에 어울릴 만한 거울이었다. 이제는 너무 낡아서 세로줄 무늬가 생겨 있었다. 아주 마르고 민첩한 사람도 줄 무늬 사이에 비친 자신의 모습을 재빨리 훑어보아야만 전신의 모습을 파악할 수 있을 만한 그런 거울이었다. 델라 역시 날씬한 편이어서 거울에 비친 자신의 모습을 한눈에 알아볼 수 있는 기술을 잘 익히고 있었다.

갑자기 그녀는 창문에서 휙 돌아서서 거울 앞에 섰다. 그녀의 두 눈은 반짝반짝 빛이 났지만, 금세 얼굴빛이 창백해졌다. 서둘러 그녀는 머리카락을 풀어 밑으로 길게 늘어뜨렸다.

제임스 딜링햄 영 부부에게는 크게 자랑할 만한 두 가지 소유물이 있었다.

그중 하나는 금시계였다. 금시계는 한때 짐의 아버지 것이었으며, 그 전에는 짐의 할아버지 것이기도 했다. 다른 하나는 델라의 아름다운 머리카락이었다. 만일 시바의 여왕이 건너편 아파트에 살고 있었다면, 델라는 젖은 머리카락을 말릴 때마다 창문 밖으로 길게 머리칼을 늘어뜨림으로써 시바 여왕의 값진 보석들을 무색하게 만들었을 것이다. 금시계 역시 마찬가지였다. 만일 솔로몬 왕이 지하실 가득 보석들을 쌓아 두었다 해도 짐이 그 앞을 지나갈 때마다 시계를 꺼내 보는 것만으로도 솔로몬 왕으로 하여금 질투심에 콧수염을 쥐어 뜯게 했을 것이다.

델라의 아름다운 머리카락은 빛나는 갈색의 폭포수처럼 나풀거리며 그녀 어깨 밑으로 떨어졌다. 머리카락은 그녀의 무릎까지 닿아서 거의 한 벌의 옷처럼 보일 정도였다. 이윽고 그녀는 초조한 듯 다시 머리카락을 재빨리 틀어 올렸다. 그녀가 잠깐 머뭇거리고 서 있는 동안, 한두 방울의 눈물이 붉은색의 낡은 카펫 위에 떨어졌다.

그녀는 서둘러 허름한 갈색 재킷을 입고 낡은 갈색 모자를 썼다. 그런 다음 그녀는 옷자락을 휘날리며 문을 박차고 계단을 내려가 거리로 나갔다. 그녀의 두 눈은 여전히 눈물을 머금고 있었다.

거리를 걷던 델라는 〈마담 소프라니: 각종 가발용품 일체〉라는 간판 앞에 걸음을 멈추었다. 그러고는 계단 한 층을 단숨에 뛰어올라가 숨을 헐떡이며 마음을 가다듬었다. 가게의 여주인은 몸집이 큰 데다가 얼굴빛이 아주 창백하고 쌀쌀맞아서 자기 이름인 '소프라니'와는 전혀 어울리지 않아 보였다.

델라가 여주인에게 물었다.

"혹시 제 머리카락 사시겠어요?"

여주인은 힐끗 델라를 바라보고 나서 말했다.

"내가 하는 일이 머리카락 사는 일이에요. 모자를 벗어 봐요. 어디 한번 볼까요?"

델라가 모자를 벗자 갈색의 폭포수가 나풀거리며 쏟아져 내렸다.

"20달러."

여주인은 익숙한 손놀림으로 가위를 집어 올리며 말했다.

"좋아요."

델라가 대답했다.

오오, 이후 두 시간 동안 델라는 장밋빛 날개를 펼치며 날아다녔다. 아니, 이런 낡은 비유 따위는 어울리지 않는다. 델라는 짐에게 줄 선물을 찾아 여기저기 가게들을 뒤지고 다녔다.

마침내 그녀는 그토록 원하던 것을 발견했다. 그것은 확실히 어느 누구도 아닌 짐을 위해 만든 것이었다. 이미 그녀는 거리의 모든 가게를 다 뒤져 보았지만 어떤 가게에도 그와 같은 물건은 없었다. 그것은 최상품의 시곗줄이었는데, 단순하면서도 품위가 있었다. 모든 명품들이 그러하듯, 그녀가 점찍은 시곗줄은 자질구레한 장식에 의해서가 아니라 재질 하나만으로도 그 가치를 말해 주고 있었다. 짐의 귀한 금시계에 어울릴 만한 시곗줄이었던 것이다.

그녀는 시곗줄을 보자마자 그것이야말로 짐의 선물이 되어야 한다는 것을 알았다. 그것은 짐과도 비슷해 보였다. 다소곳이 풍겨 나오는 은은한 가치, 그것이야말로 짐과 시곗줄 모두에 적용될 수 있는 최상의 표현이리라.

시곗줄 값으로 21달러를 치르고, 그녀는 남은 87센트를 가지고 급히 집으로 향했다. 짐의 시계에 이 시곗줄을 달아 놓는다면, 짐은 그 누구 앞에서도 당당하게 시간을 보아도 될 것이다. 그동안 짐은 훌륭한 금시계를 갖고 있으면서도, 시계에 달려 있는 낡은 가죽끈 때문에 남몰래 시간을 훔쳐보곤 했던 것이다.

집에 도착할 때쯤, 델라의 흥분은 조금씩 가라앉았다. 우선 그녀는 인두를 가스 불에 달구기 시작했다. 이제는 엉망이 되어 버린 자신의 머리카락을 감추기 위해서였다. 폐허처럼 변해 버린 머리카락을 손질한다는 것은 정말이지 엄청난 노력과 시간이 필요한 일이었다.

40분이 지나서야 그녀의 머리는 작고 촘촘한 머릿결로 뒤덮였다. 짧아진 머리 탓에 놀랍게도 그녀는 말괄량이 여학생처럼 보였다. 그녀는 거울 속에 비친 자신의 모습을 오랫동안, 조심스럽게, 그리고 불만스럽게 쳐다보았다.

"만약 짐이 야단치지 않는다면……,"

그녀는 혼잣말로 중얼거렸다.

"두 번 다시 내 얼굴을 보지도 않겠지? 아마 내가 코니 아일랜드의 코러스 걸 같다고 할 거야. 하지만, 내가 무엇을 할 수 있었겠어. 아아! 1 달러 87센트로 뭘 할 수 있었겠어."

일곱 시 정각이 되자 델라는 짐을 위해 커피를 끓이고, 달구어진 스토브 뒤에 프라이팬을 얹은 다음 언제든 요리를 할 준비를 마쳤다.

짐은 결코 늦는 법이 없었다. 델라는 시곗줄을 손에 쥔 채, 남편이 들어올 문 근처에 놓인 탁자 한쪽에 앉아 있었다. 그때 첫번째 층계의 계단을 오르는 짐의 발자국 소리가 들렸다. 순간, 그녀는 안색이 하얗게 질렸다. 그녀는 늘 자잘한 일상사에 대해 조그맣게 기도하는 버릇이 있었다. 발걸음 소리가 들리자 그녀는 속삭이듯 기도를 올렸다.

"제발 하나님, 짐에게 제가 여전히 예뻐 보이도록 해 주세요!"

곧 문이 열렸고, 평소처럼 짐이 들어왔고, 다시 문이 닫혔다. 짐은 야위어 보였고 매우 심각해 보였다. 불쌍한 남자! 짐은 이제 겨우 스물두 살이었다. 그 젊은 나이에 벌써 가장이 되어 한 가정을 짊어지고 가야 하다니! 그는 새 외투가 필요했지만 지금은 장갑조차 끼지 못하고 있었다.

짐이 문 안쪽에서 걸음을 멈추었다. 마치 메추라기의 냄새를 감지한 사냥개처럼 그는 꼼짝하지 않았다. 델라에게 못 박힌 그의 두 눈에는 그녀가 읽어 낼 수 없는 어떤 표정이 서려 있었다. 델라는 덜컥 겁이 났다. 그것은 화도, 놀람도, 책망도, 공포도 아니었고, 그녀가 각오해 온 그 어떠한 감정도 아니었다. 짐은 그런 이상한 표정을 지은 채 단지 그녀를 뚫어지게 바라볼 뿐이었다.

델라는 탁자에서 몸을 빼내어 그에게로 다가갔다.

"짐, 내 사랑!"

그녀는 소리쳤다.

"그런 눈으로 쳐다보지 말아요. 당신에게 선물도 주지 않고 크리스마스를 보낼 수는 없었어요. 그래서 내 머리카락을…… 팔았어요. 머리카락은 또 자랄 거예요. 당신 괜찮죠, 네? 그렇게 할 수밖에 없었어요. 내 머리는 굉장히 빨리 자라요. '메리 크리스마스'라고 말해 줘요, 짐. 그리고 우리 둘이서 행복한 시간을 가져요. 당신을 위해 내가 얼마나 멋진, 얼마나 아름답고 훌륭한 선물을 준비했는지 당신은 모를 거예요."

"당신 머리카락을 잘랐다고?"

이 명백한 사실을 전혀 이해할 수 없다는 듯, 짐은 힘들게 되물었다.

"잘라서 팔았어요."

델라가 말했다.

"그래도 예전처럼 나를 좋아하죠? 머리카락이 없어졌어도 나는 나예요, 그렇죠?"

짐은 신기한 듯 방 안을 둘러보았다.

"당신 머리카락이 없어졌다고?"

그가 멍하니 말했다.

"그래요. 이 방 안에는 없어요. 말했잖아요. 팔아 버렸어요. 오늘은 크리스마스 이브예요. 여보! 당신에게 줄 선물을 사기 위해 판 것이니까 용서해 주세요. 아마 내 머리카락은 이미 다른 사람의 돈에 팔려 갔을 거예요."

그녀는 호들갑스럽게 애교를 섞어 가며 말했다.

"하지만 당신을 향한 내 사랑은 아무도 돈으로 계산할 수 없을 거예요. 저녁을 준비할까요, 짐?"

짐은 혼수상태에서 갑자기 깨어나는 것 같았다. 그는 아내 델라를 꼭 껴안았다.

문득 짐은 그의 외투 주머니에서 꾸러미 하나를 끄집어내어 탁자 위에 놓았다.

"오해하지 말아요, 델라."

그가 말했다.

"나에 대해서 말이오. 난 당신이 머리를 잘랐든지 깎았든지, 그런 것들이 조금이라도 내 사랑을 변하게 할 거라곤 생

각지 않아요. 하지만 그 선물을 풀어 본다면 지금 내 기분을
알게 될 거요."

델라는 하얗고 민첩한 손가락으로 짐이 내민 꾸러미의 끈과
포장지를 뜯었다. 그러자 황홀한 기쁨의 외침이 터져 나왔다.

"세상에!"

돌연 델라의 입술에서 가느다란 흐느낌이 새어 나왔고, 그
녀의 두 눈에서는 눈물이 흘러내렸다. 순간 짐은 아내를 껴안
았다.

짐이 내놓은 꾸러미에는 한 쌍의 빗이 나란히 들어 있었던
것이다. 브로드웨이의 한 진열장 안에 놓여 있는 것을 보고
델라가 그토록 가지고 싶어했던 바로 그 빗! 옆머리용과 뒷머
리용 빗 한 쌍이었다.

테두리가 보석으로 처리되어 있는, 진짜 거북 껍질로 만든
아름다운 한 쌍의 빗. 아름다웠던, 그러나 지금은 사라진 델
라의 머리카락에 어울리는 빗이었다. 그 빗이 얼마나 비싼 것
인지 그녀는 잘 알고 있었다. 그리하여 그녀는 그 빗을 살 엄
두도 내지 못한 채 단지 마음속으로만 탐내고 부러워했던 것
이다. 그 빗은 이제 그녀의 것이다. 그러나 그토록 탐내던 빗
으로 다듬고 빗어 내려야 할 그녀의 탐스런 머리카락은 사라
지고 없었다.

그녀는 한 쌍의 빗을 가슴에 꼭 껴안았다. 그리고 마침내
눈물 어린 눈으로 미소 지으며 말할 수 있었다.

"내 머리는 아주 빨리 자라요, 짐!"

그리고 나서 델라는 불에 덴 작은 고양이처럼 깡충깡충 뛰어다니다가 문득 걸음을 멈춘 채 소리쳤다.

"아, 맞아!"

짐은 아직 아내가 준비한 아름다운 선물을 보지 못한 것이다. 그녀는 간절한 마음으로 자신이 준비한 선물을 손바닥 위에 펼쳐 보였다. 그 귀중한 시곗줄은 그녀의 밝고 열렬한 마음을 반영이라도 하는 듯 눈부시게 빛나 보였다.

"너무 멋지지 않나요, 짐? 이걸 찾느라 온 시내를 돌아다녔어요. 당신은 이제 하루에도 몇 번이고 시계를 보아야 할 거예요. 시계 이리 줘 봐요. 잘 어울리나 한번 보고 싶어요."

그녀의 말을 듣는 둥 마는 둥, 짐은 소파에 털썩 누워 두 손을 머리 뒤로 고이며 빙그레 웃었다.

"델라!"

그가 말했다.

"우리, 크리스마스 선물은 잊고 잘 보관해 둡시다. 지금 당장 쓰기에는 너무 좋은 물건들이잖소. 그리고 당신 빗을 사기 위해 내 금시계는 팔아 버렸소. 그러니 이제 저녁 식탁이나 차립시다."

신이 가져온 선물, 사랑

많은 사람들이 이 소설을 기억할 것이다. 가난하고 어린, 그러나 따뜻하고도 발랄한 두 사람의 사랑은 나에게도 길고 진한 여운으로 남아 있다.

사랑이란 결코 수동적인 감정이 아니라 하나의 능동적인 활동이다. 사랑은 온몸을 던져 참여하는 것이지, 결코 뒤로 물러서는 것이 아니다. 또한 사랑은 기다리는 것이 아니라 먼저 한 걸음 다가가는 것이며, 받는 것이 아니라 먼저 나누어 주는 것이다.

많은 돈을 가진 사람만이 부자는 아니다. 부자만이 나누어 줄 수 있는 것도 아니다. 무엇이든, 진실로 나누어 줄 수 있는 사람이야말로 참된 부자이기 때문이다. 누군가에게 줄 수 있다는 것은 스스로 부유하다는 것을 의미한다. 많이 소유한 자가 부자가 아니라 많이 주는 자가 부자인 것이다.

사랑도 마찬가지이다. 진정한 사랑은 내 마음을 잃을까 가슴 졸이면서 타인의 마음을 끌어들이려는 것이 아니라, 먼저 자기 자신을 내던지는 것이다. 뭔가 끝없이 갈구하고, 안으로 모아들이려는 사람의 마음은 가난하다. 그러므로 사랑이란 그 사람을 위해 자기 자신을 줄 수 있는 것, 바로 그를 위해 나의 모든 것을 버리는 행위이다.

소설 속의 주인공 델라와 짐은 사랑하는 사람을 위해 자신이 소유하고 있던 가장 소중한 것을 버렸다. 그들이 가장 소중한 것을 버림으로써 서로에게 바친 선물은, 이제는 쓸모없어져 버린 빗과 시곗줄이었다. 하지만 이들은 가장 소중하다고 생각했던 것을 버림으로써, 진실로 소중한 한 가지를 얻었다. 그것은, 사랑이었다.

이 소설의 원제는 「동방박사들의 선물」이다. 여기서는 생략했지만 작가는 소설의 중간과 말미에 이렇게 썼다.

일주일에 8달러와 1년에 백만 달러, 이 둘의 차이점은 무얼까?

수학자나 현자가 여러분에게 내놓은 답은 아마 틀린 답이 될 것이다. 아기 예수가 태어났을 때 동방박사들은 귀중한 선물을 가지고 왔지만, 그 선물은 그들이 가지고 온 것이 아니었다. 동방박사들은 구유에 누워 계신 아기 예수께 선물을 가져온 사람들이다. 그들이 바로 크리스마스 선물을 주는 관습을 만들어 낸 사람들이다.

어쭙잖은 이야기지만 나는 지금까지, 가장 값진 보물을 사랑하는 사람에게 선물하기 위해 어리석게도 서로의 보물을 희생했던 한 셋방살이 부부의 평범한 이야기를 말씀드렸다. 하지만 오늘을 사는 현명한 분들께 한마디 해드리자면, 선물을 주는 모든 사람들 중에 이 두 사람이야말로 가장 현명한 사람들이었다. 이들이 바로 동방박사였던 것이다.

세상에서 가장 소중한 선물은 신이 가져온 선물, 바로 사랑이다.

알퐁스 도데 _ Alphonse Daudet

별

알퐁스 도데(1840-1897)

프랑스 소설가. 시집 『연인들』 출간을 계기로 본격적으로 문학에 정진하였으며 「별」과 이 소설이 실린 단편집 『방앗간 소식』으로 작가의 입지를 확립하였다. 선천적으로 민감한 감수성, 섬세한 시인 기질 때문에 시정(詩情)이 넘치는 유연한 문체로 불행한 사람들에 대한 연민과 고향 프로방스에 대한 애착을 주제로 인상주의적인 작풍을 세웠다.

소설로는 『월요이야기』『불후의 사람』 등이 있고, 수상집에는 『파리의 30년』『한 문학자의 추억』 등이 있다. 희곡으로는 『아를의 여인』이 있는데, 비제가 극중 음악을 작곡함으로써 유명해졌다.

별

Les Etoiles

뤼브롱 산에서 양치기로 있을 무렵, 나는 몇 주일씩이나 사람이라곤 구경도 못한 채 '라브리' 라는 사냥개와 홀로 양 떼들을 지키며 목장에서 지내곤 했습니다. 가끔씩, 드 뤼르 산의 수도사들이 약초를 캐느라 근처를 지나치기도 하고, 어떤 때는 피에몽 산의 숯쟁이들이 볕에 그을린 얼굴로 지나가기도 했지요. 그러나 그들은 오랫동안 혼자 사는 생활에 익숙한지라 말수가 없었고, 이야기의 잔재미라곤 전혀 모르는 사람들이었습니다. 좀처럼 남에게 말을 걸 생각도 없는 데다가 산 아래 마을에서 일어나는 화젯거리 따위에는 관심도 없었습니다.

그래서 나는 2주일에 한 번씩 보름치 양식을 실어 나르는 우리 농장의 당나귀 방울 소리가 산비탈 길에서 들려올 때,

농장에서 일하는 꼬마 미아로의 씩씩한 얼굴이나 늙수그레한 노라드 아주머니의 불그스레한 갈색 모자가 언덕 위로 언뜻 비칠 때면 기뻐서 어쩔 줄을 몰랐습니다. 그들에게서 나는 아랫마을의 소식들, 이를테면 어느 집 꼬맹이가 영세를 받았고, 뉘 집 처녀 총각이 결혼을 했는가 같은 시시콜콜한 이야기들을 들을 수 있었기 때문입니다.

그러나 무엇보다도 내가 가장 관심을 쏟는 것은 우리 목장 주인집 딸 스테파네트 아가씨의 소식을 듣는 것이었습니다. 나는 별 관심 없는 척하면서도, 근처 백 리 안에서 가장 예쁜 스테파네트 아가씨가 마을 잔치에는 자주 가는지, 아직도 새로운 멋쟁이들이 아가씨의 환심을 사러 오곤 하는지를 슬쩍 물어 보곤 했습니다. 만약 누군가 산에서 양 떼나 돌보는 하찮은 목동이 주인 아가씨에게 무슨 관심이 그리 많으냐고 묻는다면, 나는 대답해 주었을 것입니다. 그때 내 나이 스무 살이었고, 스테파네트 아가씨는 세상에 태어난 이래 내가 만나 본 가장 아름다운 사람이었다고.

그러던 어느 일요일이었습니다. 나는 보름치 양식을 기다리고 있었는데, 그날따라 양식이 도착하는 시간이 아주 늦어지고 있었습니다. 아침 나절에는, 아마 성당의 미사 때문에 늦어지는 걸 거야, 하고 생각했습니다. 그리고 점심 무렵에는, 소낙비가 심하게 뿌렸으니 길이 나빠 노새가 일찍 떠나지 못했나 보다, 생각했습니다. 이윽고 거의 세 시가 지날 무렵이었습니다. 비가 개인 뒤의 온 산들은 햇빛을 받아 눈이 시리게 빛나고 있을 때였지요. 나뭇잎에서 떨어지는 물방울 소리와 불어난 계곡물 소리 사이로 당나귀 방울 소리가 들렸습니다. 부활절 날 종탑에서 일제히 울리는 종소리처럼 크고 반가운 소리였습니다. 그런데 당나귀를 끌고 온 것은 꼬마 미아로도, 늙은 노라드 아주머니도 아니었습니다. 그것은…… 상상이나 했겠습니까…… 그것은 다름 아닌, 바로 스테파네트 아가씨였습니다. 그녀가 당나귀 등에 실린 버들 광주리 사이에 앉아 있었던 것입니다. 소낙비가 그친 뒤의 시원한 산바람을 맞아 아가씨의 두 볼은 장밋빛으로 발갛게 물들어 있었습니다.

꼬마는 앓아 누웠고 노라드 아주머니는 잠깐 휴가를 얻어 아이들을 보러 갔다고 합니다. 당나귀에서 내리면서 스테파네트 아가씨는 이런 소식들을 전해 주었고, 오다가 길을 잃는 바람에 늦어졌다는 이야기도 덧붙였습니다.

그러나 꽃무늬 리본을 단 눈부신 스커트와 레이스로 곱게 치장한 화사한 그녀의 옷차림은 산 속에서 길을 잃었다기보다는 오히려 어느 무도회에서 춤이라도 추다가 늦어진 것처럼 보였답니다. 오, 어찌나 아름다운지! 도저히 그녀의 모습에서 내 눈을 뗄 수가 없었습니다. 내가 이렇게 가까이서 아가씨를 바라본 적은 한 번도 없었습니다.

겨울에 양 떼를 몰고 산 아래로 내려갔을 때, 저녁을 먹으러 농장으로 돌아가면 가끔씩 아가씨가 식당을 지나쳐 가는 일이 있었습니다. 그러나 아가씨는 하인들에게 말을 건네는 일은 거의 없었고, 언제나 곱게 차려입고 있어 약간 도도해 보이기도 했습니다. 그런데 지금, 그 아가씨가 바로 내 눈앞에 있는 것입니다. 오직 나만을 위해서 말입니다. 저로선 넋을 잃을 만한 일이었지요.

바구니에서 양식을 다 꺼내고 나자 스테파네트 아가씨는 신기한 듯 주변을 둘러보았습니다. 그녀는 곱고 예쁜 치맛자락을 살짝 추켜들고 양 우리 안으로 들어왔습니다. 그리곤 짚을 넣어 만든 양가죽 침대며 내 잠자리를 살펴보았습니다. 벽에 걸린 커다란 두건 달린 외투며, 내 지팡이와 엽총 같은…… 이 모든 것들이 무척 신기하고 흥미로웠나 봅니다.

"그러니까 여기가 당신이 사는 곳이란 말이죠, 불쌍한 목동 아저씨? 늘 혼자 있어야 하니 엄청나게 따분하겠어요. 혼자 있을 때는 주로 뭘 하세요? 무슨 생각을 하세요?"

'당신을 생각하지요, 스테파네트 아가씨!'

나는 얼마나 이렇게 말하고 싶었던지! 그것은 결코 거짓말이 아니었습니다. 그러나 한 마디도 대답할 수 없을 정도로 나는 당황하였습니다. 내가 당황하고 있는 것을 그녀가 눈치챘다는 것을 나는 알았습니다. 그러나 이 장난꾸러기 아가씨는 나를 곯려 주는 것이 즐거웠나 봅니다.

"여자 친구는요, 목동 아저씨? 애인 말이에요. 애인은 가끔 찾아오나요? 그 애인, 아마도 황금 양이거나, 산꼭대기만을 뛰어다닌다는 요정 에스테렐이 틀림없겠지만……."

이렇게 말하며 머리를 뒤로 젖힌 채 웃는 그 귀여운 몸짓, 그리고 요정이 나타났다 사라지듯 서둘러 돌아가 버리는 그녀야말로 나에겐 진짜 요정 에스테렐처럼 보였답니다.

"그럼 잘 있어요, 양치기 아저씨."

"조심히 가세요, 스테파네트 아가씨."

마침내 그녀는 떠나갔습니다. 빈 광주리만을 당나귀 등에 실은 채.

그녀가 비탈진 산길 너머로 사라져 간 이후에도, 당나귀의 발굽에 채여 굴러 떨어지는 돌멩이 소리가 들려올 때마다 그 돌멩이 하나하나가 내 가슴 위로 떨어져 내리고 있었습니다. 나는 내 마음에 울리는 그 돌멩이 소리를 오랫동안, 아주 오랫동안 듣고 있었습니다.

그렇게 해질 무렵까지 나는 넋을 잃고 서 있었습니다. 제발 꿈에서 깨어나지 않도록 기를 쓰고 애를 쓰며, 나는 꼼짝도 않고 서 있었습니다.

저녁이 다가오자 산골짜기도 푸르스름한 어둠으로 물들기 시작하고, 양 떼들도 매에매에 울면서 서로를 밀치며 우리 속으로 돌아가기 시작했습니다. 그때, 나는 비탈길에서 나를 부르는 소리를 들었습니다. 우리의 아리따운 아가씨, 스테파네트였습니다. 조금 전까지 생글생글 웃던 웃음은 간 데 없고, 물에 흠뻑 젖은 채 추위와 두려움으로 떨고 있는 모습이었습니다. 산기슭 언저리에서 비로 물이 불어난 소르그 강을 무리하게 건너려다 그만 물에 빠졌던 것입니다.

농장으로 돌아가기에는 날이 너무 저물어 있었습니다. 아가씨 혼자 지름길을 찾아 돌아간다는 것은 불가능한 일이었고, 그렇다고 내가 양 떼를 떠날 수도 없는 일이었습니다. 산위에서 밤을 보내야 한다는 생각에, 특히 가족들이 걱정할 것이란 생각에 아가씨는 여간 걱정이 아니었습니다. 나는 최선을 다해서 아가씨를 안심시켰습니다.

"지금은 7월이라 밤이 짧습니다. 잠깐만 참고 기다리시면 됩니다."

이렇게 말하고 나는 강물에 흠뻑 젖은 아가씨의 옷과 발을 말리기 위해 급히 모닥불을 피웠습니다. 그러고 나서 우유와 치즈도 가져다주었습니다. 그러나 가여운 아가씨는 불을 쬘 생각도, 무얼 먹을 생각도 하지 않았습니다. 아가씨의 눈망울에 글썽이는 눈물을 바라보며, 내 마음도 함께 아려 오는 것을 느꼈습니다.

그러고 있는 동안, 기어코 밤이 오고야 말았습니다. 산마루엔 이제 태양의 황금빛 흔적만 남아 있고, 서쪽 하늘에는 한 줄기 노을만 걸려 있었습니다. 나는 스테파네트 아가씨에게 우리 안으로 들어가 쉬라고 이야기했습니다. 나는 새 짚 위에 아직 한 번도 쓴 일이 없는 고운 모피를 깔고, 안녕히 주무시라고 인사를 했습니다. 그리고 밖으로 나와 문 앞에 앉았습니다.

내 혈관 속에서는 사랑의 불길이 뜨겁게 타오르고 있었지만, 털끝만큼의 나쁜 생각도 일어나지 않았다는 것은 하나님께서 증명해 주실 것입니다. 내 마음속에는 단지, 우리 한구석에 잠들어 있는 아가씨의 모습을 신기하게 바라보는 양 떼들 곁에서 주인 집 따님이——다른 어떤 양보다도 더 소중하고 순결한 양 같은 아가씨가——내가 자기를 지켜 줄 것이란 것을 믿고 곱게 잠들어 있다는 것에 대한 자부심 외에는 다른 어떤 것도 없었습니다. 그런데 갑자기 문이 열리더니 아름다운 스테파네트 아가씨가 밖으로 나왔습니다. 아가씨는 잠을 이룰 수가 없었던 모양입니다. 양들이 뒤척이는 바람에 짚이 바스락거리고, 잠결에 매에~매에~ 울어 대는 놈들도 있었던 것이지요. 그녀는 차라리 모닥불 곁에 앉아 있으려 했던 겁니다. 나는 양 모피로 그녀의 어깨를 덮어 주고 모닥불을 좀 더 지펴 놓았습니다. 그러고 나서 우리 둘은 서로 아무런 말 없이 나란히 앉아 있었습니다.

한 번이라도 바깥 들판에서 밤을 새워본 적이 있는 사람이라면, 모든 사람들이 잠든 바로 그 시간에, 낯설고도 신비로운 세계가 고독과 적막 속에서 깨어나고 있다는 것을 잘 알고 있을 것입니다. 샘물은 더 맑은 목소리로 노래 부르고, 연못 속에서는 숨어 있던 생명들이 반짝입니다. 산의 정령들이 이리저리 날아다니고, 대기는 무언가가 살랑거리는 소리로 가득 찹니다. 너무나 작아 우리 눈에는 보이지 않지만 그 소리들은, 바로 나뭇가지들이 굵어지고 풀잎들이 자라는 소리입니다. 낮이 움직이는 것들의 세상이라면, 밤은 움직이지 않는 것들의 세상입니다. '낮의 세계'에만 익숙한 사람이라면 밤의 세계에는 두려움을 느낄 수도 있을 것입니다.

그런 까닭에, 스테파네트 아가씨는 조그만 소리에도 깜짝 놀라 두려움에 떨며 내게로 바짝 다가앉곤 했습니다. 한번은 산 아래의 호수로부터 길고 구슬픈 울음소리가 물결치듯 우리 곁을 지나치기도 했습니다. 바로 그 순간, 아름다운 별똥별 하나가 우리의 머리 위를 지나 같은 방향으로 스쳐 지나갔습니다. 마치 우리가 방금 들었던 그 울음소리가 한 줄기 빛을 뿌리며 지나가는 것 같았습니다.

"저게 뭐예요?"

스테파네트 아가씨가 나지막한 목소리로 물었습니다.

"한 영혼이 천국으로 들어가는 소리랍니다, 주인 아가씨."

십자가 성호를 그으며 나는 대답했습니다.

아가씨도 나를 따라서 성호를 긋고는 고개를 들어 하늘을 쳐다보며 잠시 생각에 잠겼습니다. 그리고는 문득 이렇게 말했습니다.

"당신들 양치기들은 모두 마법사라고들 하던데, 정말인가
요?"

"천만에요, 아가씨. 그저 우리들은 별과 좀 더 가깝게 살고
있고, 그래서 평지에 사는 사람들보다 별들에게 무슨 일이 일
어나는지를 잘 알 뿐이지요."

아가씨는 마냥 하늘을 쳐다보았습니다. 손으로 턱을 괸 채
양 모피를 두르고 있는 아가씨의 모습은 마치 천국에서 내려
온 귀여운 목동 같았습니다.

"아, 저 많은 별들! 너무 아름다워요! 이렇게 많은 별들을
본 건 처음이에요. 양치기 아저씬 저 별들의 이름을 모두 알
고 있나요?"

"네, 물론입니다, 아가씨. 보세요! 바로 우리 머리맡에 있는
것이 '성 야곱의 길' (은하수)이랍니다. 프랑스에서 스페인까
지 이어진 길이지요. 용맹한 샤를르마뉴 대제께서 사라센 제
국과 싸울 때 갈리스의 성자 야곱이 그에게 길을 알려 주기
위해 그어 놓은 것이라고들 합니다.

좀 더 멀리 있는 저것은 '영혼의 수레' (큰곰자리)인데, 반
짝이는 네 개의 바퀴를 가지고 있지요. 그 앞에 있는 세 개의
별은 '세 마리의 야수' 입니다. 그 옆 세 번째 별 옆에 있는 작
은 별이 '마부자리' 입니다.

그 옆에 비 오듯 쏟아지는 별들이 보이세요? 그 별들은 하

나님께서 곁에 두기를 원치 않으셨던 영혼들이라고 합니다. 그보다 조금 아래에 보이는 것이 '갈퀴'라고도 하고, '세 왕' 이라고도 하고, '오리온'이라고도 부르는 별이랍니다. 우리 목동들이 시계처럼 여기는 별이지요. 지금 저 별을 슬쩍 쳐다 보는 것만으로도 지금이 자정을 막 지났다는 것을 우린 알 수 가 있지요. 거기서 조금 아래 남쪽에서 빛나고 있는 별이 별 들의 햇불 '밀라노의 요한' 즉 시리우스 별입니다.

저 별에 대해서는 목동들 사이에 이런 이야기가 전해 오고 있지요. 어느 날 밤, '밀라노의 요한'은 '세 왕'(오리온)과 '닭장'(북두칠성)과 함께 친구 별의 결혼 잔치에 초대를 받 았답니다. 그런데 '닭장'이 맨 먼저 가장 서둘러서 윗길로 갔 습니다. 저 위를 보세요. 저 위 높은 곳, 하늘 한가운데에 있 지요. '세 왕'은 지름길로 가로질러 '닭장'을 따라갔습니다. 그러나 게으름뱅이 '밀라노의 요한'은 늦잠을 자느라 그들 보다 뒤처지고 말았지요. 그래서 심술이 난 그는 지팡이를 집 어던져 친구들을 붙들었답니다. 그래서 '세 왕'을 '밀라노의 요한의 지팡이'라고 부르기도 하지요.

하지만 별들 중에서 가장 아름다운 별은, 뭐니뭐니 해도 우 리들의 별인 저 '목동의 별'이랍니다. 새벽에 우리가 양 떼를 몰고 나갈 때나 저녁에 다시 양 떼를 몰고 돌아올 때나 변함 없이 우리를 비춰 주는 별이지요. 우리는 그 별을 '마글론느' 라고 부르기도 하는데, 아름다운 '마글론느'는 '프로방스의 베드로' (토성) 뒤를 좇아가다가 칠 년에 한 번씩 그와 만나 결혼을 한답니다."

"어머! 별들도 결혼을 해요?"

"그럼요, 스테파네트 아가씨."

별들의 결혼식은 어떻게 열리는지 한참 설명하고 있을 때, 나는 뭔가 싱그럽고 부드러운 것이 내 어깨 위에 살포시 내려 앉는 것을 느꼈습니다. 그것은 졸음에 겨워 무거워진 머리를 내 어깨에 기댄 아가씨의 머리였습니다. 이 귀엽고 사랑스러운 아가씨는 레이스와 리본이 바스락거리는 소리를 내며 물결치는 머리칼을 내 어깨에 기대고 있었습니다. 아가씨는 먼동이 터 올라 하늘의 별들이 제 빛을 잃고 모두 사라질 때까지 꼼짝 않고, 그렇게, 내 어깨에 기대어 있었습니다. 나는 설레는 가슴으로 그녀가 잠든 모습을 지켜보았습니다. 그러나 그 맑고 상쾌한 밤하늘의 보호를 받은 나의 마음속에는 순결하고 소중한 것 외에는 다른 어떤 생각도 들지 않았습니다.

우리들의 머리 위로는 수많은 별들이 고요한 침묵 가운데 장엄한 무리를 이루면서 자신들의 길을 가고 있었습니다. 그리고 이따금씩 나는 생각했지요. 지금 그 별들 중 하나가, 가장 곱고 가장 빛나는 별 하나가, 잠깐 길을 잃고 지금 내 어깨 위에서 잠들고 있는 것이라고……

꿀 같은 구애는 필요 없다. 그냥 사랑하라

사랑하는 사람과 함께 있을 수 있는 것만큼 축복 받은 일은 없다. 단 한 순간만이라도 사랑하는 이와 함께 있을 수 있다면, 연인의 숨소리를 들을 수 있다면, 아마 그는 악마에게 영혼이라도 팔려고 할 것이다.

모든 위대한 시인들이 사랑을 노래했지만, 그들의 메시지는 단 하나였다. '사랑하라, 그러나 구속하지는 말라.' 하지만 모든 연인들은 상대방을 소유하고 싶어한다. 이 세상의 모든 사랑도 결국엔 한 사람을 소유하거나 잃는 것으로 끝나기 때문이다. 그렇다고 해서 순수하고 고결한 사랑이 존재하지 않는 것은 아니다.

사랑한다는 것은 두 개체가 하나가 되었음을 의미한다. 하나가 된다는 것이 꼭 누군가를 갖는다는 것을 의미하는 것은 아니다. 진정 서로를 가진 사람은 절대적인 자유 속에서, 서로에 대한 무소유 속에서 함께 사는 것이다. 그리하여 사랑은 서로에 대한 무소유이며, 무한대의 자유이며, 무한한 베풂이며, 최상의 거래인 것이다. 결국 가장 중요한 것은 서로에게 나누어 줄 수 있는 가슴과 자유이다.

이 소설은 우리에게 아주 익숙하다. 어린 시절 국어 교과서에 실린 이 소설을 읽었을 때, 나는 양치기의 솔직하고 순박한 사랑과 자연에 대한 경외에 깊은 감동을 느꼈었다.

양치기에게 다가가지 못할 사랑이란 없다. 그는 사랑을 얻으려는 것이 아니라 다만 느끼고 바라보았을 뿐이기 때문이다. 그는, 사랑이 곁에 있는 것만으로도 충분히 행복하다. 사랑하는 이와 밤을 보낼 수 있다는 것, 그리하여 자신의 어깨를 내어 줄 수 있다는 것은 얼마나 행복한 일인가. 사랑하는 사람이 편히 쉴 수 있도록 베개가 되고, 의자가 되고, 침대가 되고, 옷이 되어 주는 것이야말로 그에게는 가장 소중한 것이었다.

사랑은 서로 의지하는 존재들의 만남이다. 그리하여 사랑에 빠진 연인은 항상 자신 속에 부재不在하는 것들을 열망한다. 그리하여 그들은 항상 의지하는 존재이고, 아무것도 채워지지 않은 공허이며, 부재일 수밖에 없다. 그러므로 진실한 사랑은 이 빠진 동그라미처럼 스스로 자신의 몸을 깎아 내어 상대방의 빈 자리에 채워 주는 것이다.

소설 속의 양치기가 바로 그런 존재처럼 보인다. 마치 그는 말 없이 서 있는 나무와 같다. 그는 이리저리 세파에 떠밀리는 부초浮草가 아니라, 언제나 그 자리에 서 있을 사람만 같다. 저 아름다운 산록 너머, 양 떼와 순록이 뛰어다니는 계곡 어딘가에, 은하수를 스치는 풀피리 소리를 내면서 밤새 사랑을 기다리고 있을 것만 같다. 그가 별처럼 사랑을 추구할 동안, 사랑은 목동의 어깨에 고개를 묻은 채 천사처럼 잠이 든다. 말하지 않기로 한다. 그에게 꿀 같은 구애는 필요 없다. 그냥 사랑하면 되는 것이다. 그때 비로소 그는 사랑을 얻게 될 것이다.

아르투르 슈니츨러 _ Arthur Schnitzler

죽은 자는 말이 없다

아르투어 슈니츨러(1862-1931)

오스트리아의 소설가이자 극작가. '젊은 빈' 파의 대표적 작가이다. 인간의 심리와
최면술에 관심을 가졌고, 프로이트, 호프만스탈, 헤르만 바와 교류하며 본격적으로
작품 활동을 시작하였다. 프로이트로부터는 '심층 심리의 탐구자' 라는 칭송을 받기
도 했다.

그는 소설 60여 편과 연극 30여 편, 작품 노트, 잠언록, 자서전, 일기 등을 남겼으며
'바우오른펠트 상', '그릴파르처 상' 을 수상하였다. 1931년 빈에서 뇌출혈로 세상
을 떠났다.

죽은 자는 말이 없다

Die Toten Schweigen

그는 더 이상 가만히 앉아 있을 수가 없어 마차에서 내려 이리저리 거닐었다. 날은 이미 저문 뒤였다. 이 조용하고 외딴 거리에는 몇 개의 가로등이 켜져 있긴 했지만, 바람에 흔들려 가물거리고 있었다. 비는 그쳤다. 사람들이 거니는 거리는 거의 말라 있었다. 그러나 포장을 하지 않은 차도는 여전히 젖은 채였고, 곳곳에 물이 고인 곳도 있었다.

프란츠는 프라터 거리에서 백 보 정도 떨어져 있는 이곳에 있으면서도 헝가리의 어느 소도시에 와 있는 것처럼 느껴지는 것이 이상스럽게 생각되었다. 아무튼 여기라면 마음을 놓을 수 있겠지. 여기라면 그녀도 아는 사람을 만날까 두려워하지는 않겠지.

그는 시계를 들여다보았다. 일곱 시……, 이미 캄캄한 밤이 구나. 올해는 가을이 빨리 찾아왔어! 이 몹쓸 폭풍까지도!

그는 외투 깃을 세운 채 빠른 걸음으로 왔다갔다했다. 가로 등불을 감싼 유리가 덜컹거렸다. "앞으로 30분만 더!" 하고 그는 중얼거렸다.

"그 후엔 가 버려도 되겠지. 아아, 이번엔 정말, 거기까지 가 볼 수 있으리라 생각했는데."

그는 길모퉁이에서 걸음을 멈추었다. 이곳에서는 그녀가 나타날 만한 양쪽 길 모두를 한눈에 볼 수 있었다.

그래, 오늘은 꼭 올 거야, 하고 생각하며 그는 바람에 날려 가려는 모자를 움켜잡았다. 금요일이니까 전체 교수회의가 있겠고, 그녀는 외출을 해서 오랫동안 밖에 나와 있을 수도 있을 테지……. 그는 승합마차의 말방울 소리를 들었다.

바로 그때 부근의 네포무크 교회의 종소리도 울리기 시작 했다. 거리는 활기를 띠었다. 많은 사람들이 그의 곁을 지나 갔는데, 그가 보기에 일곱 시면 문을 닫는 상점의 점원들인 듯했다. 모두들 발걸음을 서두르고 있었지만, 폭풍과 맞서느 라 빨리 걷지 못했다. 그를 주의 깊게 보는 사람은 아무도 없 었다. 단지 몇몇 여점원들이 단순한 호기심에서 그를 쳐다볼 뿐이다. 그 순간 그는 낯익은 모습이 빠르게 다가오는 것을 보았다. 그는 서둘러 그쪽으로 걸어갔다. '마차도 타지 않 고? 그는 생각했다. 맞긴 맞는 건가?

역시 그녀였다. 그를 알아본 그녀가 발걸음을 재촉하기 시작했다.

"걸어서 온 거야?"

그가 물었다.

"카알 극장에서 마차를 돌려보냈어요. 아무래도 예전에 한 번 탄 적이 있는 마차인 것 같아서요."

한 남자가 그들 곁을 지나다가 흘낏 눈길을 주었다. 그가 위협적인 눈길로 노려보자, 그 남자는 빠른 걸음으로 지나쳐 갔다. 그녀는 눈길로 그 남자의 뒤를 쫓으며 물었다.

"아는 사람인가요?"

그녀는 불안해하며 물었다.

"모르는 사람이야. 이곳엔 아는 사람이 없으니까 걱정할 필요 없어. 자, 어서 서둘러. 빨리 타."

"이게 당신 마차예요?"

"그래."

"덮개가 없네요?"

"한 시간 전만 해도 날씨가 좋았으니까."

먼저 그녀가 마차에 올랐다. "마부!" 하며 그가 소리쳤다.

"마부는 도대체 어디 있죠?"

다시 그녀가 물었다. 프란츠는 주변을 둘러보았다. "이상한데?" 하고 그가 소리쳤다.

"이 작자가 보이지를 않아."

"하느님 맙소사!"

그녀는 목소리를 낮춰 외쳤다.

"조금만 기다려 봐, 틀림없이 저기 있을 거야."

프란츠는 허름한 선술집의 문을 열었다. 다른 사람들과 어울려 탁자 옆에 앉아 있던 마부가 재빨리 일어났다.

"갑니다요, 나리!"

마부는 그렇게 말하고 나서 선 채로 포도주 잔을 비웠다.

"도대체 뭐하고 있는 거요?"

"죄송합니다, 나리! 곧장 가겠습니다."

마부는 약간 비틀거리며 마차가 세워져 있는 곳으로 걸어왔다.

"어디로 모실깝쇼, 나리?"

"프라터로 ── 유흥관으로."

프란츠가 마차에 올라탔다. 여자는 숨다시피 몸을 웅크린 채 포장 밑 구석자리에 바짝 붙어 앉아 있었다. 프란츠는 그녀의 두 손을 잡았다. 그녀는 꼼짝도 하지 않고 가만히 있었다.

"엠마, 반가운 척이라도 해야 하는 것 아닌가?"

"부탁이에요, 잠시만 가만히 있게 해 줘요. 아직 제대로 숨도 못 쉬겠어요."

프란츠도 구석자리에 몸을 기댔다. 두 사람은 한동안 잠자코 있었다. 마차는 프라터 거리로 접어들어, 테게트호프 승전기념비 옆을 지나는가 싶더니 금세 넓고 어두운 프라터 거리를 쏜살같이 달려갔다. 그러자 엠마가 갑자기 두 손으로 프란츠를 얼싸안았다. 그는 엠마의 입술을 가로막고 있는 베일을 슬며시 뒤로 젖히고는 키스를 했다.

"드디어 당신 곁이군요!"

그녀가 말했다.

"우리가 서로 얼마 동안이나 못 만났는지 알기는 해?"

그가 소리쳤다.

"일요일 이후로."

"맞아, 그런데 그때도 먼 발치에서 보기만 했잖아."

"무슨 소리예요? 우리 집에 왔잖아요."

"맞아. 그래……, 당신 집에서. 그러나 앞으로도 그럴 순 없어. 당신 집으로는 다시 가지 않겠어. 그런데 왜 그래?"

"웬 마차 한 대가 우리 옆으로 지나갔어요."

"이봐, 오늘 프라터 거리에 나온 사람들은 우리 같은 사람들에겐 조금도 신경 쓰지 않아."

"당신 말이 맞아요. 하지만 어떤 사람이 우연히 들여다볼 순 있잖아요."

"그래도 누가 누구인지 알 수가 있나."

"제발, 부탁하는데요, 우리 다른 곳으로 가요."

"좋을 대로 하자구."

그는 마부를 불렀으나, 마부에게는 들리지 않은 것 같았다. 그는 몸을 앞으로 숙여 손으로 마부의 어깨를 건드렸다. 마부가 돌아보았다.

"마차를 돌렸으면 합니다. 그리고 왜 그렇게 말들을 후려 갈기는 거요? 우리는 급할 게 없단 말이오, 아시겠소? 우리가 갈 곳은…… 제국대교로 이어지는 가로수 거리인데, 알겠습니까?"

"국도요?"

"예, 하지만 그렇게 빨리 달리진 말아요. 그럴 필요가 없으니까."

"죄송합니다만, 나리, 폭풍이 시작되고 있잖아요. 폭풍 때문에 말들이 사나워졌어요."

"아, 물론, 폭풍."

프란츠는 다시 자리에 앉았다. 마부가 말들을 돌렸다. 그들은 마차를 돌려 달리기 시작했다.

"어제는 왜 볼 수 없었죠?"

그녀가 물었다.

"나한테 무슨 방법이 있었겠어?"

"당신도 우리 언니 집에 초대받았다고 생각했는데."

"아, 그것."

"왜 오지 않았던 거죠?"

"사람들이 모여 있는 자리에서 당신과 같이 있는 건 못할 짓이라고 생각했어."

그녀는 어깨를 으쓱거렸다.

"도대체 여긴 어디죠?"

그녀가 물었다. 그들은 철교 아래를 달려 국도로 가고 있었다.

"이 길은 도나우로 가는 길인데?" 하고 프란츠가 말했다. 잠시 뜸을 들인 프란츠가 다시 말을 이었다.

"그러니까 우리는 제국대교로 가는 중이야. 거기라면 아는 사람도 없을 테고!"

"마차가 몹시 흔들려요."

"곧 포장도로가 나올 거야."

"그런데 왜 이렇게 마차가 흔들리는 거죠?"

"당신 마음이 흔들리니까 그런 거야."

그러나 프란츠가 느끼기에도 마차는 지나칠 정도로 심하게 흔들리고 있었다. 하지만 그는 엠마를 더 불안하게 만들까봐, 더 이상 말을 꺼내지 않았다.

"오늘 당신하고 진지하게 얘기할 게 많아, 엠마."

"그럼 어서 해 봐요. 아홉 시까지는 집에 가 있어야만 하니까요."

"두 마디 말이면 충분해."

"어머, 그게 뭔데요?"

그때 마차 바퀴가 마차용 선로에 빠졌고, 마부가 빠져나오려고 급히 커브를 틀면서 마차가 하마터면 뒤집힐 뻔했다. 프란츠는 마부의 외투를 움켜잡았다.

"세워! 당신 정말 취했군!"

마부가 가까스로 말을 세웠다.

"엠마, 내리자구."

"여기가 어디지요?"

"벌써 다리에 다 왔어. 이젠 폭풍도 그렇게 심하진 않아. 조금만 걸어. 마차가 달리는 동안엔 제대로 이야기도 할 수 없었잖아."

엠마는 베일을 내려 얼굴을 가리고 그의 뒤를 따랐다.

"이런데도 폭풍이 심하지 않다고요?"

그녀는 마차에서 내리려 하는 순간, 몸이 기우뚱할 정도로 바람이 몰아치자 크게 소리쳤다. 프란츠가 그녀의 팔을 잡았다.

"뒤따라 오시오!"

프란츠가 마부에게 외쳤다. 그들은 앞으로 걸어갔다. 다리가 완만하게 경사를 이루기 시작하는 곳까지 걸어가는 동안 두 사람은 아무 말도 하지 않았다. 아래에서 물 흐르는 소리가 들리자 그들은 잠깐 걸음을 멈추었다. 칠흑의 어둠이었다. 드넓은 강물이 회색빛으로 끝없이 펼쳐져 있었다. 멀리 보이는 빨간 불빛들이 물 위에서 흔들거렸다.

두 사람이 방금 지나온 강가에서는 불빛들이 물속으로 가물거리며 가라앉고 있었고, 강물은 검은 늪지 속으로 사라지는 듯했다. 그때 천둥소리가 울리는 것 같더니 점점 더 가까워졌다. 무의식중에 두 사람은 빨간 불빛이 희미하게 가물거리는 쪽을 쳐다보았다. 차창을 환히 밝힌 열차가 느닷없이 어둠 속에서 나타나 철교의 아치 사이를 지나 가라앉듯 어둠 속으로 사라졌다. 천둥 소리가 서서히 멀어지고 다시 정적이 찾아왔다. 바람만이 갑자기 몰아치다가 잦아 들곤 했다.

한동안 침묵하던 프란츠가 말했다.

"우리는 떠나야 해."

"물론이에요" 하고 엠마가 부드럽게 대답했다.

"우리는 떠나야 해!" 하고 프란츠가 기운차게 말했다.

"아주 떠나 버리는 거야, 내 뜻은……."

"그건 안 돼요."

"하긴, 우리는 겁쟁이니까. 그렇지, 엠마? 그렇기 때문에 안 되는 거야."

"그럼 제 아이는 어떻게 하죠?"

"당신 남편은 당신한테 애를 맡길걸? 틀림없어."

"그리고 우리는 어떻게 하죠?"

그녀는 나직하게 물었다.

"야반도주라도 해야 하나요?"

"아냐, 모두 아냐. 그냥 당신에게 다른 사람이 있기 때문에 남편과는 더 이상 살 수 없다고 말하는 거야."

"제 정신이에요, 프란츠?"

"만약 당신이 원한다면, 내가 직접 남편에게 말해 주지."

"그렇게 못할걸요, 프란츠."

프란츠는 그녀의 얼굴을 보려고 애를 썼지만 어두운 까닭에 그녀의 얼굴이 자신을 향하고 있다는 것밖에 알아볼 수가 없었다. 그는 한동안 침묵을 지켰다. 그러고 난 뒤 차분하게 말했다.

"염려 마. 그렇게 하진 않을 테니까."

그들은 건너편 강가에 이르렀다.

"무슨 소리 들리지 않아요? 저게 뭐죠?"

"저편에서 들려오는 소리인데."

느릿하게 움직이는 무엇인가가 어둠 속에서 딸랑거리는 소리를 내며 다가왔다. 작고 붉은 불빛이 흔들거리며 그들을 향하고 있었다. 잠시 뒤 그들은 그것이 시골 마차의 앞쪽 수레채에 달린 작은 초롱 불빛이라는 것을 알았다. 그러나 그들은 그 마차에 짐이 실렸는지 사람이 탔는지는 알 수가 없었다. 바로 그 뒤에 똑같은 마차가 두 대 더 따라왔다. 마지막 마차에는 방금 파이프에 불을 붙여 문 농부 차림새의 한 남자가 타고 있는 것이 보였다.

곧 마차들이 스쳐 지나갔다. 그러자 그들에게는 스무 걸음 가량 거리를 두고 천천히 뒤따르고 있는 마차의 바퀴가 소리를 내며 구르는 것 말고는 아무런 소리도 들리지 않았다. 마차는 스무 걸음 가량 거리를 두고 천천히 두 사람의 뒤를 따라오고 있었다. 다리는 이제 내리막을 이루며 건너편 강가 쪽으로 이어져 있었다.

그들 앞에 펼쳐진 길은 나무 사이의 어둠 속으로 사라져 그 끝이 보이지 않았다. 저 깊은 아래쪽으로는 늪지가 있었다. 그들은 심연을 내려다보듯 아래를 굽어보았다. 오랫동안 침묵하던 프란츠가 갑자기 말했다.

"그렇다면, 이게 마지막이야……."

"뭐가요?"

엠마가 불안한 어조로 물었다.

"우리가 같이 있는 것 말이야. 그와 함께 살아. 난 당신을 떠나겠어."

"진심이에요?"

"진심이야."

"당신 알아요? 우리가 가질 수 있는 몇 시간의 행복을 망쳐놓는 사람은 언제나 당신이라는 것, 내가 아니라는 것!"

"그래, 당신 말이 맞아" 하고 프란츠는 말했다.

"자, 돌아가자구."

엠마는 그의 팔을 힘껏 붙잡았다. "아뇨" 하고 그녀는 다정스럽게 말했다.

"지금은 아니에요. 그러고 싶지 않아요. 이런 식으로는 돌아갈 수 없어요."

엠마는 그의 목을 안아 끌어내려 오랫동안 키스했다.

"우린 어디로 가게 되죠?" 하고 그녀가 물었다. "이 길로 곧장 간다면 말이에요."

"그러면 프라하로 가게 되지."

"그렇게 멀리는 안 돼요" 하고 그녀가 미소를 지으며 말했다.

"하지만 당신이 원한다면 마차를 타고 조금만 더 밖으로 나가요."

그녀는 어둠 속을 가리켰다.

"이봐요, 마부!" 하고 프란츠가 큰 소리로 불렀다. 그러나 마부는 듣지 못했다. 프란츠가 외쳤다.

"세워요!"

마차는 계속 굴러갔다. 프란츠는 뒤쫓아 달려갔다. 그때서야 그는 마부가 잠에 빠져 있는 것을 알았다. 프란츠는 고래고래 소리쳐서 마부를 깨웠다.

"마차를 타고 조금 더 앞으로 가요. 이 길 따라 곧장! 알아들었습니까?"

"네, 나리⋯⋯."

두 사람은 다시 마차에 올랐다. 마부가 채찍을 휘두르자 말들이 질척거리는 길을 미친 듯이 달리기 시작했다. 두 사람은 마차 안에서 서로를 꼭 껴안고 있었다.

"이것 역시 썩 좋은 건 아니죠?"

엠마가 입술을 프란츠의 볼에 가까이 대고 속삭였다. 바로 그 순간 갑자기 마차가 공중으로 치솟으며 날아오르는 것 같았다. 엠마는 앞으로 나동그라지는 것을 느꼈고, 뭐라도 붙잡으려고 손을 휘저었지만 허공을 더듬었을 뿐이었다. 날아갈 듯이 빠르게 빙글빙글 도는 것 같아 그녀는 눈을 꼭 감아 버렸다. 그러고 나서 그녀는 갑자기 자신이 땅바닥에 누워 있다는 느낌을 받았다. 그리고 마치 세상에서 멀리 떨어져 나와 자신만이 혼자가 된 것처럼 주위에 소름 끼치는 무거운 정적이 밀려들어와 있었다.

잠시 후 여러 가지 소리가 뒤죽박죽으로 섞여 들려왔다. 그녀의 바로 곁에서 땅을 박차는 말발굽 소리가 들리는가 하면, 낮은 신음도 들렸다. 하지만 아무것도 보이지 않았다. 이제 그녀는 섬뜩한 두려움에 사로잡혔다. 그녀는 비명을 질렀다. 그녀의 두려움은 점점 더 커졌다. 자신의 비명이 귀에 들리지 않은 까닭이었다.

그녀는 문득 무슨 일이 일어났는지를 아주 확실히 깨달았다. 마차가 그 무엇인가에, 아마도 길가에 세워진 이정표에 부딪혀 전복되었고, 그 바람에 그들이 바깥으로 내동댕이쳐진 것이었다.

'그는 어디에 있지?'

순간 그런 생각이 떠올랐다. 그녀는 나지막이 프란츠의 이름을 불렀다. 그런 다음 그녀는 자신의 목소리를 나지막하게나마 들었다. 아무런 대답이 없었다. 그녀는 몸을 일으키려고 하였다. 간신히 땅바닥에 앉아 두 손으로 주위를 더듬어

보던 그녀는 사람의 몸뚱이가 만져지는 것을 느꼈다. 그리고 이제 그녀는 서서히 어둠을 꿰뚫어 볼 수 있게 되었다. 프란츠가 꼼짝달싹도 못하는 채 곁에 누워 있었다.

그녀는 손을 뻗어 그의 얼굴을 만져 보았다. 무엇인가 축축하고 따뜻한 것이 흐르고 있음을 알았다. 그녀의 숨이 멎었다. 피……? 무슨 일이 일어난 거지?

프란츠는 의식이 없었다. 그럼 마부는 도대체 어디에 있는 거지? 그녀는 마부를 불렀지만 아무런 대답도 없었다. 그녀는 계속 땅바닥에 앉아 있었다. 나한테는 아무 일도 생기지 않았어, 하고 그녀는 생각했다. 온몸에 통증이 느껴지지만 말이야. 뭘 해야 하지, 뭘 해야 하지……. 마차가 뒤집혔는데 나한테는 아무런 일도 생기지 않았다니.

"프란츠!" 하고 그녀가 불렀다. 하지만 바로 곁에서 들려온 목소리의 주인공은 바로 마부였다.

"도대체 어디 계세요, 아씨. 나리는 어디 있죠? 아무 일도 없으시죠? 기다리세요, 아씨. 초롱불을 붙이면, 뭔가 보이겠지요. 난 몰라요, 빌어먹을 놈의 말들이 오늘 말썽을 부렸어요. 난 잘못이 없어요, 제기랄…… 빌어먹을 놈의 말이 자갈길로 들어가 버렸지 뭡니까."

온몸이 욱신거렸지만 엠마는 간신히 일어섰다. 마부는 무사하다는 것을 안 그녀는 다소 마음을 놓았다. 그녀는 마부가 초롱 뚜껑을 열고 성냥을 긋는 소리를 들었다. 두려움에 휩싸인 채 그녀는 빛을 기다렸다. 그녀는 프란츠를 다시 한번 만져 볼 용기가 나지 않았다. 그는 아직도 그녀 앞 땅바닥에 누워 있었다. 아무것도 보이지 않으니 더 무섭게 느껴졌다. 그는 분명 눈을 뜨고 있겠지……. 아무 일도 없어야 하는데.

희미한 불빛이 옆에서 비쳤다. 그러자 갑자기 마차가 눈에 띄었는데, 예상과는 달리 마차는 뒤집혀 있지 않았으나, 한쪽 바퀴가 부러진 채 도랑 쪽으로 비스듬히 기울어져 있었다. 말들은 꼼짝도 하지 않고 가만히 서 있었다.

불빛이 다가왔다. 그녀는 불빛이 이정표와 도랑의 자갈 더미 위를 서서히 비추며 미끄러지듯 움직이는 것을 보았다. 이어서 등불이 프란츠의 발을 비추더니 그의 몸을 거쳐 얼굴까지 거슬러 올라가 그 위에 머무는 것을 보았다.

마부는 누워 있는 프란츠의 머리맡에 초롱불을 놓았다. 엠마는 무릎을 꿇었다. 그의 얼굴을 보는 순간, 심장 고동이 멈추는 것만 같았다. 그는 창백했고, 눈을 반쯤 뜨고 있어 흰자위만 보였다. 오른쪽 관자놀이에서 한 줄기의 피가 뺨 위로 천천히 흘러내려 목덜미 속으로 흘러들고 있었다. 프란츠는 아랫입술을 꼭 깨물고 있었다.

"이럴 순 없어!"

엠마는 혼잣말로 중얼거렸다. 마부도 역시 무릎을 꿇고 프란츠의 얼굴을 들여다보았다. 그러더니 그의 머리를 양손에 껴안고 높이 들어올리는 것이었다.

"뭐 하는 거예요?"

엠마는 숨이 넘어가는 목소리로 외쳤고, 순간 곧추선 것 같은 프란츠의 머리를 보고 소스라쳤다.

"아씨, 엄청난 불상사가 생긴 것 같아요."

"아뇨, 아뇨" 하고 엠마가 말했다.

"이럴 순 없어요. 이건 현실이 아녜요. 당신에게 도대체 무슨 일이 생겼다고요? 또 나에게도……."

마부는 꼼짝도 하지 않는 남자의 머리를 엠마의 무릎 위로 천천히 다시 내려놓았다. 그녀는 떨고 있었다.

"누구라도 와 준다면……, 아까 그 농부들이라도 15분만 늦게 지나갔더라면……."

"이제 어떻게 해야지요?" 엠마는 입술을 떨며 말했다.

"아씨, 마차가 부서져서 누가 올 때까지 기다려야겠어요."

마부는 뭐라고 더 이야기를 했지만, 엠마는 그의 말에 더 이상 귀를 기울이지 않았다. 그러고 있는 동안에 그녀는 정신이 드는 것 같았고, 무엇을 해야만 하는지 확실히 깨닫게 되었다.

"가장 가까이 있는 집까지는 얼마나 될까요?"

그녀가 물었다.

"그리 멀지 않을 겁니다, 아씨. 저기가 바로 프란츠 요세프 구역인데……, 불이 켜져 있으면 집들이 보일 겁니다. 한 5분이면 갈 수 있는 거리예요."

"좀 가서서, 도움을 청하세요. 난 여기에 있을 테니까."

"예, 아씨, 그렇지만 차라리 이곳에 같이 있는 게 더 좋을 것 같다는 생각이 드는뎁쇼. 오래지 않아 누구라도 올 겁니다. 게다가 이 길은 국도니까……."

"그럼 너무 늦어요. 의사가 필요해요."

마부는 꼼짝도 않고 있는 남자의 얼굴을 들여다본 후, 머리를 절레절레 흔들며 엠마를 쳐다보았다.

"알았어요, 아씨……. 헌데 어디로 가면 의사를 찾을 수 있죠?"

"일단 집을 찾아서 누구든 시내로 보내면 데려올 수 있을 거예요."

"알았어요! 전화가 있는 집이 있겠죠. 그러면 의용 구급대를 부를 수 있을 겁니다."

"그래요, 그게 제일 좋겠어요! 빨리 서둘러요."

마부는 엠마의 무릎에 놓여 있는 창백한 얼굴을 다시 들여다보며 말했다.

"이미 늦은 것 같은데요."

"오, 부디, 가세요! 제발! 가요!"

"갑니다. 이런 어둠 속에서 무서워하지나 마세요, 아씨."

마부는 길 위를 달려나갔다. "난 아무 잘못도 없어, 제기랄." 그는 혼자 중얼거렸다. "미쳤어, 왜 한밤중에 컴컴한 국도로 나가자고 해서는……."

엠마는 꼼짝도 하지 않는 프란츠와 단둘이 어두운 길 위에 남았다. '이제 뭘?' 그녀는 생각했다. '이럴 수는 없어.' 그런 생각만이 그녀의 머릿속을 계속 스쳐 지나갔다. 이럴 수는 없어.

갑자기 곁에서 숨소리가 들리는 것 같았다. 그녀는 창백한 입술 쪽으로 고개를 숙였다. 숨기운을 전혀 느낄 수 없었다. 관자놀이와 뺨 위에 흐르던 피는 말라붙은 듯 보였다. 그녀는 그의 눈을 뚫어지게 처다보았는데, 이미 흐려진 눈을 보고는 진저리를 쳤다.

그래, 왜 나는 이 사실을 믿지 않으려 한 거지. 틀림없이…… 죽은 거야!

그녀는 온몸이 오싹했다. 이제 오직 한 사람, 죽은 그 남자만이 느껴졌다. 내 앞에 죽어 있는 남자. 죽은 이 남자가 내 무릎에 놓여 있다니! 그녀가 덜덜 떨리는 손으로 프란츠의 머리를 떠밀자 그의 머리는 힘없이 땅 위로 떨어져 내렸다. 이제야 무서운 적막감이 그녀를 덮쳤다. 어쩌자고 마부를 보내 버렸을까? 얼마나 어리석은 짓이야! 이런 도로에서 죽은 남자와 단 둘이서 뭘 어떻게 하겠다고? 사람들이 오면…… 그래, 사람들이 오게 되면, 뭐라고 해야 되지? 얼마나 오랫동안 이곳에서 기다려야 하지?

그녀는 다시 죽은 남자를 내려다보았다. 이 남자하고만 있는 게 아냐, 갑자기 이런 생각이 그녀의 머릿속에 떠올랐다.

이곳엔 불이 켜져 있지 않은가. 그녀에게 불빛은 고마운 존재였다. 사방을 온통 뒤덮은 어둠보다 보잘것없는 이 작은 불꽃 속에, 보다 많은 삶이 깃들어 있었다. 이 불빛이 바로 곁, 땅바닥에 누워 있는 창백하고 끔찍한 이 남자로부터 자신을 지켜 주는 유일한 보호자인 것만 같았다.

그녀가 불빛을 얼마나 오랫동안 들여다보았는지 그녀의 눈앞이 어른거렸고 곧 현기증이 일었다. 그러다가 문득 정신이 드는 느낌이었다. 그녀는 벌떡 일어섰다. 안 돼, 정말 그래서는 안 돼. 사람들이 이 남자와 내가 여기에 함께 있는 걸 발견하게 된다면……. 이제야 그녀는 자신이 지금 길에 서 있다는 것을 알게 된 듯했다. 발밑의 죽은 남자와 불빛을 이제야 알아차린 것만 같았다. 그리고 그녀 자신은 엄청나게 큰 모습으로 어둠 속에 우뚝 솟아 있는 듯이 느껴졌다.

무엇을 기다리고 있는 거야? 그녀는 생각했다. 그녀의 생각은 꼬리에 꼬리를 물고 이어졌다. 뭘 기다리고 있는 거야? 다른 사람들? 그 사람들에게 내가 무슨 소용이 있는데? 사람들이 와서 묻겠지…… 그리고 나는…… 내가 이곳에서 할 일은…… 그들은 내가 누구냐고 묻겠지. 그들에게 도대체 뭐라고 말해? 없잖아. 사람들이 오면 난 한 마디도 하지 않겠어. 아무것도 말할 게 없어. 단 한 마디도…… 그들도 나보고 강요하진 못해.

희미한 목소리가 멀리서 들려왔다.

벌써? 그녀는 생각했다. 그녀는 초조하게 귀를 기울였다. 사람들의 목소리가 다리 근처에서 들렸다. 그렇다면 마부가 데리고 오는 사람들은 아니었다. 그러나 그들이 누구이든 간에 여하튼 이 불빛을 주목할 테고, 그러면 그녀는 발견될 것이다.

그녀는 초롱불을 발로 걷어차 넘어뜨렸다. 불이 꺼졌다. 이제 그녀는 칠흑 같은 어둠 속에 있었다. 아무것도 보이지 않았다. 프란츠의 모습도 더 이상 보이지 않았다. 단지 길가의 하얀 자갈 더미만이 희미한 빛을 내고 있었다.

목소리들이 점점 가까워졌다. 그녀는 온몸을 떨기 시작했다. 여기 있는 게 발견되지만 말아다오, 제발! 그것만이 중요했다. 오로지 발견되지 않는 것. 그 어떤 것이 아니라 발견되지 않는 것, 이것만이 중요했다! 사람들에게 두 사람의 관계가 들통난다면 그녀의 인생은 끝장인 것이다, 그녀의 애인이 바로⋯⋯.

그녀는 발작적으로 두 손을 모았다. 사람들이 자신을 알아채지 못하고 길 저쪽 편으로 스쳐 지나가 주기를 기도했다. 그녀는 귀를 기울였다. 길 저쪽 편에서 나는 소리⋯⋯ 도대체 무슨 이야기를 하는 거지? 두 명 혹은 세 명의 여자들이었다.

여자들은 아마도 마차를 알아본 듯했다. 마차 한 대⋯⋯ 뒤집어졌잖아⋯⋯! 또 뭐라는 거지? 그녀는 알아들을 수 없었다. 그들은 그냥 지나쳐 가고 있어⋯⋯ 그들은 저쪽으로 점점 더 사라져 가고 있어…… 다행이야! 그럼 이젠, 이제 무엇을 한담? 오오, 왜 나는 이 남자처럼 죽어 버리지 않은 거야? 죽은 그가 부러웠다. 만사가 해결되었으니……. 프란츠에게는 더 이상 위험도 두려움도 없을 것이다. 그녀는 많고 많은 일들을 떠올리며 온몸을 떨었다. 그녀는 두려웠다. 누가 이곳에서 그녀를 발견해 누구냐고 묻는다면, 그녀는 사람들과 함께 경찰서에 가지 않으면 안 될 것이고, 그러면 모든 일들이 알려질 것이다. 그러면 그녀의 남편은, 그러면 그녀의 아이는…….

그녀는 왜 그토록 오랫동안 못 박아 놓은 듯이 그 자리에서 있었는지 이해할 수 없었다. 그녀는 모른 체 이 자리를 떠날 수도 있었다. 여기서 그녀는 누구에게도 도움이 되지 못하고, 오히려 자신만 불행 속으로 빠져들게 될 것이다. 그녀는 조심스럽게 발걸음을 떼기 시작했다. 그녀는 길가의 도랑을 넘어 길 한복판에 서게 되었다. 그리고 잠시 숨을 죽이고 앞을 내다보자, 어둠 속으로 사라졌던 회색빛 길을 찾을 수 있었다. 바로 저기, 저기에 도시가 있었다.

그녀는 아무것도 볼 수 없었지만 방향만큼은 확실히 알 수 있었다. 다시 한번 그녀는 뒤를 돌아보았다. 생각만큼 어둡지는 않았다. 그녀는 이제 마차도 또렷하게 볼 수 있었고, 말들 또한 볼 수 있었다. 그리고 아주 신경을 써서 바라보면, 땅바닥에 누워 있는 사람의 윤곽 같은 것도 알아볼 수 있었다.

그녀가 눈을 크게 뜨자 무언가가 이곳에 붙들어 두는 것 같은 느낌이 들었다. 죽은 남자가 그녀를 붙들어 놓고 싶어하는 듯했다. 그녀는 잠시 겁을 먹었으나 그 유혹을 힘껏 뿌리쳤다.

그제야 그녀는 땅이 몹시 질다는 것을 알아챘다. 그녀는 진창이 된 도로에 서 있었는데, 물기 머금은 진흙 때문에 발걸음을 떼 놓기가 무척 힘이 들었다. 이제 그녀는 길 한가운데로 걸어 나가 빠른 걸음으로 걷기 시작했다. 그러다가 점점 걸음이 빨라져 뛰다시피 그곳을 벗어나 왔던 길을 되돌아갔다.

불빛 속으로, 떠들썩한 소음 속으로, 사람들 사이로, 그녀는 태연히 몸을 섞었다! 그녀는 길을 따라서 뛰었고, 그리고 옷에 걸려 넘어지지 않도록 옷을 걷어올렸다. 바람이 그녀의 등 뒤에서 불어와 앞으로 몰아붙이는 것 같았다. 그녀는 자신이 무엇을 피해 도망가고 있는지 잘 알지 못했다. 그녀는 등 뒤편, 저 멀리, 길가에 누워 있는 그 남자에게서 도망치지 않으면 안 된다는 느낌뿐이었다.

순간 그녀는 자신이 죽은 프란츠로부터 도망가는 것이 아니라 살아 있는 사람들, 자신을 발견할 사람들을 피해서 도망치고 있음을 깨달았다. 사람들이 곧 그 자리에 도착해 자신을 찾게 될 것이 분명했다. 그들은 무슨 생각을 할까? 혹시나 뒤를 쫓아오는 건 아닐까? 하지만 따라잡지는 못할 거야. 이미 다리 근처까지 와 있으니까. 위험은 사실 지나간 셈이야. 죽은 남자와 함께 있던 여자가 누구인지, 아무도 짐작 못할 거야. 그 남자와 같이 마차를 타고 국도에 나갔던 여자가 누구인지 아는 사람이 있을 리 없어. 마부도 모르겠지. 그가 훗날 다시 그녀를 본다 해도, 역시 알아보지 못할 것이다. 그 여자가 누구였는지, 그런 일에 신경 쓸 사람은 아무도 없었다. 누가 관심을 갖겠는가? 그곳에 머물러 있지 않은 것은 현명했다. 비겁한 것이 아니었다. 프란츠도 그녀의 행동이 옳다고 해 주었을 것이다. 집으로 가야 해. 아이가 있잖아, 남편도 있고. 죽은 애인과 그곳에 함께 있는 것이 들통났다면, 모든 것이 끝장났을 거야.

다리가 나타났다. 길은 환하게 빛나고 강물이 흐르는 소리도 들렸다. 방금 전까지만 해도 프란츠와 팔짱을 끼고 함께 걸었던 곳이었다. 언제 그랬었지? 언제였지? 몇 시간 전이었나? 그렇게 오래된 일은 아닌 것 같은데. 아냐, 오래된 일일지도 몰라! 혹시 오랫동안 의식을 잃고 있었는지도 몰라. 벌써 자정이 넘었는지도, 혹시 벌써 아침이 다가오는지도 몰라. 그래, 집에서는 벌써 행방불명이 된 사람인지도. 아냐, 말도 안되는 소리야. 분명 의식을 잃지는 않았어.

그녀는 마차에서 퉁겨 나온 뒤 모든 일이 분명해졌던 그 최초의 순간보다도 더 정확하게 모든 일을 다시 기억해 냈다. 그녀는 다리 위로 뛰어갔고, 발걸음 소리가 귓가에 울렸다. 그녀는 좌우로 고개를 돌리지도 않았다. 그때 그녀는 사람의 형상이 자신을 향해 다가오는 것을 보았다. 그녀는 걸음걸이를 늦추었다. 저기에서 다가오는 사람은 누구지? 상대방은 제복을 입고 있었다. 그녀는 아주 천천히 걸었다. 의심받을 짓을 해서는 안 되었다. 그 남자는 그녀에게 시선을 고정시킨 채 뚫어질 듯 보는 것 같았다. 남자가 뭘 물으면? 그녀는 남자 곁으로 갔고, 제복 입은 사람임을 알아보았다. 순찰 중인 경찰이었다. 그녀는 그의 옆으로 지나갔다.

문득 등 뒤에서 발걸음이 멈추는 소리가 들렸다. 그녀는 다시 뛰려다 가까스로 참아 냈다. 뛰면 더욱 의심을 받을지도 모른다. 그녀는 이전과 마찬가지로 천천히 걸었다. 그녀는 마찻길에서 나는 말방울 소리를 들었다. 한밤이 되려면 아직 먼 것 같았다. 이제 그녀는 다시 빠른 걸음으로 시내를 향해 걸었다. 길이 끝나는 곳에 있는 철교 아치에 이르자, 그 밑으로 시내의 불빛이 빛나고 있는 것이 보였다. 시내의 소음이 나지막하게 들리는 것 같았다. 인적이 없는 이 길만 지나면 해방이다.

그 순간 멀리에서 날카로운 호각 소리가 나더니 점점 가까워지고 있었다. 마차 한 대가 쏜살같이 옆으로 지나갔다. 자기도 모르는 사이에 그녀는 발걸음을 멈추고 뒤돌아 그 마차를 보았다. 의용 구급대의 마차였다. 마차가 어디로 가고 있는지 그녀는 잘 알고 있었다. 이토록 빨리 오다니! 그녀는 무슨 마술 같다고 생각했다.

순간적으로 그녀는 구급마차를 불러 세워서, 구급마차와 함께 그녀가 방금 떠나온 그곳으로 되돌아가야만 하는 게 아닐까 하는 느낌을 받았다. 그런 생각을 떠올리는 순간 그녀는 무어라 말할 수 없는, 지금까지 느껴보지 못한 부끄러움에 사로잡혔다. 그녀는 자신이 비겁하고 나쁜 사람임을 알았다.

그러나 마차의 바퀴 소리와 호각 소리가 멀어지자, 걷잡을 수 없을 정도의 기쁨이 몰려왔고, 마치 구원을 받은 여자처럼 앞을 향해 서둘러 걸어갔다. 사람들이 그녀를 향해 다가왔지만, 이제 더 이상 그녀는 두려워하지 않았다. 가장 힘든 고비를 넘긴 셈이었다.

도시의 소음이 또렷해지며 눈앞이 점점 더 밝아왔다. 그녀의 마음속에서는 벌써 프라터 거리의 가옥들이 줄지어 서 있었으며, 그녀를 흔적 없이 삼켜 버릴 사람들의 물결이 그녀를 기다리고 있는 것 같았다. 그녀가 큰길의 가로등에 이르렀을 즈음에는 손목시계를 들여다볼 만큼 안정되어 있었다. 아홉시 십 분 전이었다. 그녀는 시계를 귀에 대 보았다. 시간은 멈춰 있지 않았다. 그녀는 생각했다. 나는 살아 있다. 건강하게. 게다가 내 시계도 째깍째깍 움직이고 있다. 그리고 그 남자는…… 그 남자는…… 죽었고……, 운명이야……. 그녀는 모든 것을 용서받은 기분이었다. 그녀 자신에게는 그 어떤 잘못도 없는 것처럼만 느껴졌다. 증명되었어, 그걸로 명백하게 증명되었어. 그녀는 자신이 큰 소리로 중얼거리는 것을 들었다. 만약에 운명이 다르게 나타났더라면? 그래서 내가 그곳 도랑에 누워 있고, 그 남자가 살아남았다면? 아마도 그는 도 망치지 않았을 거야. 아냐, 그렇지 않을지도 몰라.

하지만 따지고 보면 그는 남자이고, 그녀는 여자였다. 그녀 에겐 아이가 있고 남편도 있었다. 이렇게 하는 게 옳았어. 이 건 내 의무야, 그래 내 의무. 하지만 그녀 자신은 의무감에 따 른 처신이 아니라는 것을 너무나도 잘 알고 있었다. 그러나 그 녀가 취한 행동은 어쨌거나 옳은 것이었다. 무의식적으로 옳 은 일을…… 마치 선량한 자들이 언제나 그런 것처럼 말이다.

그렇지 않았더라면 지금쯤 그녀는 벌써 사람들에게 발견되 었을 것이다. 지금쯤이면 의사가 그녀에게 질문을 던졌을 것 이다. 당신 남편은 누구죠? 오 맙소사! 그러고 나서 내일이면 그녀는 영원히 파멸될 것이고, 그렇게 된다고 해서 프란츠를 다시 살려 낼 수도 없는 것이다. 그래, 이게 가장 중요한 일이 야. 부질없이 스스로를 파멸시킬 필요는 없어.

그녀는 이제 철교의 아치 밑에 있었다. 테게트호프 승전기 넘비가 있고, 많은 거리가 만나 교차하는 곳이었다. 오늘은 비가 내리고 바람이 부는 가을 저녁이어서 거리에 나와 있는 사람이 많지 않았다. 하지만 그녀는 도시의 생명력이 자신을 감싸며 몰아치는 것처럼 느꼈다. 그녀가 떠나온 곳은 무서울 만큼 정적에 휩싸인 곳이었기 때문이었다.

그녀는 시간 여유가 있었다. 남편은 오늘 열 시경이나 되어서야 비로소 집에 올 것이므로, 그녀는 집에 들어가 옷을 갈아입을 시간도 있었다. 그제야 문득 자신의 옷을 살펴볼 생각이 났다. 그녀는 옷이 온통 흙투성인 것을 보고 기겁을 했다. 하녀에게는 뭐라고 해야 될까? 내일이면 이 불행한 사고가 모든 신문에 실릴 것이라는 생각이 머릿속에 떠올랐다. 아마 사람들은 어떤 남자와 함께 마차에 타고 있었으나 순식간에 자취를 감춰 버린 한 여자에 대해 읽게 될 것이었다.

이런 생각을 하자, 그녀는 다시 몸이 떨렸다. 경솔한 짓이었다. 그녀의 모든 비겁한 행동도 허사가 될 수 있었다. 그러나 그녀는 집 열쇠를 몸에 지니고 있었다. 그녀는 자기가 문을 열 수 있었다. 아무 소리도 내지 않을 것이다.

그녀는 재빨리 마차를 잡아탔다. 마차에 오르자마자 그녀는 마부에게 집 주소를 말하려 했으나, 그 순간 현명치 못한 짓이라는 생각이 퍼뜩 뇌리를 스쳤다. 그녀는 머릿속에 떠오르는 아무 주소나 마부에게 일러 주었다.

프라터 거리를 지나가는 동안, 그녀는 무엇이든 다른 생각을 떠올리려고 애를 썼지만 허사였다. 그녀의 소원은 오직 하나였다. 그것은 집에 가 있는 것, 안전한 것. 그 밖에 다른 것들에는 아무런 관심도 없었다. 죽은 남자를 길 위에 내버려 두기로 결심한 그 순간, 그를 위해 탄식하거나 슬퍼하고자 했던 감정은 그녀의 마음속에서 이미 사라졌다. 그녀는 자신에 대한 근심 이외에는 그 어떤 것도 느낄 수 없었다. 그렇다고 그녀가 무정한 것은 아니었다. 오, 절대로! 그렇기에 그녀는 자신이 절망에 빠지는 날이 오리라는 것을 잘 알고 있었다. 너무나 절망하다 보면 스스로를 망치게 될지도 모를 일이었다. 그러나 지금은 차분한 마음으로 집에 가서, 남편과 아이와 함께 식탁에 앉아 있고 싶은 마음밖에 없었다.

그녀는 창밖을 내다보았다. 마차는 도심을 지나가고 있었다. 불이 환하게 켜져 있었고, 많은 사람들이 바삐 지나쳐 가고 있었다. 바로 그 순간, 지난 몇 시간 동안 겪었던 일들이 전혀 사실이 아닐 수도 있다는 생각이 들었다. 무슨 몹쓸 꿈처럼 생각되었다. 사실이라고 하기에는 이해하기가 너무 힘이 들었다.

그녀는 순환도로로 통하는 샛길에서 마차를 세웠다. 그러고는 마차에서 내려 재빨리 길모퉁이를 돌아섰다. 그곳에서 그녀는 다른 마차를 잡아타고 집 주소를 마부에게 알려 주었다. 이제 아무 생각도 할 수가 없을 것만 같았다. 그러나 지금쯤 그는 어디에 있을까, 하는 생각이 그녀의 머릿속에 떠올랐다. 그녀는 눈을 감았다. 그가 들것에 누워 있는 것이 보였다. 그리고 갑자기 그녀가 그의 곁에 앉아서 같이 구급용 마차를 타고 가고 있는 것처럼 여겨졌다. 그리고 마차가 흔들리기 시작했다.

그녀는 방금 겪었듯 마차에서 밖으로 퉁겨 나갈 것만 같아 더럭 겁이 났다. 그녀는 소리를 질렀고, 그 순간 마차는 멈추어 섰다. 그녀는 몸을 움츠렸다. 마차는 그녀의 집 문 앞에 와 있었다. 그녀는 마차에서 내려, 재빨리 현관을 지나쳤다. 창 안에 있는 수위가 쳐다보지 않도록 발소리를 죽였다. 계단을 올라서서, 아무 소리가 나지 않도록 조용히 문을 열었다. 현관을 지나 자신의 방으로 들어갔다. 성공이었다! 그녀는 불을 켜고 서둘러 옷을 벗은 뒤 옷장 안에 잘 감추었다. 하룻밤이 지나면 옷은 마를 것이고 날이 새면 그녀는 옷을 솔질해서 깨끗이 해놓을 요량이었다. 그런 다음 그녀는 얼굴과 손을 씻고 잠옷으로 갈아입었다.

그때 현관 벨이 울렸다. 하녀가 문을 여는 소리가 들렸다. 그녀는 남편의 목소리를 들었고, 그가 지팡이를 세워 두는 소리도 들었다. 그녀는 이제 마음을 다잡아야 한다고 생각했다. 그렇지 않으면 지금까지의 모든 노력이 수포로 돌아갈 수도 있었다. 그녀는 재빨리 식당으로 뛰어갔고, 그래서 남편과 동시에 식당에 발을 들여놓을 수 있었다.

"아, 당신, 벌써 집에 와 있었어?"

남편이 말했다.

"그럼요" 하고 그녀가 대답했다. "벌써 한참 되었어요."

"당신이 들어오는 것을 아무도 보지 못했다던데."

그녀는 그런 말에 신경 쓰지 않겠다는 듯이 미소를 지었다. 미소까지 짓자니 아주 피곤했다. 남편은 그녀의 이마에 입을 맞추었다.

기다리다 지친 어린 아들은 식탁에 앉은 채로 잠이 들어 있었다. 아마 접시 위에 책을 펴 놓고 읽었던 모양인지 책 위에 머리를 파묻고 있었다. 그녀는 아이 곁에 앉았고, 남편은 맞은편에 앉아 신문을 집어 들더니 건성으로 훑어보았다. 남편이 신문을 내려놓으며 말했다.

"다른 사람들은 아직도 계속 회의를 하고 있어."

"무엇에 대해서요?" 그녀가 물었다.

그러자 그는 오늘 회의에 대해 말하기 시작했다. 길고도 지루한 얘기였다. 엠마는 귀 기울여 듣는 척 가끔씩 고개를 끄덕이기도 했다.

그러나 그녀는 귀담아 듣고 있지 않았고, 그가 무슨 이야기를 하는지도 알지 못했다. 그녀는 자신이 진저리쳐지는 위험에서 불가사의하게 벗어났다고 느끼고 있었다. 그녀의 머릿속에는, 나는 구원되었고 내 집에 와 있다는 생각 말고는 아무것도 없었다.

남편이 이야기를 계속하고 있는 동안 그녀는 어린 아들 곁으로 자신의 의자를 가까이 당겨 놓고, 아이의 머리를 잡고 가슴에 힘껏 껴안았다. 그녀는 말할 수 없는 피로를 느꼈다. 참을 수 없는 졸음이 밀려드는 것을 느꼈다. 그녀는 눈을 감았다.

갑자기 그녀의 머릿속에는 길가 도랑에서 몸을 일으켜 세운 이후로 더 이상 생각해 보지 못했던 어떤 가능성 하나가 떠올랐다. 혹시 그가 죽은 것이 아니라면! 만약에······ 아냐, 그럴 리 없어. 그 눈, 그 입, 그리고 그 입술엔 숨기운이 없었어. 하지만 가사 상태라는 것도 있다고 하지 않던가. 나는 의사가 아냐. 만약 그가 살아 있다면, 그가 다시 의식을 회복한다면, 그리고 한밤중에 시골길 위에 혼자 누워 있는 것을 깨닫게 된다면, 그가 그녀를 찾게 된다면, 그녀의 이름을 부른다면, 그가 의사들에게 여자가 하나 더 있었어요, 라고 말한다면, 그 여자는 훨씬 더 멀리 퉁겨나간 것이 분명해요, 라고 말한다면. 그러면······ 그러고 난 후엔······ 무슨 일이 생길까? 사람들이 나를 찾겠지. 마부는 마을에서 사람들을 데리고 올 것이고, 다시 떠들어 댈 것이다. '제가 이 자리를 떠날 때만 해도 어떤 여자가 분명히 여기 있었어요.'

그러면 프란츠는 짐작하겠지. 프란츠는 아마 알게 될 거야. 그는 정말 나라는 여자를 속속들이 알고 있거든. 내가 도망쳐 버렸다는 것을, 그가 알게 될 거야. 그러면 그는 화가 복받쳐 올라, 복수를 하려고 내 이름을 말하게 될 거야. 그는 정말 절망에 빠질 테니까. 사랑하던 여인이 마지막 순간에 자신을 혼자 버려 두었다는 것을 알면 큰 충격을 받을 것이고, 그러면 물불을 가리지 않고 다 이야기해 버릴 것이다.

그 여자는 푸라우 엠마, 내 애인이에요. 비겁하고 어리석기까지 하죠. 그렇지 않습니까, 의사 선생님들. 비밀에 붙여 달라고 했다면 당신들은 틀림없이 그녀의 이름을 묻지도 않았을 겁니다. 선생님들은 그녀를 그냥 조용히 가도록 내버려 두셨을 것 아닙니까. 나도 그랬을 겁니다. 오, 이럴 수가, 그녀는 당신들이 올 때까지만 제 옆에 그냥 머물러 있으면 되었는데. 하지만 그 여자가 그렇게 못돼먹었다니, 당신들께 그 여자가 누구인지 다 말해 버리겠어요. 그 여자……!

"무슨 일이야?"

남편은 엠마를 향해 매우 진지하게 물으며 일어섰다.

"뭐……, 뭐 말이에요?"

"무슨 안 좋은 일이 있었어?"

"아무 일도 없었어요."

그녀는 어린 아들을 힘껏 껴안았다. 남편은 한참 동안 그녀를 바라보았다.

"당신 스르르 잠들더니만……."

"그리고?"

"그러더니 갑자기 소리를 지르더라구."

"……정말요?"

"꿈속에서 가위에 눌린 것처럼 소리를 질러 댔지. 당신 꿈 꾼 거야?"

"모르겠어요. 아무것도 모르겠어요."

그녀는 맞은편 벽에 걸려 있는 거울에서 잔인하고 일그러진 표정을 한 채 미소 짓고 있는 얼굴을 보았다. 그녀는 이것이 자신의 얼굴이라는 것을 깨닫고 진저리를 쳤다. 그리고 자신의 얼굴이 점점 더 굳어지는 것을 알아챘지만 입술마저도 움직일 수 없었다. 그녀는 자신이 살아 있는 동안 이런 미소가 입가에 맴돌게 될 것이라는 사실을 이미 알고 있었다. 그녀는 소리를 지르려고 했다. 바로 그 순간 그녀는 두 손이 자신의 어깨에 놓이는 것을 느꼈다. 그리고 그녀는 자신의 실제 얼굴과 거울 속에 비친 자신의 얼굴 사이로 남편의 얼굴이 나타나는 것을 보았다.

남편의 두 눈은 의아하다는 듯, 그리고 위협하듯 그녀의 눈을 내려다보고 있었다. 그녀는 이 마지막 시험을 이겨 내지 못하면 끝장이라는 사실을 잘 알고 있었다. 그녀는 다시 힘이 생기는 것을 느꼈다. 그녀는 몸에 힘을 주고, 자신의 표정을 그대로 유지했다. 바로 그 순간에 그녀는 자신이 원하는 것을 표정으로 말할 수 있었다. 바로 그 순간을 제대로 활용하지 못하면 모든 것이 끝장날 판국이었다. 그녀는 두 손을 뻗어, 아직 자신의 어깨 위에 놓여 있는 남편의 두 손을 붙잡아 자신에게로 당기며 쾌활하고도 다정하게 그를 쳐다보았다.

그리고 남편의 입술이 자신의 이마에 닿아 있는 것을 느끼면서, 그녀는 생각했다. 그래, 물론이지…… 몹쓸 꿈이었어. 그는 그 누구에게도 말하지 못해. 복수도 못할 거고, 절대로…… 그는 죽었어…… 그는 분명 죽은 거야…… 그래, 죽은 자는 말이 없어.

"왜 그런 말을 하는 거야?"

느닷없이 남편의 목소리가 들렸다.

그녀는 흠칫했다.

"제가 뭐라고 했는데요?"

그녀는 자신이 모든 것을 아주 큰 소리로 말해 버린 것 같은 생각이 들었다. 오늘 밤에 일어난 모든 사건을 이곳 탁자에서 말해 버린 것 같은 생각을 지울 수 없었다. 놀라는 남편의 눈길 앞에서 그녀는 허물어지듯이 다시 한번 물었다.

"제가 도대체 무슨 말을 했어요?"

"죽은 자는 말이 없다!"

남편은 매우 천천히 그녀의 말을 되뇌었다. 두 사람은 한참이나 서로를 쳐다보았는데, 그녀는 남편의 시선 속에서 자신을 더 이상 숨길 수 없음을 알았다.

"애를 침대로 데려가요."

남편이 말했다. "당신이 나한테 할 말이 더 있는 것 같은데……."

"네" 하고 그녀가 말했다.

그녀는 여러 해 동안 속여 온 이 남자에게, 다음 순간에는 모든 진실을 털어놓게 되리라는 것을 알고 있었다. 그녀는 어린 아들을 데리고 걸어 나가는 동안, 남편의 시선이 계속해서 자신을 향하고 있음을 느꼈다. 순간 그녀는 수많은 고민들이 이제야 비로소 풀릴 것이라는 안도감이 물밀 듯 스며오는 것을 느꼈다.

은밀한 사랑의 종말

위험을 동반하지 않는 사랑은 없고, 근심 없는 사랑도 없다. 사랑이 시작되는 바로 그 순간이 아픔의 시작인 셈이다. 고통은 사랑이 진행되는 동안 지속된다. 사랑에 빠진 사람은 먼저 연인의 사랑을 얻지 못할 것을 근심하고, 사랑을 얻은 뒤에는 그가 떠날 것을 근심한다. 그리하여 사랑은 늘 기쁨과 아픔이 교차하는 지점에 서 있다.

그러나 대부분의 사람들은 기꺼이 아찔한 사랑의 곡예를 선택한다. 근심 따위는 문제되지 않는다. 사랑을 시작한 사람에게 있어서 근심은, 그 자체가 모험이며, 열정이며, 환희이기 때문이다. 따라서 근심을 두려워하고 상처를 두려워하는 사람은 결코 사랑의 열병에 감염될 수 없다. 그들은 기꺼이 근심을 받아들인다. 어차피 인생을 살면서 근심은 사라지지 않을 것이고, 사랑의 근심이 영영 피할 수 없는 것이라면, 차라리 달갑게 고통을 맞이하는 것이다.

이 소설은 불륜을 담고 있다. 그러나 이 소설이 제기하고 있는 문제는 '불륜'이 아니라 '사랑은 모든 것을 초월할 수 있는가'이다. 불륜은 운명처럼 던져진 사랑의 기회를 얻는다는 점에서 아름다울 수 있지만, 동시에 성적 욕망을 추구한다는 점에서 추할 수도 있다. 또한 불륜에는 갖가지 사회적 제약과 편견이 뒤따른다. 따라서 이 소설이 묻고 있는 것은 '사랑이 이 모든 제약과 편견을 극복할 수 있는가'이다.

누구나 사랑의 도피를 꿈꾼다. 하지만 현실은 이를 용납하지 않거나, 아예 그런 기회조차 제공하지 않는다. 따라서 사회적 금기를 무릅쓰고 사랑하고자 하는 사람에게는 몇 배의 용기가 필요하다. 그렇다면 이들은 모든 것을 버릴 용기가 있는 것일까. 이 소설은 사랑이 얼마나 비겁해질 수 있는가를 잘 보여준다.

여자 주인공은 외간 남자와 사랑에 빠진다. 남자는 함께 도망치자고 유혹하지만 여자의 선택은 쉽지 않다. 그동안 일궈온 가정, 남편의 지위와 부, 자신의 명예, 그리고 남겨질 아이…… 이것들을 모두 포기하기에는 앞으로 살아갈 날들이 너무 많다. 물론 자신이 선택한 사랑이 이 모든 것을 보상해 줄 수 있다면 문제가 되지 않겠지만, 두 사람 앞에 놓인 현실은 그리 녹록한 것이 아니다.

이윽고 마차가 전복되고, 남자는 죽을 위기에 처한다. 남아 있을 것인가, 떠날 것인가. 이 선택의 결과는 너무나도 극명하다. 결국 여자는 남자가 죽었을 것이라 확신한 채 그 자리를 떠나기로 결심한다. 떠나면, 모든 것은 묻혀질 것이다. 죽은 자는 말이 없기 때문이다.

남자가 죽든 살든, 여자에게는 무거운 짐이 된다. 이때 여자는 스스로를 위로하며 독백한다. 아마도 남자는 모든 것을 이해하고 용서하리라고. 물론 용서한다는 것은 무척 어려운 일이다. 사람들은 자신이 용서한 만큼만 용서받을 수 있기 때문이다.

기 드 모파상_ Henri Rene Albert Guy de Maupassant

의자 고치는 여인

기 드 모파상(1850-1893)

프랑스의 소설가. 플로베르에게서 직접 문학 지도를 받았다. 신경질환 증세로 고통
을 겪으면서도 불과 10년 간의 문단생활에서 단편소설 약 300편, 기행문 3권, 시집 1
권, 희곡 몇 편 외에『벨아미』『몽토리올』『죽음처럼 강하다』등의 장편소설을 썼다.
그의 작품에는 이상 성격 소유자나 염세주의적 인물이 많이 등장하는데, 이것이 무
감동적인 문체를 통해 작품 전체에 이상한 고독감을 감돌게 한다. 1892년 니스에서
자살을 기도, 파리 교외의 정신병원에 수용되었다가, 이듬해 7월 43세의 나이로 일
생을 마쳤다.

의자 고치는 여인

The Chair Mender

그해 사냥철의 시작을 알리는 연회가 베르트랑 후작의 저택에서 개최되었다. 만찬이 끝날 무렵, 열한 명의 사냥꾼과 여덟 명의 젊은 부인, 그리고 이 지방의 의사가 커다란 식탁 주위에 둘러앉았다. 식탁은 온갖 과일과 아름다운 꽃으로 뒤덮여 있었고, 주위는 휘황한 조명으로 장식되어 있었다.

식탁에 앉은 사람들은 마침 사랑을 주제로 삼아 대화를 하게 되었는데, 이들의 대화는 금세 활발한 논쟁으로 이어졌다. 이들의 주장은 크게 둘로 나뉘었다. 어떤 사람들은 사람이 일생 동안 단 한 번밖에 진실한 사랑을 할 수 없다고 주장했고, 어떤 사람들은 일생 동안 몇 번이고 진실한 사랑을 할 수 있다고 주장했다.

그들은 평생 동안 오직 한 번 진실한 사랑에 빠졌던 사람들에 관한 예를 들기도 했고, 몇 차례나 열렬하게 사랑을 했던 사람들에 관한 예를 내놓기도 했다.

대체로 남자들은 사랑의 열정이 마치 열병처럼 한 사람을 몇 번이고 침범할 수 있다고 주장했다. 이러한 관점은 이론의 여지가 없는 것처럼 보였지만 여자들의 생각은 달랐다. 여자들은 객관적 사실보다는 감상적인 면에 더 크게 의지하기 때문이었다. 그리하여 여자들은 이렇게 주장했다.

"사랑은, 진정한 사랑은, 또한 위대한 사랑은, 평생에 한 번밖에 할 수 없어요. 그 사랑은 갑자기 찾아든 벼락과도 같아서 일단 사랑이 들이닥치고 나면 마음은 너무나도 지치고 황폐하여 마치 불이 난 자리처럼 되어 버리죠. 그렇기 때문에 또다시 다른 사랑이 찾아온다 해도 어떤 감정도, 또 어떤 강렬한 꿈마저도 그곳에서는 새로이 싹을 틔울 수가 없어요."

저택의 주인인 베르트랑 후작은 여러 차례 사랑에 빠졌던 경험이 있었다. 그리하여 그는 여자들의 이런 주장에 대해 강력히 반대하고 나섰다.

"단언합니다만, 사람이란 온 힘을 다해, 그리고 온 마음을 바쳐 몇 번이고 사랑할 수 있습니다. 여러분은 일생에 있어서 두번째 사랑은 불가능하다는 증거로 사랑 때문에 자살한 사람들의 예를 들었습니다. 하지만 나는 여러분에게 이렇게 말하겠습니다. 만약 그들이 스스로 목숨을 끊는 어리석은 짓을 저지르지 않았다면, 그래서 그들이 사랑이 싹틀 수 있는 기회를 완전히 없애지 않았다면, 사랑의 상처도 언젠가는 아물었으리라고 말입니다. 만일 그들이 스스로 목숨을 끊지 않았다면, 그들은 다시 시작했을 것이고 영원히, 죽을 때까지 몇 번이고 다시 사랑했을 것입니다. 사랑의 열병에 걸린 사람은 마치 술꾼과도 같습니다. 한 번 술을 마셔 본 사람이 다시 술을 마시는 것처럼, 사랑을 경험한 사람은 또다시 사랑을 하는 것입니다. 그것은 요컨대 그 사람의 기질에 달려 있는 문제지요."

토론이 격렬해지자 사람들은 그 지방의 의사에게 결론을 부탁했다. 그 의사는 파리 출신이었는데, 나이가 들자 시골로 은퇴한 사람이었다. 사람들이 그에게 견해를 밝혀 달라고 간청하자 의사는 난처한 기분이 들었다. 그에게는 분명한 자신의 의견이 없었기 때문이었다. 하는 수 없이 그는 후작의 말대로 사랑에 빠지는 것은 기질의 문제라며 말문을 열었다.

"내 경우를 말씀드리면……," 하고 그는 계속 말을 이어 갔다.

"나는 쉰다섯 해 동안 단 하루도 쉬지 않고 지속되었으며, 죽음으로 인해 비로소 막을 내린 정열적인 사랑에 관해 알고 있습니다."

그때 후작 부인이 손뼉을 치며 말했다.

"아름다워라! 정말 꿈 같은 일이네요! 그토록 열렬하고 깊은 사랑 속에서 쉰다섯 해 동안 살았다니, 얼마나 행복했을까요. 그런 열렬한 사랑의 대상이 된 그 남자는 얼마나 행복했겠어요? 또 그의 인생은 얼마나 축복 받은 것이었겠어요!"

의사는 빙그레 미소를 지었다.

"바로 그렇습니다, 부인. 부인께서는 55년 동안 사랑을 받은 사람이 남자였다는 점을 잘 알아맞혔습니다. 그 남자는 부인께서도 잘 아시는 이 마을의 약사 슈케 씨입니다. 그리고 상대 여자는 역시 아실 만한 사람인데, 해마다 이 저택에 의자를 고치러 오는 노파입니다. 아무튼 더 잘 이해하실 수 있도록 자세히 말씀드리죠."

의사가 사랑의 주인공이 누구였는지 소개하자 여자들의 찬탄은 금세 사라졌다. 흥이 깨진 사람들은 "풋!" 하며 경멸하는 표정을 지었다. 그들은 사랑이라는 것은 상류층만의 관심거리이고 또한 신분이 높고 우아한 사람들만이 사랑의 대상이 될 수 있다고 생각하는 듯했다.

의사는 천천히 말을 이었다.

석 달 전, 나는 연락을 받고 한 노파에게 달려갔습니다. 방금 말씀 드린 의자 고치는 노파의 침대 옆으로요. 그녀는 죽어 가고 있었습니다. 그녀는 죽기 하루 전에 낡고 오래된 마차를 타고 이 마을에 도착했습니다.

여러분도 보신 적이 있겠지만, 비쩍 마른 말이 끄는 마차는 노파에게 집이나 다름없었죠. 그녀는 오랜 친구이자 호위병인 커다란 검은 개 두 마리를 데리고 왔습니다. 마차에 도착하니 신부님이 벌써 와 계시더군요. 그녀는 우리 두 사람을 자신의 유언 집행인으로 지목했고, 유언의 의미를 알려 주기 위해 우리에게 지나온 생애를 이야기해 주었습니다. 나는 지금까지 그보다 더 기이하고 더 가슴 저린 이야기를 들어 본 적이 없습니다.

그녀의 아버지는 의자 고치는 사람이었고 어머니도 마찬가지였습니다. 그녀는 평생 땅 위에 지은 집에서 살아 보지 못했습니다. 아주 어렸을 때부터 그녀는 이가 들끓은 누더기를 걸친 지저분한 모습으로 떠돌아다니는 생활을 했습니다. 마차를 마을 어귀에 있는 도랑 옆에 세우고 말을 풀어 놓으면 말은 풀을 뜯고, 개들은 코를 발에 얹은 채 낮잠을 잤습니다.

그때만 해도 노파는 어린 소녀였습니다. 어린 소녀는 부모님이 길가에 서 있는 느릅나무 그늘 아래에 자리를 잡고 마을의 낡은 의자들을 고치는 동안 풀숲에서 뒹굴었습니다.

이 움직이는 집에 사는 사람들은 거의 말도 하지 않고 조용히 지냈습니다. 마을 사람들의 귀에 익은 "의자 고치세요!" 하는 소리 외에는 말이죠. 그들은 소리를 지르면서 마을을 돌아다닐 사람을 정하는 데 필요한 몇 마디를 하고 나면, 서로 마주 보거나 나란히 앉아 새끼를 꼬며 시간을 보냈습니다.

소녀가 너무 멀리 나가거나 마을의 개구쟁이들과 어울리려고 하면 아버지는 엄한 목소리로 꾸짖곤 했습니다.

"어서 돌아오지 못하겠니? 이 빌어먹을 것아!"

그것이 어린 소녀가 유일하게 들을 수 있었던 다정한 말이었습니다.

좀 더 자라자 부모는 소녀에게 부서진 의자의 밑바닥을 모아 오게 했습니다. 그러면서 그녀는 여기저기에서 친구들을 사귀기 시작했지요. 하지만 마을의 부모들은 자신의 자녀들이 이 소녀와 어울리는 것을 싫어했습니다. 소녀가 아이들과 어울리면 부모들은 밖으로 달려나와 소리치곤 했지요.

"이리 썩 오지 못하겠니? 이 녀석, 거지 같은 애하고 또 어울리기만 해 봐라!"

마을의 부모들은 재빨리 자기 자녀들을 집 안으로 불러들였습니다.

종종 사내애들이 소녀에게 돌을 던지기도 했습니다. 부인들은 가끔 몇 푼씩 돈을 줄 때도 있었는데 소녀는 그 돈을 소중하게 간직해 두었습니다.

소녀가 열한 살이 되었을 때였습니다. 소녀는 여러 곳을 떠돌다가 다시 이 마을로 돌아왔습니다. 그러던 어느 날, 소녀는 공동묘지 뒤에서 울고 있는 소년 슈케를 우연히 보았습니다. 그때 슈케는 친구에게 동전 두 개를 빼앗기고 분한 나머지 눈물을 흘리고 있었지요.

슈케가 울고 있는 모습을 본 소녀는 약간 충격을 받았습니다. 좋은 집안에서 자란 소년들은 언제나 만족스럽고 유쾌하게 살고 있을 것이라고 상상했었던 것이지요. 그래서 이 불우한 소녀는 슈케가 흘리는 눈물에 마음이 완전히 흔들려 버렸습니다.

소녀는 소년에게 다가갔지요. 그리고 그가 눈물을 흘린 이유를 알자 모아 둔 돈 전부를 소년의 손에 쥐어 주었답니다. 물론 소년은 그 돈을 받고 나서 울음을 그쳤습니다. 그러자 소녀는 너무 기뻐서 자기도 모르게 소년에게 키스를 했습니다.

소년은 제 손에 들어온 돈에 정신이 팔려서 그녀가 키스를 하는데도 그대로 서 있었습니다. 고개를 돌리지도 않고 때리려고 하지도 않았기 때문에 소녀는 다시 한번 소년에게 키스했습니다. 그런 다음 소녀는 두 팔을 벌리고 정성껏 소년을 껴안았습니다. 그러고는 그녀는 재빨리 달아나 버렸습니다.

이 가엾은 소녀의 머릿속에서는 무슨 일이 일어났을까요? 소녀가 어린 소년에게 푹 빠지게 된 것은 이곳저곳을 떠돌면서 모아 두었던 돈을 모두 그에게 주었기 때문일까요? 그렇지 않다면 애정 어린 키스를 난생 처음으로 그에게 했기 때문일까요? 그 신비로움은 어린아이에게나 어른에게나 마찬가지일 것입니다.

몇 달 동안 소녀는 묘지의 그 구석진 자리와 소년에 대한 꿈을 꾸었습니다. 그리고 그를 다시 만나리라는 희망을 간직한 채 부모님의 돈을 조금씩 훔치기 시작했습니다. 의자를 고치고 받은 돈에서, 혹은 생활 필수품을 사는 돈에서 한 푼씩 떼어 모았던 것입니다.

얼마 후 다시 이 마을에 돌아왔을 때, 소녀의 주머니에는 2프랑이 들어 있었습니다. 하지만 소녀는 깔끔하게 차려 입은 그 약국 집 소년을 멀리서 지켜볼 수밖에 없었습니다. 소녀는 약국의 유리창 너머에 나란히 서 있는 붉은 유리병과 촌충 표본 사이로 소년을 바라보아야 했지요. 그 짙은 붉은색 물과 크리스털의 눈부신 빛에 반사된 소년에게 매료된 소녀는 더욱 그를 사랑하게 되었습니다.

지울 수 없는 추억을 가슴에 간직한 그녀는 이듬해 학교 뒤에서 아이들과 구슬치기를 하고 있는 소년을 발견했습니다. 소년을 보자 소녀는 앞뒤 가리지 않고 그에게 달려가 두 팔로 꼭 껴안고 마구 키스했습니다. 소년이 겁에 질려 소리를 지르자, 소녀는 그를 달래기 위해 돈을 주었습니다. 3프랑 20상팀, 참으로 거금이었습니다. 소년은 눈이 휘둥그레져서 돈을 쳐다보았지요.

그는 그것을 받고는 소녀가 마음껏 키스하도록 했습니다.

그 후 4년이 흐르는 동안, 그녀는 자기가 모은 돈 전부를 그의 손에 쥐어 주었습니다. 어느 때는 30수, 어느 때는 2프랑, 어느 때는 12수……. 그녀는 돈이 적은 것이 괴롭고 부끄러워서 눈물을 흘렸지만 그해에는 경기가 좋지 않아 달리 어쩔 도리가 없었습니다. 마지막에는 5프랑이나 주었는데, 소년은 그 크고 둥근 은화를 보며 만족스러운 미소를 지었습니다.

이제 그녀는 그 소년 말고는 아무것도 생각하지 않았습니다. 소년도 그녀가 마을에 오기를 고대하게 되었고, 그녀가 나타나면 쏜살같이 달려오곤 했지요. 그것이 또한 그녀의 가슴을 더욱 두근거리게 했습니다.

그런데 언제인가부터 그 소년이 보이지 않게 되었습니다. 부모가 그를 중학교에 보낸 것입니다. 그녀는 이리저리 수소문하여 그 사실을 알았습니다. 그녀는 온갖 묘안을 다 짜내어 부모의 계획된 여정을 바꾸도록 하는 데 성공했습니다. 그리하여 그 소년이 고향으로 돌아오는 여름방학에 맞춰 이 마을을 지나가게 되었지요. 한 해 동안이나 온갖 꾀를 쓴 끝에 얻은 성공이었습니다. 그러니 두 해 동안이나 그를 만나지 못했던 것이지요.

만나지 못하는 동안에 소년은 몰라볼 정도로 변해 있었습니다. 금단추가 달린 제복을 입은 그는 키도 컸고 멋이 있었습니다. 하지만 그는 그녀를 못 본 체하며 거만하게 곁을 지나쳤습니다.

그녀는 이틀 동안이나 울었고, 그때부터 그녀는 끝도 없이 괴로워했습니다.

해마다 그녀는 돌아왔지만, 그에게 감히 인사조차 하지 못한 채 스쳐 지나가야 했지요. 그런데도 그는 그녀에게 눈길

한 번 주지 않았습니다. 그녀는 그를 미칠 듯이 사랑하고 있었습니다. 죽어 가던 날, 그녀는 나에게 이렇게 말했답니다.

"의사 선생님, 그는 내가 이 세상에서 만난 유일한 남자입니다. 나는 다른 남자들이 존재한다는 사실조차 느끼지 못한 채 살아 왔던 겁니다."

세월이 흘러 소녀의 부모님도 모두 죽었습니다. 그녀는 부모님이 하던 일을 그대로 이어받았는데, 달라진 것이 있다면 한 마리였던 개가 두 마리로 늘어난 것뿐이었습니다. 두 마리 개는 모두 무시무시해서 감히 손을 댈 수 없을 정도였습니다.

어느 날 그녀는 다시 이 마을에 왔습니다. 그녀에게 있어서 이 마을은 아련한 추억과 사랑의 미련이 남아 있는 곳이었죠. 그때 그녀는 한 젊은 여자가 슈케의 팔짱을 끼고 약국에서 나오는 모습을 보았습니다. 그의 아내였습니다. 이미 그는 한 여자와 결혼을 했던 것이지요.

그날 밤, 그녀는 마을 한가운데 있는 연못에 몸을 던졌습니다. 마침 밤늦게 집으로 돌아가던 술꾼이 연못에 빠진 그녀를 건져 약국으로 업고 갔습니다. 슈케는 환자가 왔다는 소식을 듣고 급히 가운 차림으로 2층에서 내려왔습니다. 하지만 그는 여전히 알은 체도 하지 않았지요. 그는 그녀의 옷을 벗긴 뒤 마사지를 해 주며 엄한 목소리로 말했습니다.

"아니, 당신 미쳤소! 이런 바보 같은 짓을 하다니!"

그의 목소리만으로도 그녀를 회복시키기에는 충분했습니

다. 그가 그녀에게 말을 했던 것입니다! 그녀는 오랫동안 행복했습니다. 그녀는 치료비를 내려 했지만 그는 끝내 받지 않았습니다.

그녀의 온 생애는 이처럼 흘러갔습니다. 그녀는 슈케를 생각하며 의자를 고쳤습니다. 해마다 이 마을을 지나칠 때면 약국 유리창 너머로 그를 훔쳐보면서 말입니다.

어느덧 그녀는 슈케의 약국에서 잡다한 약을 사는 것이 버릇이 되었습니다. 그러면 좀 더 가까이서 그를 볼 수 있었고, 이야기할 수 있었으며, 약간의 돈이나마 계속 줄 수 있었던 것이지요.

처음에 말씀드렸다시피 그녀는 올 봄에 죽었습니다. 나에게 이 슬픈 이야기를 다 털어놓은 뒤에, 그녀는 한평생에 걸쳐 끈질기게 사랑했던 남자에게 전해 달라면서 모아 둔 돈 전부를 제게 맡겼습니다. 그녀의 말대로 오로지 그를 위해 먹을 것도 제대로 먹지 않고 일해서 모은 돈이었습니다. 그녀는 모은 돈을 모두 그에게 주면 자기가 죽은 후 그가 한 번쯤은 자신을 생각해 주리라 믿었던 것입니다.

그녀는 내게 2천3백27프랑을 주었습니다. 나는 그중 27프랑을 장례비로 신부님에게 드렸고, 나머지는 그녀가 마지막 숨을 거둔 후에 모두 가지고 왔습니다.

그 다음 날, 나는 슈케의 집으로 찾아갔습니다. 마침 그들 부부가 마주 앉아 막 점심식사를 끝내려던 참이었지요. 두 사람은 통통하게 살이 올랐고, 혈색이 좋았습니다. 약 냄새를 풍기면서 거드름을 피우는 것이 생활에 매우 만족스러워하는 듯이 보였습니다.

그들은 나를 자리에 앉게 하고는 체리로 담근 술 한 잔을 내놓았습니다. 나는 그것을 받고 난 뒤, 그들이 내 이야기에 감동해 눈물을 흘릴 것을 믿어 의심치 않으면서 떨리는 목소리로 이야기를 시작했습니다.

하지만 그의 반응은 전혀 뜻밖이었습니다. 그는 자신이 그 떠돌이 여자, 의자 고치는 여자, 품팔이 여자에게 사랑의 대상이 되었다는 것을 알자 몹시 분개하여 펄펄 뛰었습니다. 슈케는 마치 그녀가 자신의 명성과 점잖은 인망, 참다운 명예, 그리고 목숨보다 더 소중한 무엇을 훔쳐 가기나 한 것처럼 화를 냈습니다.

그의 아내도 마찬가지였지요. 그의 아내는 남편 못지않게 분개하면서 소리쳤습니다.

"그런 거지 같은 게! 그 거지가, 그 거지가……!"

하면서 다른 말은 생각나지 않는 것처럼 되뇌었습니다.

터키모자를 비스듬히 쓴 그는 식탁 뒤쪽에서 왔다 갔다 하고 있었습니다. 그는 흥분하여 말을 더듬더군요.

"생각해 보십시오, 의사 선생님! 이게 남자한테 생긴 얼마나 무서운 일입니까! 어떻게 할까요? 오! 그 여자가 살아 있을 때 이런 사실을 알았다면 경찰에 알려 감옥에 처넣었을 텐데.

그랬다면 그 여자가 다시는 세상에 나오지 못했을 거라고, 자신 있게 말할 수 있어요!'

나는 어리둥절해지고 말았습니다. 뭐라고 해야 할지, 또 어떻게 해야 할지 도대체 알 수가 없었습니다. 하지만 내 임무는 완수해야만 했습니다. 나는 다시 말했지요.

"그녀는 당신에게 전해 달라면서 2천3백 프랑이나 되는 돈을 나에게 맡겼습니다. 그런데 그녀에 관해 기억하는 것 자체가 심히 불쾌하신 모양이니, 이 돈은 가난한 사람들에게 적선하는 게 좋을 듯싶군요."

순간 그들이 나를 바라보았는데, 그 부부는 놀라서 꿈쩍도 하지 않았습니다. 나는 금화와 동화가 뒤섞인 눈물겨운 돈을 주머니에서 꺼내어 식탁에 내놓았습니다. 그 동전들은 그녀가 떠돌아다닌 온갖 나라에서 발행되었고 특징도 가지각색이었지요.

그런 다음 나는 다시 그에게 물었지요.

"어쩌시겠습니까?"

슈케 부인이 먼저 입을 열었습니다.

"그게 그 여자의 마지막 소원이라면…… 거절하는 것도 도리가 아니긴 하겠군요."

남편은 어딘지 멋쩍어 하며 대답했습니다.

"그 돈으로 우리 애들에게 뭔가를 사 줄 수는 있겠습니다."

나는 냉정하게 말했습니다.

"좋을 대로 하십시오."

그가 계속 말했습니다.

"예, 그럼 주십시오. 그 여자가 당신에게 그렇게 하라고 했다니까요. 우리가 유익한 일에 쓰도록 생각해 보겠습니다."

나는 그 돈을 건네주고 하직 인사를 한 뒤 밖으로 나왔습니다.

이튿날 슈케가 나를 찾아와 불쑥 이러더군요.

"저, 그 여자가 마차를 남겨 두었을 텐데, 그 마차는 어떻게 하실 겁니까?"

나는 그의 질문을 받고 이렇게 대답했습니다.

"아무 계획도 없어요. 원한다면 가져가십시오."

"잘됐군요. 그게 필요하던 차였습니다. 그걸로 채소밭에 오두막을 만들려고요."

돌아가는 그를, 나는 불러 세웠습니다.

"그녀는 또 늙은 말 한 필과 개 두 마리를 남겼습니다. 그것들도 필요하십니까?"

그는 깜짝 놀라며 멈춰 섰습니다.

"아, 아뇨! 그것들을 가져다가 어디에 쓰겠어요? 선생님 뜻대로 처분해 주십시오."

그러면서 그가 나에게 손을 내밀었으므로 나는 그의 손을 잡았습니다. 달리 제가 어쩌겠습니까? 한 마을의 의사와 약사가 서로 원수가 되어서는 안 될 테니까요.

나는 개들을 데려왔습니다. 신부님은 넓은 뜰이 있기 때문에 말 한 마리를 가져가셨습니다. 그리고 그녀의 마차는 지금 슈케의 오두막집으로 사용되고 있지요. 그는 노파에게서 받은 돈으로 철도 채권 다섯 장을 샀다고 하더군요.

이것이 내 인생에서 알게 된 오직 하나의 깊은 사랑입니다.

말을 마친 다음 의사는 굳게 입을 다물었다. 그러자 눈물이 글썽해 있던 후작 부인이 한숨을 쉬며 말했다.

"보세요. 분명해졌어요. 진실한 사랑은 여자만이 할 수 있다는 것 말예요."

참된 사랑은 조건과 타산을 뛰어넘는 것

여기 광대한 들판에 한 그루의 나무가 서 있다. 들판에 홀로 선 나무는 아무도 찾는 이 없이 무작정 기다려야 하는 운명이다. 나무는 가끔씩 찾아오는 새에게 쉬어 갈 가지와 그늘과 맛있는 열매를 제공하지만, 떠나가는 새를 붙잡아 둘 수는 없다. 새를 자신의 곁에 붙잡아 둘 수 있는 유일한 방법은 더 무성한 나뭇잎과 맛있는 열매를 갖는 것이다.

이 소설 속의 의자 고치는 여인은 사랑하는 사람을 위해 모든 것을 바친다. 아무런 조건 없이 주는 것만이 사랑을 획득할 수 있는 유일한 길이기 때문이다. 하지만 새가 나무의 고마움을 모르듯, 남자는 짝사랑하는 소녀가 베풀어 주는 것에 고마움을 느끼지 못했다. 남자는 그녀의 사랑이 아니라 그녀가 제공하는 것에만 탐닉했기 때문이다.

그녀는 비참한 죽음을 맞으면서도 사랑하는 사람을 위해 모든 것을 남겨 주었다. 아마 독자들은 그녀의 최후가 몹시 고통스러운 것이라 생각할 것이다. 하지만 사랑하면서 죽어 가는 사람의 모습은 얼마나 아름다운가.

인생에서 가장 행복한 순간은 사랑할 때이다. 그리고 아무것도 원하지 않을 때, 아무런 대가 없이 타인에 대해 순수한 기쁨으로 충만해 있을 때가 가장 행복한 것이다. 그러나 타인을 소유함으로써 자신의 욕구에 이용할 때 불행은 시작된다. 그런 의미에서 보자면 그녀는 세상에서 가장 행복한 죽음을 맞이한 사람이며, 그녀의 사랑을 받았던 남자는 가장 불행했던 사람이다.

사랑에 공식 같은 것은 없다. 아름다운 사람이 꼭 내 사랑의 대상이 되란 법도 없다. 비겁한 사람도, 사기꾼도, 언젠가 나를 버릴 배신자도 사랑의 대상이 될 수 있다. 그래서 사랑은 위험하고, 고통스러우며, 아픈 것이다.

이 세상에서 가장 믿을 만한 사랑은 자신에게 아픔을 주는 사람을 사랑하는 것이다. 나를 해롭게 하는 사람을 사랑하는 것만큼 참된 사랑은 없다. 만일 자신에게 아픈 상처를 준 사람에게 복수를 하고 싶다면, 가장 유효한 복수의 무기는 그를 아예 사랑해 버리는 것이다.

이제 우리는 비겁한 남자를 사랑했으며, 그로 인해 끝내 아무도 돌보아 주지 않는 곳에서 외롭게 죽어 간 의자 고치는 여인을 동정할 필요가 없다. 아마 그녀는 자신의 모든 것을 사랑하는 이에게 남겼다는 것을 위안으로 삼으면서 행복하게 죽어 갔을 것이다. 그것이야말로 가장 위대하고 아름다운 복수이다.

사랑이란 그런 것이다. 자신을 위해서는 아무것도 요구하지 않을 때, 그는 비로소 필요한 모든 것을 갖게 되는 것이다.

윌 리 엄 샌 섬 _ William Sansom

버스 속의 소녀

윌리엄 샌섬(1912-1976)

영국의 소설가. 은행원·라디오 디렉터 등의 직업을 거쳤으며, 제2차 세계대전 후에 작가 생활을 시작하였다. 카프카의 영향을 받아 우의적(寓意的) 수법이 뛰어난 단편을 많이 썼다. 1951년 영국문학협회의 특별회원으로 선출되었으며, 대표작에는 『소방수 플라워』 『육체』 등이 있다.

「버스 속의 소녀」는 전통적인 단편소설의 전형을 성공적으로 살린 완벽한 단편의 표본이라는 평가를 받고 있다.

버스 속의 소녀
The Girl on the Bus

만일 사랑받는 것보다 사랑하는 것이 더
아름답다면, 아마도 최고의 사랑은 짝사랑일 것이다. 그러므
로 사랑을 할 때는 상대방으로부터의 보답이 적을수록 좋다.

우리가 가질 수 있는 가장 아름다운 정열은, 한 번도 말을
건네 본 적이 없는, 아니 한 번도 만나 본 적조차 없는 사람을
향한 정열이다. 문득 눈앞으로 스쳐 가는 얼굴, 그러나 머릿
속에 남아 고통을 일으키는 얼굴, 너무나 아름답고 사랑스러
워 희망과 절망으로 —— 이 절망은 일시적인 절망이다 —— 가
슴 찢기는 아픔을 주는 바로 눈앞의 얼굴, 이런 사람을 만났
을 때 사람들은 대부분 말 한 마디 제대로 건네지 못한다. 서
로 눈이 마주쳐도 따뜻한 눈인사조차 하지 못하는 것이다.

눈 깜짝할 사이에 종이 울리고, 앞으로 쓰러질 듯 버스가

급정거를 하면, 버스에서 내린 그녀는 사라지고 만다. 그러고
나면 다시 만날 수 없다. 여자가 떠나고 나면, 그녀의 목적지
가 어디인지를 알기 위해 가슴 두근거리던 고통도 그녀와 함
께 사라지고 만다.

　이런 순간적인 만남이었던 까닭에, 나는 내 친구 해리의 이
야기에 대단한 관심을 가졌다. 해리가 소녀를 만난 것은 버스
안에서가 아니라 스키장에서였다.

　1월의 어느 늦은 오후, 해리는 하가에서 산책을 즐기고 있
었다. 큰 눈이 내렸기 때문에 스톡홀름 시민들은 언덕진 공원
어디에서나 무리 지어 스키를 즐기고 있었다. 해는 벌써 서녘
하늘에 걸려 홰나무 숲 위에서 노랗게 타오르고, 눈 위로 지
친 땅거미가 밀려드는 중이었다. 사람들은 지쳐 있는 듯했지
만, 여전히 신나고 활기찬 모습이었다. 그들은 어두워지기 전
에 한 번이라도 더 스키를 타기 위해 언덕 꼭대기로 타박타박
걸어 올라가고 있었다.

　해리는 늦겨울 오후의 바람을 즐기며 이리저리 거닐고 있
었다. 어디에선가 자작나무 타는 향기로운 냄새가 실려 왔
다. 숨을 쉴 때마다 금방이라도 입김이 얼어붙을 듯한 느낌을
즐기면서, 그는 저 멀리 우윳빛 왕궁 너머로 저물어 가는 석
양을 신비스럽게 쳐다보았다.

　멀리 높은 산등성이에는 중세 풍으로 지은 기병 막사가 줄

지어 있었다. 조각으로 장식된 막사의 커다란 나무 문이 눈 속에 묻혀 있었고, 석양의 마지막 빛이 눈 덮인 막사의 지붕 위로 황금 무늬를 그려내고 있었다. 우아하고, 어쩌면 사치스럽기까지 한 분위기 속에서 푸른 제복을 입은 기병대가 요령 소리와 함께 뿌연 입김을 뿜으며 눈 덮인 언덕을 행군하던 모습을 바라보는 것은 정말 아름다웠으리라. 그러나 이제 기병대 막사는 유령의 집처럼 되어 버렸다. 크고 꼿꼿한 홰나무 사이로 거무스름하게 몸을 옹송그린 스키어들이 그림자처럼 빠르게 지나갔다. 해리는 스키어의 빠른 움직임 때문에 꼭 홰나무들이 나풀거리며 내려오는 듯한 착각이 들었다.

해리는 한참 동안 발길 닿는 대로 석양 속을 거닐었다. 그러다가 그는 불현듯 한 소녀가 스키를 발에 맨 채, 뒤쪽에서 터벅터벅 올라오는 모습을 보았다. 소녀가 올라오는 쪽을 향해 천천히 걸음을 옮기면서 그는 가늘고 꼿꼿한 소녀의 몸매가 정확한 걸음걸이로 미끄러지듯 올라오는 모습을 넋을 놓은 채 지켜보았다.

스키어들의 걸음걸이는 규칙적이다. 긴 가래나무로 만든 스키에 잘 동여맨 발을 가지런히 붙이고, 앞으로 나아갈 때마다 가볍고 긴 걸음으로 움직인다. 쉬지 않고 한 걸음 한 걸음 앞으로 움직이는 모습이, 마치 어디에선가 들려오는 음악소리에 발을 맞추려는 듯 보인다. 그들의 걸음걸이는 굳이 서두르지 않아도 될 목적지를 향해 천천히 걸어가는 듯하다.

소녀의 스키를 내려다보며, 해리는 그녀의 날씬한 몸매와 아름다운 몸짓에 감탄했다. 소녀의 얼굴을 쳐다본 것은 그녀가 막 그의 곁을 스쳐 지나치려던 찰나였다. 소녀의 얼굴과 마주친 순간, 그는 숨이 멎는 느낌이었다. 깊은 숨을 들이켜고 나자 몸 속이 텅 비어 버리는 것만 같았다.

버스 안에서 만났다면 잠시 동안이라도 소녀의 얼굴을 지켜볼 만한 시간적 여유가 있었을 것이다. 하지만 지금 해리에게 주어진 시간은 스키의 길이만큼이나 짧은 것이었다. 그러나 해리에게는 그것으로 충분했다. 욕심대로라면 그 순간이 죽을 때까지 연장되어도 만족스럽지 않겠지만 평생 지울 수 없는 인상이 박히는 데는 그것으로도 충분했다.

여기에서 소녀의 모습을 장황하게 그리려는 노력은 무모하고 부질없는 짓이다. 해리는 소녀의 아름다운 모습을 내게 전해 주었는데, 그녀의 머리 빛깔과 우아한 광대뼈, 입술의 신비한 느낌 등에 대해 침을 튀기며 이야기했다.

그러나 정작 해리의 묘사는 내게 어떤 뚜렷한 인상을 심어주지 못했다. 단 한 번 보는 것만으로 상상 속에 영원한 인상을 새겨 놓을 만한 여자는 아닌 것 같았기 때문이었다. 적어도 내가 이상형으로 생각하는 소녀는 되지 못했다. 그러나 여자의 아름다움을 평가하는 데는 각자의 기준이 있는 법이다.

아무튼 해리에게는 소녀의 모습이 완벽해 보인 것 같았다. 아니, 완벽의 경지를 넘어선, 절대적인 미였다.

해리는 소녀의 절대적인 미에서 엄청난 충격을 받고 걸음을 멈칫거렸다. 그는 잠시 걸음을 멈추고 망설이다 소녀 쪽으로 반쯤 몸을 돌렸다. 그날따라 해리는 옷을 두텁게 껴입고 있었다. 따라서 해리가 눈을 크게 뜨고 황홀한 표정으로 소녀에게 몸을 돌리는 동작은 금방 눈에 띌 만큼 둔했다. 거의 같은 순간에, 발걸음을 앞으로 떼어 놓던 소녀가 돌연 얼굴을 돌려 해리를 쳐다보았다.

순간 해리는 질겁해서 시선을 다른 곳으로 돌렸다. 소녀가 해리를 보기 위해 돌아보았는지, 아니면 단순히 주위를 둘러보았는지는 확실치 않았다. 단지 그는 너무나 당황한 나머지 어쩔 줄 몰라했던 것이다. 어쨌든, 소녀의 눈길에 해리는 금세 주눅이 들었다. 서로 눈길이 마주치는 순간 혹시 소녀가 자신을 바람둥이로 생각할까 봐 두려웠던 것이다.

소녀가 곁을 스쳐 갔다. 그러고 나서도 한참이 지나서야 해리는 제정신을 차리고 주변을 돌아볼 수가 있었다. 이제 소녀는 다른 사람들에 섞여 하얀 눈 위의 까만 점 하나로 돌아갔다. 소녀를 다시는 만날 수 없게 된 것이다.

해리는 흥분한 채 공원 안팎을 드나들었다. 전혀 뜻밖의 눈부신 예술 작품을 갑작스레 마주하게 되었을 때 느끼는 흥분 속에서 해리는 이리저리 서성거렸다. 어지럼증마저 느껴졌다. 마음 한구석에서 이런 소리가 들리는 것 같았다.

'그래, 됐어. 아직도 세상에 이런 예술 작품이 남아 있었

다니!'

해리는 희망으로 가슴이 벅차 올랐다. 그러나 그의 희망은 현실과는 거리가 너무 멀었다. 소녀를 다시 만나지 못하리라는 것을 해리는 너무나 잘 알고 있었다.

아무튼 소녀는 그의 의욕을 북돋아 놓았다. 그러나 그러한 의욕은 정도가 지나친 것이었다는 것을 해리는 금방 알게 되었다. 소녀와 우연히 마주쳤던 공원을 벗어나 밖으로 나오자, 방금 경험한 예술의 경지와는 너무나 거리 먼 현실이 그를 기다리고 있었다.

현실은 지극히 무미건조하고 메말랐다. 전차를 타고 집으로 돌아오는 동안, 해리는 전등 아래 땀에 젖고 을씨년스러워 보이는 스키어들 사이에 끼어 기분이 점점 가라앉았다. 호텔의 하얀 벽이 요양소처럼 여겨지는가 하면, 호텔 복도의 붉은 전등과 스위치가 그의 기분을 우울하게 만들었다. 그는 독한 술 한 잔을 시켜 마신 다음 전화로 친구를 불러냈다. 그런 다음 해리는 친구와 저녁식사를 하기 위해 밖으로 나갔다.

해리는 친구와 함께 고전적인 분위기가 나는 대형 식당으로 향했다. 식당 안에는 수백 명의 손님들이 북적이고 있었다. 마이크 장치가 된 무대에서는 20인조 오케스트라가 음악을 연주하고 있었다. 인파 속을 헤치고 웨이터들이 바쁘게 뛰어다니는 모습은 마치 하얀 테이블 보가 깔린 백색의 바닷속으로 까만 돌고래가 이리저리 헤엄쳐 다니는 착각을 일으키게 했다. 전시회장처럼 높은 천장은 물론 사방 벽에 금칠을 한 장식들이 번쩍거렸다. 식당 안은 종려나무와 꽃들로 장식되어 있었고, 천장 아래로 샹들리에가 화려하게 번쩍이고 있었다.

극작가 스트린드베리는 이 식당 안에 자신의 전용 룸을 갖고 있었다. 스트린드베리처럼 슬픔에 찬 눈으로 해리는 주위를 둘러보았다. 공원에서 상기되었던 기분은 점차 사람들의 발 밑으로 가라앉았다. 사방에서 번쩍거리는 장식들은 흠집 투성이로 얼룩져 보였고, 감각 없이 배치된 실내 장치들이 숨을 조여 오는 것 같았다.

오케스트라는 1890년대 민요풍의 음악을 연주하고 있었다. 그러나 해리는 그 음악에서 아련한 향수를 느끼기보다는, 실내에 빽빽이 들어찬 장미들과, 사랑의 정원과, 물 펌프에 짜증이 났다. 웃음 하나 없이 꼿꼿하게 앉아 식사를 하는 손님들은 공식적인 만찬에 초대된 손님들처럼 불편해 보였다. 두 명의 구세군 소녀가 털모자를 쓰고 테이블 사이를 빠져나갔다. 오케스트라가 유쾌한 스페인 행진곡을 연주하기 시작했다. 그러나 해리의 기분은 여전히 침울했고 음악은 너무 느리게 들렸다. 느리게 끌고 가는 현악기 소리가 너무 도드라졌기 때문인 것 같았다.

해리는 차츰 걱정되기 시작했다.

'그 소녀의 모습이…….'

그는 혼자 중얼거렸다.

'내 인생을 헝클어 놓았어.'

그는 생각했다. 일생에 백분의 일쯤 되는 우연한 기회로 스톡홀름에 오게 되었고, 다시 백분의 일쯤 되는 우연에 의해 오늘 하가에 가게 되었으며, 또 나머지 백 분의 일쯤 되는 우연한 기회에, 바로 그 순간에, 그 소녀를 보게 되었던 것이다.

어쩌면 그 소녀가 던져 준 아름다움의 기준 때문에 다른 여자들을 만날 때마다 영원히 실망만 하게 될지도 모른다고, 그는 생각했다. 앞으로는 어떤 여자를 만나더라도 흥미를 갖지 못할 것이고, 설령 웬만한 여자를 만난다고 해도 아무 의미 없는 관계만 갖게 될지도 몰랐다.

물론 정도의 차이는 있겠지만 서로 즐거움은 누릴 수 있겠지. 하지만 옛날처럼 여자를 만나는 즐거움을 누린다는 것은 불가능할 것 같았다. 사실 이런 생각을 갖는다는 것은 심각한 문제였다.

'공연히 하가에 갔다가 이게 무슨 꼴이람. 이젠 나도 늙은이가 된 기분이야.'

이튿날 아침, 말뫼로 가는 기차를 탔을 때에도 그는 여전히 소녀에 대한 생각으로 가득했다.

여자란 단 한 번의 인연으로 가까이 다가갈 수 없게 마련이지만, 하필 오늘 이곳을 떠난다는 것도 의미심장한 기분이 들었다. 앞으로 죽을 때까지 스톡홀름에 대한 집착 때문에 고생할 거라는 느낌이 들었다. 이 저주 받은 도시로 되돌아오기 위해, 다른 도시에서라면 얼마든지 있을 수 있는 아름다운 사람과의 만남을 포기해야 될지도 몰랐다.

기차가 노르쾨핑에 도착하자 점심 식사가 들어왔다. 조그만 식탁에 다른 세 사람과 함께 끼어 앉아 식사를 한다는 것은 그리 유쾌한 일이 아니었다. 얼마만큼의 음식을 자기 접시에 덜어 놓아야 할지 망설이다가 그는 아주 적은 양만 접시에 담았다. 그러나 마지막에 자신이 좋아하는 음식이 들어왔을 때에는 너무 많은 양을 덜어 놓고 말았다. 그는 다른 사람들에게 미안하고 겸연쩍은 마음에 얼른 창밖으로 눈길을 던졌다.

깨끗한 노르쾨핑 시 교외로 오렌지를 실은 전차들이 달려가고 있는 광경이 보였다. 저런 교외에서 살아 가기란 여간 단조롭지 않으리라는 생각이 들었다.

해리와 함께 식사를 하고 있는 승객들은 모두 몸집이 크고 건강해 보였다. 회색 양복을 입고 있어서 왠지 사업가처럼 보이는 거인들 앞에서 그는 아주 작고 하찮은 존재에 불과하다는 느낌이 들었다. 아무도 입을 여는 사람은 없었다. 접시를 서로 주고받으면서 공손히 고개를 숙일 뿐, 그들은 곧 침묵의 세계로 돌아가 꼿꼿한 자세를 취했다.

기차가 노르쾨핑 역을 빠져나가자, 철로 주변에 있던 꼬마

들이 손을 흔들어 댔다. 그 모습을 지켜보던 세 사람이 일제히 머리를 내밀고는, 아이들을 향해 희고 무거운 손을 흔들어 답례를 했다. 답례가 끝나자, 그들은 다시 엄숙한 얼굴로 식사를 계속했다.

'제기랄, 이런 인사에도 한번 끼어 보지 못하다니.'

자기 손을 내려다보면서 해리는 혼잣말로 중얼거렸다.

그는 이제부터 인생을 즐기기로 마음먹었다. 폭음을 하고, 사람들과 어울리고, 돈을 마구 뿌리고, 일하지 않고 방탕하게 즐기겠다고 생각한 것이다.

스웨덴의 저지지방低地地方이 먼 풍경으로 스쳐 지나갔다. 하늘에는 비를 머금은 잿빛 구름이 낮게 내려와 있었다. 이끼 같은 잔디밭과 여기저기 서 있는 풍우에 시달린 표석標石이 고색창연해 보였다. 표석들은 대개 드넓은 벌판 한복판에 박혀 있었다. 마치 그것들은 빙하 시대의 잔해처럼 보였다. 경작지 밖으로 옮겨 놓기가 너무 무거웠던 탓일 게다.

커피를 마시면서 해리는 어떻게 인생을 즐길 것인지 고민했다. 지금 당장 브랜디 몇 잔을 주문한다면, 옆 사람들에게 거만을 떠는 것밖에 되지 않을 것이다. 그가 한참 동안이나 망설이고 있을 때 일행 중 한 사람이 세리 한 잔을 시켰다. 그제야 해리는 덩달아 같은 것을 주문했다. 한 잔으로 충분했다. 술이 입으로 들어가자 뱃속이 이상스럽게 메스꺼워졌다. 술기운이 오르자 창백한 얼굴을 한 옆의 승객들이 거대한 표석처럼 보이기도 했다.

기차가 말뫼에 도착하자 분위기는 달라졌다. 갑자기 객실 안이 소란스러웠다. 사람들은 짐을 챙기느라 부산하게 움직였다. 바닷바람이 거세게 불어 왔다. 기차에 실려 있던 물건들이 쏟아져 나와 아스팔트가 깔린 부두로 밀려갔다. 안전이 보장된 공간에서 지켜보는 위험은 하나의 즐거움이었다.

기차에서 내려 배에 오르자 변화는 더욱 뚜렷해졌다. 흡연실의 광경이 이 변화를 말해 주고 있었다. 기차가 도착한 지 오 분도 지나지 않았는데도, 흡연실에서는 어느새 사람들의 노랫소리가 들리기 시작했다. 테이블에는 빈 술병이 쌓이기 시작했다. 친절하고 건강한, 기차 안에서 만난 스웨덴 사업가 세 명도 몸을 편안히 뻗고 다른 사람들처럼 웃고 있었다.

물론 이 갑작스런 변화는 술 때문이었다. 스웨덴에서는 술을 판매하는 데 제한이 있었지만 여기서는 무제한으로 술을 살 수 있었다. 사람들은 술을 마시면서 조금씩 취해 갔다. 더구나 이곳에는 스웨덴에서 느끼지 못했던 자유로운 분위기가 있었다. 이런 분위기가 사람들을 구속의 틀에서 해방시켜 준 것이다. 배의 화물칸 속으로 물건이 들락거리면서 쌓여 갔다. 사람들의 태도도 부드럽게 바뀌었다. 그들에게 주어진 여유 때문일 것이다.

웨이터들이 덴마크 샌드위치를 수북이 담은 접시를 들고

부지런히 뛰어다녔다. 샌드위치 맛에서 불과 1마일의 바다를 사이에 둔 두 나라의 차이를 알아낼 수 있었다. 은근한 맛의 스웨덴 과자가 사라진 대신, 먹음직스러운 고기와 생선살이 빵 사이에 끼어 있었다. 스뫼르스라스보르드 과자가 스뫼레브뢰드 빵으로 바뀐 것이다.

배에서 내려 다시 덴마크 기차로 바꿔 탔을 때, 가장 먼저 해리의 눈에 띈 것은 덴마크 사람들이 키가 작고, 그 대신 통통하게 살이 쪄서 옆으로 벌어졌다는 점이었다. 역에서 일하는 짐꾼도 스웨덴의 짐꾼에 비해 낡은 옷을 입고 있었지만 훨씬 편안한 옷이었다. 거리에는 걸인도 있었다.

처음 해리는 이 새로운 광경에 우울한 기분을 잊어버리는 것 같았다. 그러나 기차가 역을 빠져나가자, 그는 다시 우울한 얼굴로 되돌아왔다. 해리는 시간이 흐를수록 한층 우울해졌다.

코펜하겐에 도착하자, 그는 이곳에서 하룻밤을 묵으며 맛있는 음식으로 기분을 돋우리라고 마음먹었다. 그러나 소용없는 일이었다. 식당에 혼자 있는 모습을 본 코펜하겐 시민들이 서로 자기들과 합석을 하라고 권했던 것이다. 그들의 테이블 위에는 음식과 술이 수북이 쌓여 있었고, 먼저 농담을 걸어 그의 기분을 북돋아 주려고 하였다. 그러나 소용없는 일이었다. 오히려 유쾌하고 친절한 일행 속에 섞여 그는 불안하고 의기소침해 있었다. 재미있는 일이 하나도 없었다.

다음 날 아침, 그는 기분이 한결 나아진 것을 느꼈다. 그는 에스브예르그와 영국으로 향하는 정오 기차에 몸을 실었다. 이제부터 기분이 좀 나아질 것 같았다. 잠시 스쳐 가는 우울한 기분을 엄숙하게 받아들였던 자신이 바보처럼 느껴졌다. 잠시 스쳐 가는 기분일 뿐이라고, 그리고 기분은 언제든 다시 바뀔 수 있으리라고, 그는 스스로를 위로했다.

기차는 대수로大水路 지대까지 와서, 기다리고 있던 배 위에 실렸다. 기차가 배 위에 실려 드넓은 북해를 지나게 된 것이다. 해리는 배 위의 승객들을 유심히 바라보았다. 기차 안에 갇혀 있던 승객들이 배의 갑판 위로 올라오게 되면 다소 흥분을 감추지 못하게 마련이다. 오랜 기차 여행을 하게 되면, 사람들은 자기가 탔던 객실에 익숙해져 그 칸에 대한 집착까지 갖게 된다. 자신이 몸담았던 객실의 번호가 제일 좋은 번호처럼 여겨지기도 하고, 함께 있는 승객들과도 친밀함 같은 것을 느끼게 된다.

그러다가 좁은 기차에서 벗어나 탁 트인 배의 갑판에 오르게 되면 다른 객실에 탔던 낯선 사람들을 만나게 된다. 처음에는 누구나 낯선 사람에게 일종의 배타심을 갖게 마련이다. 그들이 같은 신분의 여행자라는 사실에 적의敵意를 갖는 것이다. 동시에 전혀 모르던 여행객의 존재를 보고 놀라움도 갖게 된다. 그들을 흥미로운 시각으로 바라보면서 서로 무시하듯 흥하고 콧소리를 내기도 한다.

놀랍게도 해리가 갑판 위에서 본 첫번째 사람은 하가에서 만난 그 소녀였다. 그는 자신의 눈을 의심했다. 어떻게 이런 일이! 그러나 눈앞의 여자는 틀림없이 하가에서 보았던 바로 그 소녀였다. 가슴이 뛰었다. 동시에 뱃속이 뒤집히는 느낌을 받았다. 그는 엉거주춤 뒷걸음질쳤다.

이십 야드쯤 뒤로 물러났을 때, 그는 그 자리에 멈춰 서서 담배를 꺼냈다. 그리고는 바람을 막으며 담뱃불을 붙이려는 듯 몸을 반대 방향으로 돌렸다. 선실 벽에다 몸을 붙인 채 몸을 숨긴 뒤 그는 소녀를 지켜보았다. 너무 흥분한 나머지 가슴이 두방망이질을 쳤다. 배 안의 사람들이 모두 자기의 뛰는 가슴을 보고 몰래 돌아서서 웃지 않을까 싶을 정도였다.

본능적으로 그는 그 자리를 피해야겠다고 생각했다. 하가에서 처음 소녀를 본 순간부터 용기 없던 자기를 힐책하고, 좀 더 자연스럽고 배짱 좋게 접근하지 못한 것에 대한 후회는 어디로 사라졌는지 찾아볼 수 없었다. 그러나 오히려 뒤꽁무니를 뺀다는 것이 더 우스꽝스럽다는 생각이 머리를 스쳤다. 그런 생각이 드는 순간 해리는 그냥 그 자리에 서 있기로 마음먹었다. 그는 눈을 떼지 않고 소녀를 지켜보았다.

소녀는 잠시 동안 갑판에 서 있었다. 바다를 지켜보는 것이 아니라, 가지고 있는 손가방에 정신을 쏟고 있었다. 소녀는 그 사이 외투와 목도리와 모자를 차곡차곡 가방 속에 개 넣었다. 손을 놀리는 동작이 아주 차분하면서도 재빨랐다. 소녀는 다른 사람들을 전혀 의식하지 못하는 듯했다. 눈을 들어 옆에 있는 사람을 보는 일도 없었다.

마침내 소녀가 몸을 일으켜 식당 쪽으로 걸어갔다. 해리는 조심스럽게 그녀의 뒤를 따랐다. 그는 뒤따르다 말고 연신 멈춰 서서 옆을 두리번거렸다. 혹시 누가 보기라도 한다면 소녀 뒤를 따르는 것이 아니라, 다른 누군가를 찾는 시늉을 하려고 무진 애를 썼다.

소녀를 따라 식당으로 들어가 테이블을 셋쯤 사이에 두고 자리를 잡았다. 해리는 커다란 돼지고기 스테이크를 주문한 다음, 음식을 먹으면서 소녀에게서 눈을 떼지 않았다. 소녀를 쳐다보는 동안 그는 내내 어떤 비밀을 훔쳐보는 것 같은 느낌을 맛보았다. 소녀가 자기에게 감시당한다는 사실을 모르고 있음을 알고 그는 내심 기뻤다.

이 배를 타고 가는 것으로 미루어 그녀는 영국의 할위치로 가는 것이 틀림없었다. 그렇다면 하루 밤과 하루 낮을 같은 배에서 지내게 될 것이다. 그 정도의 시간이라면 한 번쯤 그녀에게 다가갈 기회는 반드시 찾아올 것이다. 그는 다시 한번 소녀를 유심히 훑어보았다. 소녀가 이맛살을 찌푸리며 해리를 마주 보았다. 해리는 화들짝 놀라 얼른 얼굴을 돌려 버렸다. 소녀는 해리가 뒤쫓는 것을 알고 있는 듯한 눈치였다.

그는 식당을 나와 배의 철제 계단을 내려갔다. 기차가 기다리고 있었다. 부두에 닿자 기차는 배 안에서 빠져나와 덴마크 북부 반도인 유틀란드로 들어섰다가 다시 어스브예르그를 향해 달렸다.

해리는 좁고 더러운 기차에서 내려 다시 희고 깨끗한 배로 바꿔 탔다. 여자 승무원들이 웃으며 손님들을 맞아들였다. 날씨가 나빠지기 시작했다. 북해의 검고 사나운 물결이 찬바람을 몰고 오는가 하면, 까만 하늘에 폭풍을 안은 구름이 몰려들고 있었다. 해리는 급히 자기 선실로 가서 짐을 푼 다음, 배의 입구로 올라와 다른 선객들이 들어오는 것을 30분쯤이나 지켜보았다.

하지만 마지막 손님이 배에 탈 때까지도 그 소녀는 보이지 않았다. 그녀를 놓친 것이다. 그는 허둥지둥 배 안을 뒤지기 시작했다. 가파른 계단을 오르내리고, 여러 개의 휴게실을 들락거렸다. 이상하게도 소녀가 눈에 띄지 않자 그는 기운이 솟아났다. 이동 선실에도 가 보았다. 일부러 실수를 한 것처럼 부인 전용 보건실에도 들어가 보았다. 그러나 소녀의 모습은 찾을 수가 없었다. 그가 이리저리 뛰어다니는 동안 배는 항구를 떠났다.

두번째 기회를 놓친 것이다. 그는 말뢰를 떠나면서 배 위에서 얻었던 절호의 기회를 놓친 자신의 무능을 한껏 저주했다. 그는 스스로를 경멸하고 욕했다. 다시 한번 기회가 온다면 절대로 놓치지 않으리라고 다짐도 했다.

그런데 돌연 그 소녀가 다시 나타났다. 저녁 식사가 끝나고 휴게실에 앉아 있는데, 그곳으로 소녀가 들어선 것이다. 그는 얼핏 손을 내밀어 컬러로 인쇄된 기계 잡지 하나를 주워 들었다. 다시 그의 전신에 두려움이 엄습했다. 그동안의 경험이 전혀 쓸모없다는 사실을 깨닫는 것 같았다.

휴게실은 아주 널찍했다. 최신식 가죽의자를 설치한 지가 얼마 되지 않아 상쾌하고 깨끗한 맛까지 있었다. 테이블은 듬성듬성 떨어져 있었는데, 높은 파도를 따라 오르내리는 모습이 마치 테이블 자체가 물결치는 것 같았다. 하지만 파도는 오히려 그에게 유리하게 작용했다.

심한 폭풍이 몰아치자 배는 공처럼 굴러다녔다. 테이블 위에 놓여 있는 유리잔이 어떤 목적을 향해 앞으로 나아가듯 서서히 움직였다. 하지만 테이블 위에 놓여 있던 그릇들은 금세 마룻바닥 위로 내동댕이쳐졌다.

잡지를 집어 든 채 그 광경을 보고 있던 해리는 제발 자신의 커피 잔이 우스꽝스럽게 떨어지지 않기를 마음속으로 빌었다. 커피가 엎질러지고, 커피 잔이 깨지면 소녀에게 겸연쩍은 웃음을 보내는 데는 절호의 기회였지만, 그는 소녀 앞에서 바보처럼 보이고 싶지는 않았다.

소녀는 이러한 동요에는 아랑곳하지 않겠다는 듯 테이블 위에서 편지를 쓰고 있었다. 신기하게도 소녀 앞에 놓인 브랜디 잔은 배가 연신 흔들리는데도 불구하고 한 치도 움직이지 않았다. 유리잔은 소녀의 조용한 태도를 닮아 있는 것 같 았다.

해리는 잡지를 뒤적이며 불도저 광고 면에 시선을 고정시 켰다. 잡지를 보고 있는 동안은 마음이 차분히 가라앉는 것을 느꼈다. 돌연, 인생이란 모순투성이의 부조리라는 생각이 머 리를 스쳤다. 인생이란 다양하고 복잡하지만 특별히 중요한 순간이 따로 있는 게 아니라, 우리가 의미를 부여하게 되면 그 순간이 중요한 시간이 된다는 생각이 뇌리를 스친 것이다.

폭풍은 더욱 심해졌다. 산더미 같은 물결이 사정없이 유리 창을 때렸다. 배는 사나운 파도 위에서 더욱 거칠게 몸부림쳤 다. 휴게실에 있던 웨이터들이 마룻바닥 위에 넘어져 이리저 리 구르는가 하면, 안락의자들이 한쪽으로 밀려 마루에 박힌 고정용 쇠줄을 힘껏 끌어당기곤 했다.

반쯤 차 있던 휴게실도 텅텅 비기 시작했다. 더러는 배 멀 미를 견디다 못해 자리를 비우기도 했고, 또 더러는 흔들리는 테이블 앞에서 책을 읽거나, 이야기를 나누거나, 아니면 사색 을 하기가 어려워 자리를 뜨기도 했다.

손님들이 미끄러지고 넘어지며 문을 향해 걸어가는 광경 을 보고 있던 사람들이 폭소를 터뜨리기도 했다. 많은 사람 들은 토할까 봐 입을 열 엄두조차 내지 못했다. 바깥의 요란 한 소동에도 불구하고 텅 빈 휴게실에는 이상한 정적이 깔려 있었다.

휴게실은 이제 거의 비어 있었다. 무겁게 내리덮인 정적에는 의미 없고 지루한 권태가 서려 있었다. 사업가 타입의 남자 두 명이 책을 읽고 있는 모습이 눈에 띄었다. 방 안이 워낙 조용하여 그들의 조그만 손놀림이나 몸 동작 하나도 옆 사람의 신경을 긁었다.

소녀는 여전히 편지를 쓰고 있었다. 해리의 마음속에 다시 한번 두려움이 솟아났다. 소녀의 테이블 곁에 있는 서가로 걸어가 잡지 한 권을 뽑아 오는 일처럼 쉽고 자연스러운 것도 없다. 소녀의 테이블 위에도 잡지가 한 권 놓여 있었다. 소녀에게 조금도 기분을 상하게 하는 법 없이 테이블 위의 잡지를 집어가도 좋으냐고 물어 볼 수도 있지 않은가!

해리는 지금이 소녀에게 접근할 수 있는 기회라는 것을 알았다. 이 기회를 놓치고 나면 두 번 다시 이런 기회는 오지 않으리라는 것을 알았다. 그는 말을 붙여 볼 수 있는 구실을 머릿속에서 이리저리 궁리해 보았다. 그는 소녀 때문에 열병에 든 이후 처음으로 이성을 되찾았다. 날 바보로 만들어 놓은 소녀가 바로 곁에 있다고, 해리는 혼잣말로 중얼거렸다.

어쩌면 그녀는 해리가 상상하던 인물과는 다를 게 분명하다. 저 소녀가 형편없는 바보가 아니라고 어떻게 장담한단 말인가? 창녀일지도 모르고, 저능아일지도 모르지 않은가. 만약 말을 걸었다가 소녀가 그런 부류의 사람이라는 게 드러난다면 지금까지의 아름다운 상상은 산산이 부서지고 말 것 아닌가? 이 아름다운 경험을 조금만 맛보는 편이 전부를 맛보는 편보다 나으리라. 그러나 그가 다시 고개를 들어 소녀를 바라보았을 때에는 이미 이성은 힘을 잃고 말았다.

그는 신음 소리를 냈다. 좋다. 아직도 저 소녀가 어떤 집안 배경을 갖고 있는지 모르지 않은가? 목소리가 아주 조용하다면? 아니, 사투리를 쓴다면? 교육받은 억양을 쓸까? 아니면 무식한 노동계급의 억양을 쓸까?

그의 머리는 끝없는 억측을 하느라 여념이 없었다. 그러나 그는 소녀가 스웨덴 인이라는 사실을 기억해 냈다. 그렇다면 계급 문제는 안심하고 제외해도 괜찮겠군.

그는 잡지의 불도저 그림에 다시 눈을 가져갔다. '대지를 흔드는 장치'라고 광고문이 박혀 있었다. 그는 발작적으로 잡지를 옆으로 밀어 놓고 자리에서 일어났다. 배가 다시 비틀거렸다. 그는 자세를 바로잡았다. 그러면서 힘들여 앞으로 걸어 나갔다.

문과 정반대 방향으로 반쯤 걸어갔을 때, 구토증이 밀려왔다. 지금까지 없었던 일이었다. 먼저 얼굴이 해쓱하게 질리더니 온몸이 배 멀미를 느끼기 시작했다. 배가 움직일 때마다 메슥메슥하고 창자가 뒤집어지는 기분이었다. 기운이 빠지면서 기분이 뒤틀리고, 몸을 가눌 힘조차 사라졌다.

그는 가던 방향을 되돌려 문 쪽으로 걸어갔다. 겨우 몸을 바로잡고 층계를 내려와 선실로 돌아왔다. 선실의 아래쪽 침대에는 이미 그 침대의 주인이 옆에다 토사물을 쏟아 놓고는 해쓱하게 질려 누워 있었다. 방 안에서 메스꺼운 냄새가 확 풍겼다. 해리도 마침내 구역질을 참지 못하고 쏟아 놓았다.

잠시 후, 그는 깊고 편안한 잠에 빠졌다. 소녀의 생각은 이미 까맣게 잊고 있었다. 그는 밤중에 두 번이나 깼다. 한 번은 무거운 그의 옷가방이 선실 한쪽 끝에서 다른 끝으로 소리를 내며 굴러가는 바람에 깼고, 또 한 번은 자신이 침대 밖으로 굴러떨어질 뻔해서 깼다. 메스꺼운 기분은 가라앉아 있었다.

그는 늦잠을 잤다. 눈을 떴을 때에는 기분이 아주 상쾌했다. 시장기를 느꼈다. 배는 여전히 높은 물결을 타고 오르락내리락 하고 있었다. 그는 가까스로 면도를 끝냈다. 얼굴이 거울 속에서 춤을 추었다. 면도하기 위해 담아 놓은 물이 배의 움직임에 따라 이리저리 밀려다녔다. 그는 면도를 끝내고 나서 곧장 2층 식당으로 아침 식사를 하러 올라갔다.

배 안에는 사람의 그림자를 찾기가 힘들었다. 해리는 손목시계를 들여다보았다. 혹시 시계를 잘못 보아 아직 너무 일찍 식당에 온 건 아닌지 확인하기 위함이었다. 하지만 손목시계나 식당 벽에 걸린 시계는 똑같이 오전 열한 시를 가리키고 있었다. 그가 깊은 잠에 빠져 있는 동안 선객들 전부가 다른 배로 옮겨가고, 자기 혼자만 유령선에 타고 있을지도 모른다는 환상이 떠올라 혼자 싱긋 웃었다.

아무도 없는 텅 빈 휴게실을 지나면서 그런 생각은 더욱 커졌다. 사람 그림자를 처음 본 것은 해리가 식당으로 들어가 세 명의 웨이터를 보았을 때였다.

아침 식사를 하는 동안, 그는 내내 한 손으로는 컵을 쥐고 다른 한 손으로 햄을 자르면서 먹어야만 했다. 웨이터 한 명이 난생 처음으로 이렇게 험한 파도를 보았다고 귀띔해 주었다. 현대식 설비를 갖춘 이 선박도 간밤의 파도 때문에 창유리가 여섯 장이나 깨졌다는 말도 전했다.

의자를 비끄러맨 쇠줄이 끊어졌는데, 등의자 하나는 흡연실에서 굴러가다가 마침 지나가는 웨이터를 들이받아 다리를 분질렀다는 잡담도 했다. 물론 배에 위험이 있는 것은 아니었다. 단지 배가 여섯 시간을 연착하고 있을 뿐이었다. 지난밤에는 배가 도무지 앞으로 나아가질 못하고 망망한 북해 한복판에서 제자리걸음만 쳤다는 것이다.

해리는 바의 복도와 흡연실, 그리고 휴게실 등으로 헤매었다. 배가 연착하고 있다는 사실이 그의 신경을 긁었다. 물론 집으로 빨리 가야 할 이유는 없었다. 텅 빈 선박에서 폭풍을 만나 파도 위를 오르락내리락 하는 일이 지루하고 단조롭고 우울할 뿐이었다. 이런 상태에서는 편지를 쓸 수도 없으며, 그렇다고 책을 읽을 수도 없었다. 술이나 실컷 마셔 취해 보는 것이 상책이지만, 그것도 따지고 보면 유리창을 깨는 일처럼 무의미한 짓 같았다. 뱃멀미로 고생을 하는 것도 무서운 일이지만, 말짱한 정신으로 배를 따라 하루 종일 구르는 일도 지루하고 고통스럽기 짝이 없는 것이었다.

해리는 잠시 동안 파도를 지켜보았다. 어떤 때는 배의 높이보다 더 큰 파도가 공중으로 솟아오르기도 했다. 이러다가는 배가 뒤엎어지고 말 것처럼 보였다. 회색빛 물기둥이 흡연실의 유리창보다 더 높이 쭉 솟아올랐다가 사라지면, 배는 그 물결 높이만큼 하늘로 솟아오르는 것이었다. 물기둥은 쉬지 않고 솟아올라 배를 공중으로 내몰았다.

사방은 잿빛이었고, 바람은 매섭고 차가웠다. 다행히 안개는 끼어 있지 않았다. 돌풍은 파도에서 흩어진 물방울을 때리면서, 헝겊처럼 얇은 물보라를 갈가리 찢었다. 낮은 구름이 배 곁을 휙휙 지나갔다. 수평선이 보일 리가 만무했다. 수평선 대신 물기둥이 쭈뼛쭈뼛 솟아 있을 따름이었다. 새 한 마리 보이지 않고 배 한 척 지나가지 않았다.

해리는 다시 그의 무의식 속에 도사린 생각에 골몰했다. 사실 아침 식사가 끝난 직후에는 곧 소녀에 대한 생각으로 되돌아갔었다. 이제 소녀를 만나도 두려울 것은 없을 것 같았다. 그는 이렇게 배가 텅텅 비어 있는 동안에 소녀가 다시 나타나기를 고대했다. 소녀는 배 멀미를 할 사람 같지는 않아 보였다. 조만간 어디에선가 다시 나타날 것만 같았다.

배에 사람이 보이지 않을 때에는 그녀에게 접근해서 말을 붙이기가 훨씬 쉬울 것이라고 해리는 생각했다. 설사 소녀에게 코를 떼인다고 해도 누가 옆에서 비웃지도 않을 것이라는 생각이 들었다. 두려운 감정은 어젯밤의 뱃멀미와 함께 사라져 버린 것 같았다. 간밤의 구토증이 그의 심신을 깨끗하게 씻어낸 듯했다.

점심 식사 시간을 알리는 종소리가 여간 반갑지 않았다. 점심 식탁에 소녀가 나타나리라는 기대로 그는 마음이 들떴다. 점심 식사를 알리는 종소리에 해당하는 '공공'이라는 스웨덴 말이 아주 정답게 기억되기도 했다.

그러나 소녀는 점심 시간이 지나도록 식당에 나타나지 않았다. 해리는 다시 의욕이 꺾이고, 뱃속이 뒤틀리는 것만 같았다. 그는 양 많은 덴마크 식 점심을 억지로 입 속에 쑤셔 넣었다.

오후는 더욱 지루하고 고통스러웠다. 소녀는 그림자도 보이지 않았다. 몇 사람이 배의 흔들림을 따라 비틀거리며 휴게실에 나타났으나 아무 일도 일어나지는 않았다. 도무지 무슨 일이 일어날 수 없는 상황이었다. 두 명의 덴마크 청년이 오랫동안 술을 마셔 가며 웃고 있었다.

해리는 선실로 돌아와 짐을 꾸리기 시작했다. 같은 선실에 들어 있는 사람은 여전히 뱃멀미에 시달리고 있었다. 해리는 그를 깨우지 않기 위해 되도록 빨리 짐 싸는 일을 끝내야 했다.

배가 영국에 도착하기 한 시간쯤 전에야 사람들이 하나 둘

휴게실에 나타나기 시작했다. 뱃멀미로 해쓱해진 사람도 있고, 또 더러는 선실에서 푹 쉬고 나서 새로 기운을 차린 사람도 있었다. 배는 점점 영국 연안에 가까워지고 있었다.

바다는 훨씬 조용해져 있었다. 그는 무료함을 달래기 위해 신문지 위에 P자로 시작하는 야채 이름을 아는 대로 적고 있었다. 그런 다음 해리는 의자에서 일어나 술이나 한잔 하러 바 쪽으로 걸어갔다. 순간, 해리는 바에서 그 소녀를 찾아냈다. 그녀는 방금 전 휴게실에서 술을 마시며 떠들어 대던 두 명의 덴마크 청년 사이에 낀 채 높은 의자에 앉아 무어라고 유쾌한 듯 이야기를 하고 있었다.

가슴이 덜컥 내려앉았다. 해리는 엄숙한 얼굴로 바 끝으로 걸어갔다. 그러고는 소녀 쪽으로 등을 돌리고 앉아 술을 한 잔 시켰다. 일행이 뭐라고 지껄여 대는 소리를 알아들을 수가 없었으나, 간간이 웃음에 섞인 낮고 정다운 목소리가 들려왔다. 이런저런 잡담을 하고 있음에 틀림없었다.

그들이 이야기하는 모습이 벽에 걸린 거울 속에 비쳐들었다.

'흠, 그러면 그렇지! 보라니깐!'

해리는 혼자 중얼거렸다.

'내가 뭐라고 했어. 내 추측이 맞지 않았어? 저 계집애도 별 수 없는 바람둥이라니까! 5분 전까지만 해도 전혀 모르던 사람들과 어울려 놀아나는 꼴 좀 보라니까. 여자가 원 저렇게 손쉬워서야, 싸구려지! 내가 그래서 저 여자와 교제하는 것을 삼갔다니까!

해리는 속으로 중얼거리면서도 한편으로는 소녀와 어울린 두 청년을 진심으로 부러워하고, 또 철없고 재간 없고 비겁한 자신을 힐책했다. 해리는 몸을 돌려 소녀를 마지막으로 한 번 더 쳐다보았다. 틀림없이 미인이었다. 눈부시게 예쁜 얼굴이었다.

그는 아래층으로 내려와, 하선할 준비를 시작했다. 잠시 뒤 배가 부두에 닿았다. 그는 가방을 주워 들고 기차를 타려고 줄을 선 선객들 사이에 끼어 섰다. 다시 땅을 밟고 서는 것이 이루 헤아릴 수 없는 안도감을 가져다주었다. 땅으로부터 불어오는 냄새도 정다웠다.

줄지어 선 선객들은 세관을 향해 조금씩 움직여 갔다. 세관을 지나 기차 플랫폼으로 가려던 해리는 다시 소녀의 모습을 보았다. 소녀는 몸집이 크고 흉하게 생긴 어떤 노인의 팔을 붙들고 있었다. 그녀는 한 손으로 노인을 쓰다듬고 있었다. 흉하게 생긴 노인과 놀라운 대조를 이루어 소녀는 우아하고 싱싱해 보였다. 두 사람은 세관 문을 지나갔다. 이 광경이 해리를 역겹게 만들었다.

해리는 그 두 사람을 지나쳐야 했다. 두 사람은 구식 정거장의 희미한 불빛 아래서 서성거리고 있었다. 소녀는 가방에 손을 넣어 무엇인가 열심히 찾고 있었다. 그러다가는 반짝거리는 눈을 들어 노인을 쳐다보곤 했다. 노인은 미소를 담은 눈으로 소녀를 마주 바라보며 다정하게 알아들을 수 없는 낮은 소리를 냈다. 해리에게는 이 광경이 아주 이상하게 보였다. 같은 배를 탔으면서도 마지막 순간까지 얼굴을 보지 못하는 선객들이 있다는 것은 이상한 일이 아닐 수 없었다. 이른바 선실의 신비라는 것이 바로 이것이다. 늙은 번데기 같은 노인이 저렇게 아름답고 싱싱한 소녀를 데리고 배의 저 깊은 곳에 편안하게 누워 있던 광경이 떠오르자 무서운 생각까지 와락 솟았다.

소녀가 고개를 들다가 해리의 눈과 언뜻 마주쳤다. 소녀는 눈에 미소를 담으면서 그의 앞으로 걸어왔다. 어딘가 안도의 빛이 눈에 어려 있는 것 같았다. 소녀는 미안한 듯이 스웨덴 말로 입을 열었다.

"미안합니다, 용서하세요. 하가에서 틀림없이 뵌 분 같아서요. 스웨덴 말을 할 줄 아세요? 저분이 제 아버지인데, 우린 기차 좌석 예약 티켓을 잃어버렸어요. 어떻게 하면 좋을지 모르겠어요. 우린 처음 오는 곳이거든요."

해리의 가슴이 뛰었다. 정거장의 희미한 불빛이 갑자기 환히 밝아오고, 태양이 눈부시게 불타오르는 것 같았다. 그는 기뻐서 어쩔 줄을 모르며 소녀와 소녀의 아버지를 기차 마지막 칸으로 데리고 갔다. 거기에는 늘 빈 좌석이 있다는 것을 알고 있었던 것이다.

세 사람은 함께 런던까지 여행을 했다. 런던으로 가면서 세 사람은 이야기꽃을 피우느라 입을 다물 줄 몰랐다. 런던에 도착한 두 사람이 극구 사양했음에도 불구하고 해리는 그들이 묵을 호텔까지 자동차에 태워 데려가 주었다.

이제 해리가 그의 부인과 결혼한 지 8년이나 된다. 하지만 그는 단 한 번도 짝사랑했던 그때의 한 순간을 결코 후회해 본 일이 없다.

상처받지 않으려는 본능과 어쩔 수 없는 이끌림의 줄다리기

짝사랑의 장점은 언제든, 그리고 아무런 부담 없이 사랑하던 이를 버릴 수 있다는 것이다. 그러므로 짝사랑은 상대방의 의사와 관계없이 시작할 수 있으며, '내가 당신을 버려도 되겠냐' 고 물어 볼 필요도 없이 끝낼 수 있다. 그러나 혼자만의 사랑이란 얼마나 큰 아픔을 동반하는가. 짝사랑의 비극은 바로 여기에 있다.

인간의 영혼과 영혼 사이에는 눈에 보이지 않는 어떤 실이 연결되어 있는 것이 아닐까? 첫눈에 반한다는 것은, 그것을 경험한 사람만이 알 수 있다. 아무리 많은 사람이 모여 있어도 마음이 끌리는 사람이 있다. 굳이 말을 걸지 않아도, 눈길 한 번 주지 않아도, 그 사람이 존재한다는 것만으로도 가슴이 설레는 것이다. 이때부터 그의 행동반경은 좁혀진다. 우연을 가장한 마주침과 주변 맴돌기가 시작되는 것이다.

사랑하는 사람의 마음을 온전히 훔쳐 오는 것만큼 힘든 일은 없을 것이다. 그럼에도 불구하고 사람들은 사랑하는 사람의 마음을 훔치기 위해 자신의 인생 전부를 건다. 바로 여기에서 짝사랑의 고달픔은 시작된다. 일단 사랑에 감염되고 나면 그들은 사랑의 기술에 목말라 한다. 그러나 수많은 시인들이 사랑을 노래했음에도 불구하고, 사랑을 훔치는 비법 같은 것을 가진 사람은 없었다. 헌신과 노력 외에는.

한 사람을 이해하기 위해서는, 끝내 사랑을 얻기 위해서는, 상대방의 처지가 되어 보아야 하고 필요하다면 그의 꿈속에까지 들어가야한다. 하지만 짝사랑의 서글픔은 먼저 고백하지 않았는데도 그 사람이 먼저 거부의 몸짓을 보인다는 것이다. 고백하는 것 자체가 고통이되어 버리는 순간이다. 이때에 이르러 그의 사랑은 비로소 진정한 짝사랑이 된다.

사랑은 아무리 잊으려 해도 그 사람이 무시로 떠오르는 것이다. 이제 그는 상대방의 모습만 발견해도 불에 데인 사람처럼 놀라고, 상대방의 말 한 마디에 숨이 막혀 버리며, 눈앞에 보이지 않으면 불안해한다. 더구나 자신보다 더 매력적인 경쟁자가 나타나면 그의 가슴은 질투심으로 들끓는다.

사랑을 얻지 못할 때 대부분의 사람들은 핑계거리를 찾는다. 소설속의 주인공은 첫눈에 반한 소녀가 다른 젊은이들 사이에 섞여 농담을 주고받는 모습을 보고는 이렇게 생각한다.

'그러면 그렇지! 저 계집애도 별 수 없는 바람둥이라니까!'

이것이야말로 가장 비겁한 도피이며 자기 위안이다. 아마 이런 처지에 있는 사람들은 다음 순간에 이렇게 말할 것이다.

"오늘 그 사람을 차 버렸어!"

이제 더 이상 도피할 이유는 없다. 짝사랑은 진정한 사랑을 하기 위한 훈련과정 중의 하나이기 때문이다.

서 머 싯 몸 _ William Somerset Maugham

레드

서머싯 몸(1874-1965)

영국의 소설가이자 극작가. 어릴 때 양친을 잃고 숙부 밑에서 자랐다. 의대생의 경험을 토대로 쓴 장편소설 『램버스의 라이저』로 작가의 길로 들어섰다. 의과대학을 졸업하고는 전업작가 생활로 들어가 소설, 희곡 등을 계속 쓰다가 그의 희곡 4편이 런던의 네 극장에서 동시에 상연됨으로써 이름을 떨치게 되었다. 그는 명쾌하고도 스스럼없는 문체로 이야기를 재미있게 엮어 나가면서 독자를 매혹하는 동시에, 인간이란 것은 복잡하고 불가해한 존재임을 날카롭게 도려내 보였다.

작품으로는 『인간의 굴레』 『달과 6펜스』 『면도날』 『어느 작가의 노트』 등 다수가 있다.

레드
The Red

선장은 바지 주머니 속으로 간신히 손
을 집어넣었다. 바지 주머니들이 옆이 아니라 앞으로 나 있는
데다 선장은 몸까지 뚱뚱한 까닭에, 그는 커다란 은제銀製 회
중시계를 겨우 꺼낼 수 있었다. 시간을 확인한 후 그는 다시,
기울어 가는 노을을 물끄러미 쳐다보았다. 방향타를 잡고 있
던 남태평양 원주민이 선장을 한번 흘낏 쳐다보았으나 아무
런 말도 하지 않았다.

선장은 점점 가까워오고 있는 섬들에게로 눈길을 던졌다.
물거품을 일으키는 하얀 선은 산호초가 있다는 사실을 말해
주고 있었다. 선장은 배가 지나기에 충분한 물길이 있다는 것
을 알고 있었고, 드디어 그가 손꼽아 기다려 온 곳에 거의 다
왔다고 생각했다. 아직 해가 지기까지는 한 시간 정도의 시간

이 남아 있었다. 산호초의 수심은 충분히 깊으므로 닻은 수월하게 내릴 수 있을 터였다. 야자수 나무들 너머로 이미 보이기 시작하는 마을의 족장은 항해사들의 오랜 친구 중 하나여서, 하룻밤 묵는 덴 더할 나위 없을 것이다. 그때 항해사가 앞으로 다가왔고 선장은 그를 쳐다보았다.

"위스키 몇 병 가지고 가서 여자들을 불러 춤이라도 추자고."

선장이 말했다.

"그런데 산호초의 입구가 안 보이는데요."

항해사가 대답했다. 항해사는 원주민 출신으로 어딘지 후기 로마 황제처럼 보이는 잘생기고 까무잡잡한 친구였다. 최근 들어 몸집이 불어나기 시작했지만 얼굴만은 여전히 잘생기고 윤곽도 뚜렷했다.

"확실히 이 근처 어딘가에 있어."

안경 너머로 쳐다보며 선장이 말했다.

"그런데 왜 안 보이는 건지 이해할 수가 없군. 돛대 위로 누굴 올려 보내서 한번 찾아보게 해 봐."

항해사는 선원 중 하나를 불러서 명령을 전했다. 선장은 원주민 하나가 돛대 위로 기어오르는 것을 지켜보며 보고를 기다렸다. 하지만 원주민은 하얀 선이 끊어진 곳 없이 쭉 이어진 것 외엔 아무것도 안 보인다고 소리쳤다. 원주민만큼이나 사모아 어를 잘 하는 선장은 선원을 향해 거침없이 욕지거리를 퍼부어 댔다.

"저놈, 그냥 저 위에서 좀 더 지켜보라고 할까요?"

항해사가 물었다.

"지옥에나 떨어질 육시럴놈! 밥값도 못하는 머저리 같으니라구! 내가 저 위로 올라가기만 하면 금방 입구를 찾을 텐데. 내기를 해도 좋아!"

선장이 대답했다. 선장은 잔뜩 부아가 난 채 돛대를 올려다보았다. 돛대는 날 때부터 야자나무를 오르내리던 원주민에게는 아무런 문제도 아니었으나 선장이 몸소 오르기엔 너무 뚱뚱하고 무거웠다.

"그만 내려와! 이, 죽은 강아지새끼보다 더 쓰잘데기 없는 놈아!"

선장이 소리쳤다.

"이렇게 되면 입구를 발견할 때까지 산호초를 따라가 보는 수밖엔 도리가 없군."

배는 파라핀 기름을 보조동력으로 쓰는 70톤급 범선이었다. 맞바람이 없을 때 시속 4~5노트로 달릴 수 있었다. 아주 오랜 옛날에는 온통 하얀색으로 칠한 적도 있었지만 지금은 벗겨지고, 더러워지고, 얼룩져서 오물투성이가 되어 있었다. 게다가 주된 화물이었던 코프라(코코야자의 핵이나 과육(果肉)을 말린 것. 야자유의 원료)나 파라핀 기름 냄새에 절어 있었다.

배는 지금 산호초로부터 일백 피트 정도 거리에 있었다. 선장은 조타수에게 배가 산호초의 입구에 닿을 때까지 산호초 대를 따라 항해하라고 명령했다. 그러나 2마일 정도를 항해한 뒤에야 그들은 입구를 지나쳤다는 사실을 깨달았다. 선장은 배를 돌려 천천히 지나온 길을 다시 되짚어 가기 시작했다. 그러나 하얀 물거품 띠는 끊어진 곳이 없었고 그 사이 날은 저물어 버렸다. 선장은 선원들의 멍청함에 싸잡아 욕지거리를 퍼붓고 나서 하릴없이 내일 아침까지 기다리기로 결정을 내렸다.

"방향 돌려. 여기선 닻도 못 내린단 말이야."

선장은 악다구니를 썼다.

배가 바다로 조금 나오자 곧 사방이 캄캄해졌다. 닻을 내렸다. 돛을 말아 올리자 배가 심하게 흔들거리기 시작했다. 아피아(태평양 소스에테 군도 중 하나)에서라면 사람들은 '저러다가 언젠가는 뒤집히고 말 거야'라고들 수군덕거렸을 것이다. 심지어는 대형 상점들을 숱하게 소유한 독일계 미국인인 선주조차도 '아무리 많은 돈을 줘도 나는 저 배에 타지 않을 거야'라고 공공연히 떠벌리고 다닐 정도였다.

더럽고 낡은 흰 바지에 얇고 흰 상의를 입은 중국인 요리사가 저녁 식사가 준비되었다고 알리러 왔다. 선장이 선실로 내려갔을 때는 이미 기관사가 식탁에 앉아 있었다. 기관사는 뼈 가죽뿐인 목을 가진 키 크고 삐쩍 마른 사내였다. 그는 팔꿈치부터 손목까지 문신을 한 팔뚝이 드러나 보이는 민소매 셔츠와 청색 작업바지를 입고 있었다.

"제길, 바다 위에서 밤을 새워야 하다니."

선장이 투덜거렸다. 그러나 기관사는 대꾸도 하지 않았고, 그들은 말 한 마디 없이 저녁을 먹었다. 선실에는 석유 램프가 희미하게 켜 있었다. 디저트로 살구 통조림을 먹고 나자 요리사는 홍차를 가지고 왔다. 선장은 잎담배에 불을 붙이고 갑판으로 나왔다.

섬은 이제 밤의 일부로써 어둠의 덩어리들에 불과했다. 별빛이 맑게 빛나고 있었다. 끊임없이 철썩거리는 파도 소리만 들려왔다. 선장은 갑판의 의자에 몸을 묻고 느긋하게 담배를 피웠다.

잠시 후, 서너 명의 선원들이 갑판에 올라와 몰려 앉았다. 그들 중 하나가 밴조를 켜자 다른 누군가가 손풍금을 연주했다. 그들이 연주를 시작하자 그들 중의 누군가 노래를 시작했다. 악기들의 연주에 맞춘 원주민의 노래는 기묘한 여운으로 들려온다. 그러면 노래하던 커플들은 춤을 추기 시작한다. 이 춤은 야만적이며, 야생적이고, 원시적인데, 온몸을 비틀며 손과 발을 재빠르게 움직이는 춤이었다. 그 춤은 관능적이고 성적이기는 하되 정욕적이지는 않은 것이었다. 동물적이고, 본능적이며, 초자연적인 춤이었으나 비의적秘義的이지는 않았다. 한마디로 자연스럽다고 할까, 어린아이 같다고 할까, 그런 춤이었다.

마침내 지치기 시작하자 그들은 갑판 위에 하나둘 쓰러져 잠들기 시작했고, 주위는 고요해졌다. 선장은 그의 무거운 몸을 힘겹게 일으켜 세워 선실 아래로 내려갔다. 선장실로 들어간 그는 옷을 벗고 침대로 기어올라가 몸을 눕혔다. 선장은 밤의 어둠 속으로 가쁜 숨을 내쉬었다.

다음 날 아침, 새벽의 미명이 수평선 너머에서 밝아오자, 어제 그렇게 찾아 헤매도 보이지 않던 산호초의 입구가 배가 정박한 곳에서 약간 오른쪽에서 발견되었다. 범선은 산호초 안으로 들어갔다. 수면에는 잔물결 하나 없었다. 깊은 바닷속 산호초 위로는 옅은 빛깔의 물고기 떼가 헤엄치고 있는 것이 보였다.

선장은 닻을 내리고 아침 식사를 한 후 갑판으로 나왔다. 구름 한 점 없는 맑은 하늘에 햇살이 따가웠다. 그래도 이른 아침이라 대기는 맑고 상쾌했다. 이 날은 일요일이었다. 경건한 기운과 자연의 안식이 주는 고요함 속에서 선장은 평화로운 기분을 느낄 수 있었다. 그는 앉아서, 나무가 우거진 해변을 바라보며 나른함과 편안함을 느꼈다. 입가에 흐뭇한 미소를 지으며 그는 잎담배를 바다로 던져 넣었다.

"자, 이제 상륙하자고. 보트들 내려!"

선장은 사다리를 타고 내려가 조그마한 보트로 옮겨 탔다. 잘 자란 야자수들이 해안 기슭을 따라 열을 지어 서 있었다. 일부러 줄을 맞춘 것은 아니지만 그래도 규칙적인 간격으로 자라고 있었다. 나무들은 마치 춤추는 노처녀들 같았다. 나이는 들었으나 여전히 수다스러운, 한물 간 시대의 억지스러운 자태로 서 있는 나무들. 선장은 그 나무들 사이를 지나, 앞이 탁 트인 오솔길을 따라갔다. 그러자 조그만 개울물이 나타났다.

개울에는 다리가 놓여 있었는데, 그 다리는 야자나무를 대충 잘라 걸쳐 놓은 것이었다. 다리는 열두 개의 통나무를 붙여 놓았고 이음매 부분은 개울바닥에 박힌 기둥들이 떠받치고 있었다. 통나무 다리는 좁고 미끄러웠으나 손잡이 같은 것도 없었다. 이런 다리를 건너자면 든든한 다리와 튼튼한 심장이 필요할 터였다.

선장은 잠시 망설였다. 그러나 개울 건너편에 서 있는 나무들 사이로 백인의 집이 보였으므로, 마침내 결심을 하고 엉거주춤 다리를 건너기 시작했다. 그는 발끝을 조심스럽게 움직였으나 통나무들의 높낮이가 달라 조금 비틀거렸다. 마지막 통나무에 이르자 그는 비로소 안도의 한숨을 쉬며 건너편 땅에 발을 내려놓았다. 선장은 아슬아슬한 다리를 건너는 데 신경을 곤두세우느라 누군가 자기를 지켜보는 사람이 있으리라고는 생각하지 못했다. 그래서 갑작스런 인기척에 소스라치게 놀랐다.

"이 다리는 건너 본 사람이 아니면 상당한 배짱이 있어야 건널 수 있는 다리지요."

선장은 자신의 눈앞에 서 있는 한 사내를 쳐다보았다. 조금 전에 보았던 집에서 나온 것이 틀림없었다.

"당신이 다리를 건널까 말까 망설이는 걸 봤어요."

그 남자는 입가에 빙그레 미소를 띤 채 말했다.

"그래서 물에 빠지나 안 빠지나 지켜봤지요."

"턱도 없는 소리요."

다시 침착함을 되찾은 선장은 대답했다.

"나는 떨어져 본 경험이 있지요. 사냥에서 돌아오던 저녁 때였는데, 물에 빠져서는 총이고 뭐고 죄다 잃어버렸던 기억이 있습니다. 요새는 아예 심부름꾼 아이에게 총을 들고 건너라고 하지요."

이렇게 말하는 그는 이미 젊지 않은 사람이었다. 희끗희끗한 턱수염을 기른 마른 얼굴의 남자였는데, 소매 없는 셔츠와 선원 바지를 입고 있었다. 맨발에 양말도 신지 않고 있었다. 그는 높낮이가 별로 없는 악센트의 영어를 쓰고 있었다.

"선생이 닐슨 씨요?"

선장이 물었다.

"그렇습니다."

"말씀은 많이 들었수다. 이 근처에 살고 계실 거라고 내, 짐작은 했소만."

선장은 그를 따라 조그만 방갈로에 들어가 주인이 앉으라고 내준 의자에 털썩 주저앉았다. 닐슨이 위스키와 잔을 가지러 방 밖으로 나가자 선장은 방 안을 둘러보았다. 그것은 놀라운 일이었다. 이렇게 많은 책을 본 것은 그로선 처음이었다. 책장이 바닥에서 천장까지 사면의 벽을 가득 채우고 있었다. 책장에는 책이 빼곡했다. 악보가 놓여 있는 그랜드 피아노와 책과 잡지 따위가 어지럽게 널린 커다란 탁자도 보였다.

이 방이 선장에게는 왠지 불편하게 느껴졌다. 선장은 닐슨이 독특한 사람이란 것을 기억해 냈다. 닐슨은 이 섬 주변에서 오래 살았음에도 불구하고 그를 아는 사람들이 별로 없었다. 그런데도 그를 조금이라도 아는 사람이라면 닐슨이 괴짜라는 데 다들 동의했다. 그는 스웨덴 사람이었다.

"거, 책이 무지 많소."

닐슨이 돌아오자 선장이 말을 꺼냈다.

"책이 많아서 별로 해될 것은 없지요."

닐슨이 미소를 띤 채 대답했다.

"이걸 전부 읽으셨단 말이오?"

"거의 대충은……."

"나도 독서를 좀 하는 편이오. 「새터데이 이브닝 포스트」는 빼 놓지 않고 읽죠."

닐슨은 손님에게 좋은 품질의 위스키 한 잔을 따르고 잎담배를 권했다. 선장은 자청해서 자기 소개를 했다.

"도착은 어젯밤에 했는데, 빌어먹을 산호초의 입구를 찾지 못해 바다에서 정박을 해야만 했수다. 이쪽 항로는 처음이라,

제 고객이 여기에 운반해 달라고 하는 짐이 있어서……. 혹시 그레이라는 사람을 아슈?"

"네, 여기서 조금 떨어진 곳에서 가게를 하고 있지요."

"음, 그 사람이 주문한 통조림들이 좀 있죠. 코프라도 있고. 아피아에서 놀고 자빠졌으니 여기라도 기어들어오는 편이 낫겠습디다. 원래는 아피아와 파고파고(우포르 섬 동남쪽의 작은 섬의 항구) 사이를 오가는데, 지금은 파고파고에 천연두가 유행이라 딱히 할 일도 없고."

선장은 위스키 한 잔을 털어 넣고 담배를 한 모금 빨았다. 선장은 평소에 과묵한 편이었지만, 닐슨에겐 왠지 그를 초조하게 만드는 묘한 것이 있어서, 그 초조함에 선장은 자꾸 말이 많아졌다. 그 스웨덴 사람은 흥미로움이 가득한 커다란 눈으로 선장을 물끄러미 쳐다보고 있었다.

"집이 상당히 깔끔하구료."

"깔끔해 보이려고 애를 쓰는 편입니다."

"정원수들도 예쁘게 잘 다듬으셨고, 아따 그놈, 잘 자랐다. 코프라는 지금이 제일 값이 좋을 때요. 나도 손바닥만한 코프라 농장 하나를 가지고 있는데 아니, 가지고 있었소. 지금은 홀라당 팔아 버렸지만."

선장은 다시 방을 휘휘 둘러보았다. 사방에 빼곡한 책들이 뭔가 불편하고 불안한 느낌을 주었다.

"집 주변이 어째 좀 썰렁하구료."

선장이 말했다.

"이젠 익숙해졌지요. 25년이나 살았는데요, 뭘."

이제 선장은 더 이상 할말도 생각이 나지 않았다. 선장은
말 없이 담배를 피워 물었다. 닐슨도 그런 침묵을 깨뜨리고
싶지 않은 듯 보였다. 생각에 잠긴 눈빛으로 그는 손님을 쳐
다보았다. 선장은 키가 큰 사람이었다. 적어도 6피트는 되어
보였고, 몹시 뚱뚱했다. 얼굴은 붉고 얼룩투성이였으며, 뺨에
는 작은 보라색 실핏줄들이 얽혀 있었다. 뚱뚱해서 얼굴 윤곽
이 잘 보이지 않았다. 눈발은 충혈되어 있었고, 목은 살집에
접혀 보이지 않았다. 뒷덜미에 흰색의 곱슬머리가 간신히 달
려 있을 뿐, 그는 거의 대머리나 다름없었다. 널찍하고 번들
번들한 이마는 어쩌면 지적이라는 그릇된 느낌을 줄 수도 있
었겠지만, 실제로는 오히려 정반대로, 기묘하게 멍청한 느낌
을 주었다.

그가 입은 푸른색 프란넬 셔츠는 깃이 접혀 있어서 살찐
가슴팍 위로 붉은 털이 숭숭 나 있는 것이 보였다. 바지는 푸
른색 선원복이었다. 선장은 무척 어색하게 무거운 몸을 의
자에 걸쳐 놓았는데, 거대한 배는 앞으로 튀어나오고 뚱뚱한
그의 다리는 포개지지도 않았다. 그의 사지는 탄력이 없어
보였다.

닐슨은 이 남자가 어렸을 때는 어땠을까 상상해 보았다. 이
뚱뚱한 친구도 어렸을 때에는 이리저리 뛰어다녔을 거라고

는 도무지 상상이 되지 않았다. 선장은 위스키를 다 들이켰고, 닐슨은 술병을 그에게 밀어 주었다.

"더 드시지요."

선장은 몸을 앞으로 내밀고 그의 커다란 손으로 병을 움켜잡았다.

"어쩌다 이런 곳까지 흘러들어오게 되셨수?"

선장이 물었다.

"아, 제가 이 섬으로 온 것은 건강 때문입니다. 폐가 아주 나빠져서 사람들은 제가 몇 년 못 살 거라고들 했지요. 보시다시피 그들이 틀렸습니다."

"아니, 내 말은 왜 하필이면 이곳에서 살게 되셨나 하는 이야기구만."

"제가 좀 감상주의자입니다."

"오! 그래요?"

닐슨은 선장이 그 말뜻을 전혀 알아들었을 리 없다는 사실을 잘 알면서도, 검은 눈을 반짝거리며 선장을 쳐다보았다. 선장은 볼썽사납게 덩치가 크고 둔한 사람이었으므로 닐슨은 좀 더 이야기를 꺼내 볼까 하는 마음을 먹었다.

"좀 전에 다리를 건너오실 때 몸의 균형을 잡는 데 온 신경을 쏟느라 잘 못보셨겠지만, 이곳은 대체로 경관이 아주 빼어난 편이지요."

"실제 아담하고 예쁘장한 집이긴 하네요."

"아, 제가 처음 이곳에 왔을 때 이 집은 없었답니다. 벌집 같은 지붕에, 기둥이 있고, 빨간 꽃이 피는 커다란 나무로 둘러싸인 원주민의 움막이 있었지요. 노랗고 빨갛고 황금빛 잎을 가진 관목들이 울타리처럼 빙 둘러 서 있었습니다. 그 바깥쪽 대부분은 야자나무 숲이었는데, 변덕 많고 허영심 많은 여자들 같았지요. 물가에 하루 종일 서서 물에 비친 자기 모습에 도취되어 있었으니까요.

그때는 저도 젊은 시절이었습니다──천국 같았지요. 벌써 25년 전의 일이네요──저는 제가 죽기 전에 제게 허락된 짧은 기간 동안에라도 이 세상의 모든 아름다움을 만끽하고 싶었습니다. 저는 이곳이야말로 제가 본 중에서 가장 아름다운 곳이라고 생각했지요. 제 마음을 온통 사로잡은 것은 그때가 처음이었고, 저는 제가 울부짖으며 생을 마감하게 될 것을 두려워했습니다. 저는 그때 채 스물다섯도 되기 전이었고, 죽음의 아름다운 면을 생각하려 했지만, 아직 죽고 싶지는 않았습니다. 그런데 어쩌면 이 아름다운 경치가 나의 운명을 받아들이는 것을 좀 더 쉽게 해 줄 거란 생각이 들었습니다. 이곳에 도착했을 때 나의 모든 과거의 삶이, 스톡홀름이나 대학, 그리고 본에서의 삶까지도, 모두 사라져 버리고 마치 이전의 내가 아닌 다른 누군가가 된 듯한 느낌이 들었습니다.

마침내 우리의 고명하신 철학자들께서──물론, 저도 그중의 한 사람입니다만──그동안 수없이 토론해 왔던 것들의 실재를 여기서 깨달았던 것이지요. '1년이다.' 저는 제 자신에게 다짐했습니다. '이제 1년 남았다. 그 1년을 여기서 남김없이 써 버리고 그리고 나서 당당히 죽음을 맞이하자.'"

"스물다섯 살에는 누구나 어리석고, 감상적이 되고, 멜로드라마 같은 생각에 빠지지만, 쉰 살쯤 낫살을 먹어 좀 더 현명해지면 좀 나아진답디다."

"자, 한잔 하세요. 제 황당한 이야기에는 신경 쓰지 마십시오."

닐슨은 가냘픈 손으로 술병을 가리켰다. 선장은 자신의 잔 속에 남아 있던 술을 마저 들이켰다.

"선생은 술을 전혀 안 드시는구료."

위스키 병을 끌어당기며 선장이 말했다.

"저는 금주를 하고 있습니다."

닐슨이 웃으며 대답했다.

"저는 좀 더 신비스러운 환각에 몰입하는 것을 더 즐기는 편이지요. 어쩌면 저 혼자만의 허상이겠지만 말입니다. 어쨌든, 그쪽이 효과는 더 오래 가고 뒤탈은 더 없는 편이니까요."

"요새는 미국에서도 코카인을 더 많이 쓴다고들 합디다."

선장이 말했다. 닐슨이 너털웃음을 터뜨렸다.

"하지만, 저는 백인들을 거의 만나는 일이 없는걸요."

닐슨이 말을 이어나갔다.

"한 번에 위스키 한 잔 정도 하는 것이야 별 탈이 없을 거라고 생각하고 있습니다."

이렇게 말하며 닐슨은 자기 잔에 위스키를 따르고 소다수를 조금 섞은 후 한 모금 마셨다.

"최근에야 저는 이곳이 왜 별세계처럼 아름답게 느껴지는지를 깨달았습니다. 그것은 망망대해를 날아가던 철새가 마치 배 한 척을 만나 돛대 위에서 지친 날개를 잠시 쉬어 가듯, 여기에 사랑이 잠시 머물렀었기 때문입니다. 5월이면 산사나무의 향기가 풍기는 내 고향 목장에서처럼, 아름다운 정열의 향기가 아직도 이 땅에서는 은은히 풍기고 있답니다.

저는 이런 생각을 해 봅니다. 사람이 사랑을 하거나 사랑을 잃던 자리에는 뭔가 완전히 사라지지 않고 남아 있는 것이 있어서 그것의 아련한 향기가 늘 풍기고, 그로 인해 그 땅은 그 땅을 스쳐 가는 사람의 신비로운 영향을 받아서 영적인 의미를 지니게 된다고 말입니다. 제 생각을 좀 더 분명하게 말로 표현할 수 있으면 좋으련만……."

그는 희미한 미소를 띠었다.

"당신이 이해를 하실지는 잘 모르겠지만……."

그는 잠시 말을 멈추었다.

"제 생각으로는, 이곳이 아름다운 이유는 이곳이 아름답게 사랑받아 본 적이 있는 곳이기 때문일 겁니다."

그러고 나서 그는 어깨를 움찔거렸다.

"하지만 어쩌면 젊은 연인들의 행복한 결합과, 그에 어울리는 경치가 저의 심미적인 감각을 만족시켰기 때문인지도 모르지요."

선장보다 훨씬 무딘 감각을 가진 사람이더라도 닐슨의 이야기에는 빨려들어갈 수밖에 없을 것이다. 닐슨은 그가 말한 것에 대해 희미하게 웃고 있는 듯했다. 그의 감정이 쏟아낸 말들에 대해 그의 이성이 어리석은 짓이라고 비웃고 있는 것이었다. 그는 이미 스스로를 감상주의자라고 이야기했지만, 그 감상주의가 만약 회의주의와 만나게 되면 그 결과는 끔찍한 법이다.

닐슨은 잠시 동안 아무 말도 하지 않았다. 선장을 바라보는 그의 눈빛에는 어떤 망설임 같은 것이 가득했다.

"어쩐지, 어디서인지는 모르겠지만 당신을 언젠가 만난 적이 있는 것 같군요."

그가 말했다.

"나는 선생을 만난 기억이 전혀 없소."

선장이 대답했다.

"어디선가 당신의 얼굴을 본 적이 있는 것 같은 느낌이 강하게 듭니다. 아까부터 자꾸 그런 생각이 들어요. 그런데 언제였는지 어디서였는지를 잘 모르겠군요."

선장은 그의 우람한 어깨를 으쓱였다.

"내가 이 섬 지방으로 온 지도 벌써 삼십 년이오. 이쯤 되면 그동안 만났던 사람들을 일일이 다 기억한다는 것은 불가능한 일이오."

닐슨은 고개를 가로저었다.

"전에는 전혀 가 본 적이 없는 곳에서 가끔 이상스럽게도 낯익은 느낌이 드는 때가 있다는 것을 아실 겁니다. 아마 제가 당신을 본 적이 있다고 느끼는 것도 그런 까닭일 겁니다."

닐슨은 종잡을 수 없는 미소를 지었다.

"아마 전생의 어느 때인가 당신을 알았던 것이겠지요. 아마, 아마도 당신은 고대 로마의 선장이었고 저는 노를 젓는 노예였겠지요. 이곳에 오신 지는 삼십 년 되셨나요?"

"삼십 년 내내, 지긋지긋하도록."

"그럼 혹시 레드라는 사람 아시는지요?"

"레드?"

"그게 제가 그 사람에 대해 알고 있는 유일한 이름입니다. 개인적으로 잘 알지는 못합니다. 직접 만나 본 적도 없고요. 그런데도 제 동생이나, 제가 그동안 만나 왔던 다른 어떤 사람들보다 선명하게 그 사람에 대해 떠올릴 수 있습니다. 레드는 로미오나 파오로 마라테스타와 마찬가지로 저의 상상 속에 또렷하게 살아 있습니다. 그런데 혹시 단테나 셰익스피어의 작품들을 읽어 보셨습니까?"

"못 읽었수다."

선장이 대답했다.

닐슨은 담배를 물고 의자에 등을 기대며 공기 속에 둥둥 떠다니는 담배 연기의 둥근 고리를 쳐다보았다. 입가에는 엷은 미소를 띠고 있으나 그의 눈빛은 진지했다. 이윽고 닐슨은 선장을 바라보았다. 그의 지나치게 뚱뚱한 몸집에서는 왠지 모르게 비정상적인 거부감이 느껴졌다. 그는 자신의 비만에 대해 지나치게 자기만족감을 가지고 있었다. 그것이 닐슨의 신경을 곤두서게 했다. 그러나 지금 눈앞에 있는 남자와 기억 속에 남아 있는 남자를 대비시켜 보는 일은 즐거운 일이었다.

"레드는 당신이 예전에 전혀 보지 못했을 그런 잘생긴 남자였습니다. 그 당시 그를 알던 상당히 많은 사람들에게, 그래 봤자 백인들뿐이지만, 물어 보았지만 모두 한결같이 레드를 처음 보았을 때는 너무 잘생겨서 숨이 막힐 정도였다고 하더군요. 사람들이 그를 레드라고 부른 것은 그의 불타는 듯한 머리칼 때문이었습니다. 물결치듯 출렁이는 기다란 머리칼이었답니다. 라파엘전파 화가들이 격찬해 마지않던, 그 놀라운 색깔이었던 것이지요.

레드 자신은 너무 순수한 사람이라 그것을 자랑스러워하지는 않았습니다. 그러나 설사 그가 자랑스러워했다고 해도 아무도 그것을 비웃지는 않았을 것입니다. 그는 키가 아주 커서 6피트 1인치 또는 2인치 정도 되었을 겁니다. 그 당시 이곳의 토인들은 지붕을 받치는 중앙의 기둥에 레드의 키를 칼로 새겨 놓기도 했답니다. 그의 몸매는 그리스 신상 같아서 어깨는 넓고 배는 매끈하였습니다. 그는 마치 프락시틀러스(기원전

370~330년경 아테네의 유명한 조각가)가 부드럽고 매끈하게 조각한 아폴로 신상 같았지요. 그에게는 온화하고 여성적인, 그러면서도 뭔가 신비롭고 고뇌에 찬 어떤 것이 있었습니다. 그의 피부는 눈부시게 흰 우윳빛이었고, 비단결 같았습니다. 꼭 여인의 살결 같았지요."

"나도 어렸을 땐 하얀 피부를 가지고 있었소."

충혈된 눈을 끔뻑이며 선장이 말했다.

그러나 닐슨은 그에게 눈길도 주지 않았다. 그는 한창 이야기를 시작하는 참이었고, 말허리를 자르는 것을 참을 수 없었다.

"그의 얼굴도 그의 몸만큼이나 아름다웠답니다. 그는 크고 푸른 눈을 가지고 있었는데, 아주 짙었기 때문에 검은 눈이었다고 이야기하는 사람들도 있었습니다. 그리고 붉은 머리칼을 가진 사람답지 않게 검은 눈썹과 길고 검은 속눈썹을 가지고 있었습니다. 그의 얼굴은 완벽하게 균형 잡혀 있었고, 입술은 주홍빛 앵두 같았습니다. 그때 그의 나이 스무 살이었습니다."

극적인 이야기를 하는 흥분감을 느끼며 스웨덴 사람은 여기서 잠깐 이야기를 멈췄다. 그리고 위스키 한 모금을 마셨다.

"그는 빼어난 사람이었습니다. 그보다 더 아름다운 사람은 있을 수가 없었습니다. 들판에 핀 꽃이 아름다운 것에 이유가 없는 것처럼, 거기에는 어떤 이유도 있을 수 없습니다. 그는 자연이 창조한 축복의 결과였으니까요.

어느 날 레드는 오늘 아침 당신이 도착한 그 해변을 통해 이곳에 상륙했습니다. 그는 미국인 선원이었는데, 아피아에 있는 군함에서 도망쳐 나온 것이었습니다. 마음씨 착한 원주민을 설득하여 아피아에서 사포토로 가는 쾌속 범선을 얻어 탔고 나중에는 통나무배를 타고 이곳에 도착했습니다. 그가 왜 탈영을 했는지는 지금도 모릅니다. 아마 군함에서의 틀에 박힌 생활이 싫증 났거나 뭔가 문제가 있었겠지요. 아니면 남쪽의 바다나 낭만적인 섬들이 뼈에 사무치도록 좋았던 것일 수도 있겠지요. 그때나 지금이나 바다와 섬들은 사람들을 유혹하고 있고, 그는 어쩌면 거미줄에 걸린 것 같은 자신을 발견했을 수도 있겠지요. 레드는 예민한 감수성을 가지고 있었는데, 감미로운 공기로 가득한 이 푸른 언덕들과 푸른 바다가 마치 데릴라가 삼손에게 그랬던 것처럼 그에게서 북구인의 혼을 쑥 빼 놓았던 것이겠지요. 이유야 어쨌든 간에 그는 도망치기 원했고, 그의 배가 사모아에서 출항할 때까지 사람들 눈에 띄지 않는 이 외진 곳이 안전하다고 생각했던 것입니다.

하구에는 원주민의 원두막이 한 채 있었습니다. 레드가 거기서 걸음을 멈추고 어디로 갈까 망설이고 있을 때, 원두막 안에서 어떤 처녀가 나와서 그를 집 안으로 초대하였습니다. 레드는 원주민들의 말을 겨우 한두 마디밖에 몰랐고, 처녀도 영어를 거의 몰랐습니다. 그러나 레드는 그 처녀의 미소와 귀여운 몸짓이 무엇을 말하는지를 잘 알 수 있었고 그녀를 따라 들어갔습니다. 그가 짚방석 위에 앉자 처녀는 그에게 파인애플 몇 조각을 내어 주었습니다. 레드에 관해서 들은 이야기는 이 정도로 말씀 드릴 수 있겠습니다.

레드가 그 처녀를 처음 만난 지 한 3년쯤 지났을 때 나는 그녀를 직접 만났습니다. 그때 처녀는 이제 막 열아홉 살이 될까 말까 한 나이였습니다. 그녀가 얼마나 아름다웠는지 당신은 상상도 할 수 없을 겁니다. 그녀는 하이비스커스 꽃(무궁화과의 꽃으로 하와이 주의 주화) 같은 정열적인 우아함과 풍성한 색채를 지니고 있었습니다. 그녀는 키가 크고 늘씬했으며, 그들 민족 특유의 우아한 얼굴을 하고 있었습니다. 그녀의 커다란 눈은 마치 종려나무 아래 출렁이는 호수와 같았지요. 뒤로 넘겨 검게 물결치는 머리카락 위에는 향기 짙은 화환을 두르고 있었고, 그녀의 손은 너무나 작고 세련되어서 보는 이의 마음이 아찔할 정도였습니다. 게다가 그 당시 그녀는 곧잘 웃곤 했는데, 그녀가 웃는 모습은 너무나 매력적이어서 보는 사람의 무릎이 떨릴 정도였습니다. 그녀의 피부는 마치 여름날의 무르익은 밀밭 같았습니다. 세상에, 어떻게 그녀를 표현할 수 있을까요? 그녀는 이 세상 사람이라고 하기엔 너무 아름다웠습니다.

이 젊은 두 사람은 첫눈에 서로 사랑에 빠지고 말았습니다.

여자는 열여섯, 남자는 스무 살이었습니다. 그것은 진정한 사랑이었습니다. 동정이나, 공동의 관심사, 지적인 공감 때문이 아닌, 순수하고 풋풋한 사랑이었습니다. 그것은 아담이 에덴 동산에서 눈 떴을 때 촉촉한 눈빛으로 자신을 바라보던 이브에게서 느낀 그런 사랑이었습니다. 그것은 동물들의 암수나 남녀 신들이 서로에게 이끌리는 그런 사랑이었습니다. 그것은 세상을 기적으로 변화시키는 그런 사랑이었습니다. 그것은 서로의 인생에 새로운 의미를 가져다 주는 그런 사랑이었습니다.

현명하고 익살맞은 프랑스의 어떤 공작은 이렇게 말했습니다. 두 사람이 서로 사랑하게 되면 거기에는 항상 한 쪽은 먼저 사랑을 주고 다른 한쪽은 그 사랑을 받아들이는 법이라고 말입니다. 우리들에게 이 말은 대부분 진실입니다만, 그러나 이들 두 사람은 서로를 사랑하고 서로의 사랑을 받아들이는 사랑이었습니다. 이것은 마치 여호수아가 이스라엘의 하나님에게 기도를 하자 태양이 멈추었던 것처럼, 태양이 멈춰 버리는 그런 환상과도 같았습니다.

그때로부터 지금에 이르기까지, 이 젊고 아름답고 순수했던 두 사람과 그들의 사랑에 대해 생각할 때면 저는 마음이 아픕니다. 구름 한 점 없는 어느 날 밤에 산호초 위로 휘영청 비친 보름달을 물끄러미 바라보며 가슴 아팠던 것처럼 저의 가슴은 찢어지는 것 같습니다. 완벽한 아름다움을 묵상하게 되면 가슴이 아픈 법이지요.

그들은 아직 어렸습니다. 처녀는 착하고 어여쁘고 친절한 여자였습니다. 남자에 대해선 아는 바 없었지만, 저는 레드의 성품이 천진난만하고 솔직한 성품이었다고 생각하고 있습니다. 그의 영혼은 그의 신체만큼이나 아름다웠으리라고 생각합니다. 그의 영혼은 아직 이 세상이 창조된 지 얼마 되지 않았을 무렵, 켄타우로스의 등을 타고 달리며 어린 아기 사슴이 뛰놀던 것을 볼 수 있던 그 무렵, 산골짜기의 계곡물에서 미역을 감거나 갈대를 꺾어 피리를 만들던 숲 속의 피조물이 가졌던 그 영혼에서 크게 벗어나지 않았을 것입니다. 인간의 영혼이란 화근 덩어리에 불과하지요. 인간이 영혼을 발전시킨 이후 결국은 에덴동산을 떠나야 했으니까요.

그런데 레드가 이 섬에 도착했을 때는 이미 백인들이 남쪽의 여러 섬에 퍼뜨린 전염병 중 한 가지가 이 섬을 지나간 뒤였습니다. 섬 주민의 삼분의 일이 전염병으로 죽었지요. 그 처녀도 가족들 대부분을 잃고 먼 친척과 함께 살고 있었던 모양입니다. 그 친척집에는 허리가 휘고 주름투성이인 노파가 둘, 젊은 여자가 둘, 그리고 남자와 사내아이가 각각 하나씩 있었습니다.

레드는 며칠 그 집에 묵고 있었습니다. 그러나 아마도 그는 거기가 해안에서 너무 가까워 백인들에게 들킬 염려가 있다고 생각했던 모양입니다. 어쩌면 두 연인들만의 행복한 순간을 가족들에게 방해받고 싶지 않았던 것인지도 모르지요.

어느 날 아침, 두 사람은 얼마 안 되는 짐을 들고 나란히 집을 나섰습니다. 그리고 야자 숲 사이로 난 오솔길을 따라 마침내 당신이 보았던 그 개울에까지 이르렀습니다. 그리고 두 사람은 당신이 건너온 그 다리를 건너야 했는데, 여자는 남자가 다리 건너는 것을 두려워하는 것을 보고는 재미있어서 깔깔 웃었습니다. 여자는 레드의 손을 잡고 첫번째 통나무의 끝까지 왔지만, 레드는 용기를 잃고 다시 제자리로 돌아가고 말았습니다. 남자는 옷이 전부 젖어 버리기 전에 옷을 모두 벗고 건널 수밖에 없었습니다. 여자가 머리에 남자의 옷을 지고 건너갔습니다. 그들은 거기에 세워져 있던 빈 오두막에 자리를 잡았습니다. 원래 그 처녀가 그 땅을 소유하고 있었던 것인지(섬에서는 땅의 소유권 문제는 복잡한 문제입니다), 집주인이 전염병으로 죽었는지는 확실치 않지만 아무튼 아무도 거기에 대해 문제를 제기하지 않았고 그들은 거기에 정착했습니다. 가구라고 해봐야 그들이 잘 때 쓸 짚으로 만든 돗자리 두 장, 먼지 덮인 거울 하나, 그리고 그릇 한두 개가 전부였습니다. 이 평화로운 섬에서라면 그 정도도 살림살이에는 충분했지요.

사람들은 말하기를, 행복한 사람에게는 시간이 쏜살 같으며, 사랑하는 연인들에게도 마찬가지라고 합니다. 하루 종일 아무 일도 하지 않았지만 두 사람에겐 하루하루가 너무 짧게

느껴졌습니다. 여자에게는 원주민의 이름이 있었지만 레드
는 그녀를 '살리' 라고 불렀습니다.

레드는 금세 간단한 말들을 익혔습니다. 여자가 그에게 다
정하게 수다 떠는 동안 레드는 돗자리 위에 가만히 누워 있
곤 했습니다. 그는 원래 말수가 적은 데다가 아마 성품이 과
묵한 사람이었나 봅니다. 그는 살리가 토종 담배나 판다누스
잎으로 만들어 준 담배를 쉴 새 없이 피웠고, 그녀가 빼어난
손놀림으로 풀로 돗자리를 만드는 것을 가만히 지켜보곤 했
습니다.

가끔씩 원주민들이 찾아와서 종족 전쟁을 통해 섬들이 나
뉘었던 시절의 오래된 이야기를 한참 동안 하기도 했습니다.
가끔씩 그는 산호초 위에서 낚시를 했고, 바구니 가득 온갖
색색의 물고기들을 잡아오기도 했습니다. 때로는 밤에 횃불
을 들고 가재를 잡기도 했습니다. 오두막 주변에는 과일들이
널려 있었고 살리는 그것들을 구워서 식탁을 차렸습니다. 살
리는 야자열매로 맛있는 요리를 만들 줄 알았고, 개울가에 있
는 빵나무 열매로 그들의 식량을 삼기도 했습니다. 축제날에
는 그들은 새끼 돼지를 잡아 뜨거운 돌에 구워 먹었습니다.
그들은 개울에서 함께 목욕했고, 저녁에는 산호초로 내려가
커다란 덮개가 덮인 통나무배를 탔습니다.

바다는 짙푸르고 그리스의 시인 호머가 노래한 바다처럼,
포도줏빛 석양이 물들었습니다. 바다의 빛깔은 다채롭게 변

했습니다. 남옥색에서 자수정빛으로, 그리고 에메랄드빛으로, 그리고 다시 해질녘이면 아주 잠깐, 출렁이는 황금빛으로 변했습니다. 게다가 그곳에는 갈색, 하양, 분홍, 빨강, 보라 등등 가지각색의 산호들이 있었습니다. 그 아름다움은 말로 표현할 수 없을 정도였습니다. 그것은 마치 마법의 동산 같았습니다.

서둘러 달아나는 물고기 떼는 나비처럼 보였습니다. 거의 실재하는 세상이 아닌 듯 보였습니다. 해안가는 하얀 모래들이 물결치는 수영장 같았고, 물은 눈부시게 맑아서 미역을 감기에는 더할 나위 없었습니다. 그러면 기분은 상쾌하고 행복해져서 그들은 황혼을 등에 지고 손에 손을 잡고 부드러운 풀들이 깔린 오솔길을 따라 걷습니다. 찌르레기의 시끄러운 노랫소리가 야자나무 숲을 가득 채웁니다. 이윽고 밤이 오면, 거대한 하늘은 황금빛으로 빛나고 유럽의 하늘보다 더 넓게 펼쳐지는 것처럼 보입니다. 열린 오두막으로는 부드러운 바람이 불어 오고, 다시 찾아오는 기나 긴 밤도 늘 짧기만 합니다.

처녀는 열여섯, 총각은 갓 스물. 새벽빛이 오두막 나무기둥 사이로 살짝 비추어 서로의 품에 안겨 잠든 아름다운 처녀 총각을 엿봅니다. 태양도 바닷속이나 나무의 커다란 잎 뒤에 숨어 두 사람을 방해하지 않으려고 합니다. 그러다간 마치 페르시아 고양이가 다리를 쭉 뻗듯 장난스럽게 황금빛 햇살을 두 사람의 머리 위로 떨굽니다. 두 사람은 졸린 눈빛으로 새 날을 미소 속에 맞이합니다. 몇 주가 지나고 몇 달이 지나고 1년이 훌쩍 지나갔습니다. 그들은 변함없이 서로를 사랑하고 있습니다. 그들의 사랑은(나는 이것을 정열적이라고 말하고 싶지는 않습니다. 정열에는 늘 슬픔과 고뇌가 뒤따르기 때문입니다) 그들이 처음 만났던 그날, 서로의 내면에서 서로의 우상을 발견하였던 그때와 마찬가지로 변함없이 순수하고 자연스러웠습니다.

만약 당신이 그들에게 너희들의 사랑은 언제쯤 끝날 것 같냐고 물어 봤다면 그들은 의문의 여지없이, 그런 일이 일어날 가능성은 전혀 없다고 대답했을 것입니다. 사랑의 핵심적인 요소야말로 사랑의 영원성을 믿는 것에 있다는 것을 우리도 잘 알고 있지 않습니까? 그런데 그 자신도 명확히는 알지 못했고 살리도 전혀 의심하지 않았지만, 레드는 자신 속에 권태의 씨앗이 싹트고 있고 그것이 점점 자라고 있다는 것을 느끼고 있었던 것 같습니다.

어느 날, 해안가에서 온 원주민 아이가 그들에게 해안을 조금 더 내려간 정박장에 영국 포경선이 들어왔다는 것을 알려 주었습니다.

'잘됐군.' 레드는 생각했습니다. '잘하면 호두나 바나나 같은 것으로 담배 한두 파운드와 바꿀 수도 있겠어.'

살리가 쉼 없이 만들어 주는 판다누스 담배는 피울 만하기

는 했지만 너무 투박해서 좀 불만족스러운 부분이 있었던 것
입니다. 그래서 그는 자극적이고, 냄새를 폴폴 풍기고, 독한
진짜 담배를 간절히 원했습니다. 그는 몇 달 동안이나 파이프
담배를 피워 보지 못했던 것입니다. 생각만으로도 군침이 돌
았습니다. 뭔가 좋지 않은 일이 일어날 것 같은 예감이 들어
살리가 레드를 말릴 수도 있었다고 생각할 수도 있겠지만, 레
드에 대한 살리의 사랑은 너무나 깊었고 그를 신뢰했기 때문
에 살리는 자신으로부터 레드를 빼앗아 갈 어떤 힘이 세상에
있으리라고는 생각지도 못했습니다.

두 사람은 언덕으로 함께 올라가 광주리 가득 야생 오렌지
를 땄습니다. 오렌지는 아직 풋풋하기는 했으나 달고 물이 많
았습니다. 그들은 오두막 주위에서 바나나를 따고, 야자나무
에서도 야자를 따고, 빵나무 열매와 망고 등을 모아 그것을
해변으로 옮겼습니다. 그리고는 통나무배에 과일들을 싣고
레드와 좀 전에 소식을 전해 주었던 원주민 아이는 산호초를
향해 노를 저어 갔습니다.

살리가 레드를 본 것은 그것이 마지막이었습니다.

다음 날 원주민 아이만 혼자 돌아왔습니다. 아이는 눈물범
벅이 되어 있었습니다. 아이가 들려 준 이야기는 이랬습니
다. 오랫동안 노를 저어 그들이 포경선에 닿자 레드가 소리를
쳤고, 어떤 백인이 뱃전으로 내다보더니 레드와 갑판 위에서
이야기를 나누었답니다. 두 사람은 레드가 가지고 온 과일을

갑판 위로 끌어올렸답니다. 백인과 레드가 이야기를 나누기 시작했고 그들은 곧 거래에 합의를 보았답니다. 백인들 중 하나가 가서 담배를 가져왔고 레드는 당장 그것을 꺼내서 담배에 불을 붙였답니다.

아이는 레드가 아주 기분 좋은 듯이 담배연기로 커다란 고리를 만드는 것을 흉내 내어 보여주었습니다. 이윽고 선원들이 레드에게 뭐라고 말하자 레드가 선실로 내려가더랍니다. 문이 열려 있어 아이가 들여다보았더니 선실에서 술병과 잔을 꺼내더랍니다. 레드는 술도 마시고 담배도 피웠답니다. 선원들이 뭔가 레드에게 부탁하는 것처럼 보였고, 레드는 고개를 가로저으며 웃더랍니다. 선원들 중에서 맨 처음 이야기했던 그 선원도 같이 따라서 웃었답니다. 그리고 그는 레드의 술잔에 술을 한 잔 더 따랐고, 그들은 계속해서 마시고, 이야기했기 때문에 아이는 자기와 아무 상관없는 일들을 지켜보기에 지쳐서 갑판에서 스르르 잠이 들어 버렸답니다.

그러다가 누군가가 발로 걷어차서 잠을 깨었는데, 발길질에 나가 떨어졌었답니다. 깜짝 놀라서 일어나 보니 배가 산호초 밖으로 서서히 빠져나가고 있었답니다. 아이는 그때 레드가 테이블 위에 엎드려 팔짱 속에 얼굴을 묻고 쿨쿨 잠들어 있는 것을 보았답니다. 아이가 레드를 깨우려고 레드에게 다가가려고 하자, 어떤 선원이 거친 손으로 아이의 팔을 잡아채더랍니다. 그 남자는 소리를 지르며 아이가 알아들을 수 없는 말들을 쏟아놓으며 뱃전을 가리키더랍니다. 아이가 레드를 향해 고함을 질렀지만, 그 순간 아이는 붙잡혀서 배 밖으로 던져졌답니다. 하릴없이 아이는 헤엄을 쳤는데, 조금 떨어진 곳에 타고 온 통나무배가 표류하고 있더랍니다. 아이는 통나무배에 올라타고서는 내내 울면서 해안으로 돌아왔답니다.

무슨 일이 일어난 것인가는 명확했습니다. 그 포경선은 선원들이 달아났거나 아프거나 해서 일손이 부족했던 것입니다. 그리고 레드가 나타나자 선장이 레드에게 함께 일하자고 했던 것인데, 레드가 거절을 하자 레드에게 술을 먹인 후 납치를 해 버린 것이었지요.

살리는 절망해서 어찌할 바를 몰랐습니다. 꼬박 사흘 동안을 울부짖었습니다. 원주민들이 그녀를 위로하려고 애썼지만 살리에게는 위로가 되지 못했습니다. 그녀는 음식을 먹으려고도 하지 않았습니다. 그러다가 마침내는 아무것도 할 수 없는 무감각에 빠지고 말았습니다.

그녀는 하루 종일 해안에 나가 바다를 바라보며 혹시라도 레드가 도망쳐 나오지나 않을까 기다렸습니다. 하얀 모래 위에 앉아 그녀는 시간이 흐르고 흘러도 두 볼 위로 눈물만 흘릴 뿐이었습니다. 밤이 오면 야윈 몸을 이끌고 그녀가 행복한 시간을 보냈던 오두막으로 돌아오곤 했습니다. 레드가 이 섬으로 오기 전에 그녀와 같이 살았던 사람들이 그녀에게 다시 돌아오라고 권했지만 그녀는 말을 듣지 않았습니다. 그녀는 레드가 반드시 돌아온다고 믿었습니다. 헤어질 때와 마찬가지로, 바로 그곳에서 레드를 맞이하겠다는 것이었습니다.

4개월이 지나 살리는 사산아死産兒를 낳았습니다. 그녀의 출산을 도와준 노파가 이후로는 그곳에서 같이 살았습니다. 살리의 인생에서 기쁨은 완전히 사라졌습니다. 시간이 지남에 따라서 견디기 힘든 마음은 조금씩 없어졌지만 헛헛함이 그 대신 자리 잡았습니다. 한때 격정적인 열정을 지녔던 사람들은 그 열정이 식어 버리는 것도 잠시인데, 그녀가 깊은 열정을 간직하고 있으리라고는 기대할 수 없었지요. 그러나 살리는 레드가 조만간 돌아오리라는 확신을 버리지 않았습니다. 그녀는 그를 기다리고 있었습니다. 누군가 그 가늘고 긴 야자수 외다리를 건널 때마다 그녀는 내다보았습니다. 마침내 레드가 돌아오나 보다 하고 말입니다."

닐슨은 이야기를 멈추고 잠시 한숨을 쉬었다.

"그래서 결국 그녀는 어떻게 되었소?"

선장이 물었다.

닐슨은 쓸쓸한 미소를 지었다.

"아, 3년쯤 지난 뒤에 다른 백인과 사귀었지요."

선장은 뚱뚱한 몸으로 비아냥거리듯 쿡쿡거렸다.

"여자들이란 다 그 모양인 법이지."

선장이 말했다.

스웨덴 사람은 혐오에 찬 눈길로 선장을 쏘아보았다. 이 이상하고 뚱뚱한 인간을 바라보고 있노라면 왜 자꾸 거부감이 솟아오르는지 알 수 없었다. 닐슨은 머리가 혼란스러웠다. 지나간 과거의 추억들이 그의 가슴 가득 몰려왔다.

그는 25년 전으로 거슬러 올라갔다. 그때는 그가 처음으로 아피아, 술주정과 도박과 관능으로 얼룩진 지긋지긋한 섬 아피아에 도착했을 때였다. 그는 환자였고, 야심에 찬 생각들로 불타오르던 그의 인생도 포기하려던 참이었다. 그 자신의 노력을 통해 위대한 명성을 남기리라던 희망도 깨끗이 버리고 온 것이었다. 단지 앞으로 몇 달밖에 남지 않은 생명을 조심스럽게 연명하는 것이 그가 바라는 전부였다.

그는 해안을 따라 2마일쯤 떨어진 원주민 마을에 가게를 갖고 있는 혼혈인 상인 집에 묵고 있었다. 그러던 어느 날 할 일 없이 야자수 숲을 어슬렁거리다가 샬리의 오두막을 발견했다. 그 풍경의 아름다움은 거의 고통에 가까운 황홀로 그를 가득 차게 했고, 그리고 거기서 그는 샬리를 보았다. 그녀는 그가 만나 본 중에 가장 아름다운 여자였다. 그녀의 검은 눈에 담긴 깊은 슬픔은 이상스럽게 그의 마음을 흔들어 놓았다. 원주민들은 이목구비가 또렷한 종족이라 미인들이 많기는 하지만, 그 아름다움은 균형 잡힌 육체적 아름다움에 지나지 않았다. 그것은 공허한 아름다움이었다. 그러나 샬리의 슬픈 눈동자에는 신비로움이 가득하여서, 사람이라면 누구나 그 눈동자 속에서 인간 영혼의 쓰라리고도 복잡한 고뇌를 느꼈으리라. 혼혈인 상인은 그에게 샐리에 대한 이야기를 들려주었고 그 이야기에 그는 깊은 감동을 느꼈다.

"레드는 끝내 돌아오지 않는 걸까요?"

닐슨이 가게 주인에게 물었다.

"생각도 마시오. 포경선에서 임금을 지불하려면 두어 해는 있어야 할 거고 그때쯤이면 아마 레드는 그녀와 관련된 모든 것을 까맣게 잊어버릴 테니까요. 처음에 깨어났을 때야 거의 미칠 지경이겠지요. 납치당한 것을 알고는 누군가와 싸움질도 하리란 것은 의심의 여지가 없을 겁니다. 하지만 얼마 안 가 그는 히죽거리고 다니면서 납치당한 것을 잊고 지낼 겁니다. 한 달도 지나지 않아서 어쩌면 그 섬에서 빠져나오게 된 것이 다행이었다고 생각하게 될지도 모르지요."

그러나 닐슨은 그 이야기를 뇌리에서 떨쳐 버릴 수 없었다. 아마 닐슨이 병자이고 몸이 약해진 까닭에 레드의 눈부시게 건강한 육체 이야기도 한몫을 했으리라. 그 자신이 못생기고 보잘것없는 체구인지라 다른 사람의 아름다움에 대해서는 침을 튀겨 칭찬했을 것이다. 그는 일찍이 누군가를 그렇게 열렬히 사랑해 본 적도, 그런 사랑을 받아 본 적도 없었다. 그런 까닭에 두 젊은이의 사랑 이야기는 그에게 상상할 수 없는 희열을 느끼게 했다. 이야말로 완벽한 절대적인 아름다움 그 자체였다.

그는 개울가의 오두막으로 들어갔다. 닐슨은 원래 언어에 대한 재능이 있었고, 또한 열심히 노력하는 사람이어서 이미 지역 방언에 대한 상당한 공부를 하고 있었다. 그가 가진 이 오랜 습관은 대단한 것이었고, 그는 마침 사모아 언어에 대한 자료들을 수집하고 있던 중이었다. 살리와 함께 살고 있던 늙은 노파는 그를 안으로 받아들여 주었고, 그는 자리를 잡고 앉았다. 노파는 그에게 음료수로 '카바'(폴리네시아 특산인 카바카 바카주)를 내어주었고 담배도 주었다. 노파는 수다를 늘어놓을 수 있는 상대가 생긴 것을 기뻐했고, 닐슨은 노파가 수다를 떠는 동안 살리를 바라보았다. 그녀는 나폴리 박물관에 있는 프시케(그리스 신화에서 에로스에게 사랑받던 미소녀. '사이키' 라고도 불린다) 상을 떠올리게 했다. 그녀의 얼굴은 프시케 상처럼 깎아 놓은 듯한 이목구비를 하고 있었다. 아이를 낳은 적이 있다고는 하나 그녀는 여전히 처녀처럼 보였다.

두 번인가 세 번을 만난 후에야 비로소 살리는 그에게 입을 열었다. 그러나 그녀가 물어 온 것은 아피아의 거리에서 혹시 레드라는 남자를 만난 적이 있는가 하는 것뿐이었다. 레드가 사라져 버린 지 2년이나 지났지만 그때까지도 레드를 그리워하고 있는 것이 분명했다.

닐슨이 살리를 사랑하고 있다는 것을 깨닫게 된 것은 얼마 지나지 않아서였다. 날마다 살리의 오두막이 있는 개울 너머로 가지 않은 유일한 이유는 그의 인내심 때문이었다. 살리와 함께 있지 않은 순간에도 그의 생각은 늘 살리 곁에 머물고 있었다. 처음에는 이제 머지않아 죽을 목숨이니 그녀를 한 번만 보았으면 했었고, 그녀의 목소리를 듣는 것만으로도 그녀에 대한 사랑은 그를 행복하게 했다. 순수한 사랑 그 자체만으로도 기뻐했다. 그가 바라는 것은 오로지 우아한 여인인 살리의 주변을 거미줄처럼 아름다운 상상의 줄로 둘러싸는 것뿐이었다.

그런데 맑은 공기와, 한결같은 기온과, 휴식과, 검소한 음식은 그의 건강에 전혀 뜻밖의 결과를 가져오기 시작했다. 예전처럼 갑자기 체온이 오르는 일도 없어졌고 기침도 많이 준데다 체중도 늘어났다. 6개월 동안 한 번도 각혈을 하지 않았고, 닐슨은 어쩌면 좀 더 오래 살게 될지도 모른다는 생각을 하게 되었다. 닐슨은 자신의 병에 대해서 자세히 알아본 결과, 충분한 주의만 하면 병이 더 악화되지 않을 수 있다는 희망을 발견하였다. 다시 한번 미래에 대해 기대할 수 있게 된 것에 마음이 유쾌해졌다.

그는 계획을 짰다. 그것은 어떤 활동적인 생활도 문제 없다는 증거였지만, 그러나 그는 섬에서 계속 살기로 했다. 그의 수입은 그리 많지 않아서 어떤 곳에서도 충분치 않을 것이었지만 그래도 그가 생활하는 데는 지장이 없을 만큼은 넉넉할 것이다. 야자수를 길러서 그것으로 직업을 삼을 수도 있을 것이다. 책과 피아노도 가져오기로 하자. 그러나 그의 이런 성급한 마음은 결국 이런 모든 것들이 자신을 괴롭히고 있는 한 가지 열망으로부터 자신을 속이고 있는 것이란 걸 그는 알고 있었다.

그는 살리를 원하고 있는 것이다. 그가 사랑하고 있는 것은 그녀의 육체적 아름다움이 아니라 그녀의 고뇌에 찬 눈빛 너머에서 그가 발견한 신성하고도 깊은 그녀의 영혼이었다. 그는 그의 열정으로 살리를 사로잡고 싶었다. 마침내는 그녀가 레드를 잊도록 하고 싶었다. 사랑의 환희 속에서, 그는 그가 예전에는 결코 알지 못했지만 이제는 기적적으로 이루질 것 같은, 그 행복을 그녀에게 가져다주는 환상을 꿈꾸었다.

그는 살리에게 함께 살자고 청혼했다. 그녀는 거절했다. 그는 예상하고 있던 일이라 그리 실망하지 않았다. 그는 조만간 그녀가 그의 청을 받아들일 것이라고 확신했다. 그의 사랑은 지치지 않는 사랑이었다. 그는 노파에게 그가 바라는 바를 이야기했다. 그리고 그는 그 과정에서 노파와 그 이웃들이 그의 청혼을 받아들이라고 강력하게 권하고 있다는 것도 알아냈다.

대부분의 경우 원주민들은 백인과 사는 것을 좋아하고 있었고, 섬에서의 표준적인 기준에 따르자면 닐슨은 부자이기도 했던 것이다. 닐슨이 묵고 있던 가게의 주인은 살리를 찾아가 괜히 어리석은 고집을 부리지 말라고 조언했다. 이처럼 좋은 기회는 다시 오지 않을 것이다, 이렇게 오래 기다려도 오지 않는 레드를 언제까지나 기다릴 것이냐는 것이었다.

살리의 저항은 오히려 닐슨의 열망을 불태웠다. 처음에는 아무것도 바라지 않던 순순한 사랑이었지만 지금은 오히려 고통스러운 열정으로 변해 가고 있었다. 아무것도 그의 앞길을 가로막지 못하게 할 것이라고 그는 결심했다. 그는 살리에게 쉴 틈을 주지 않았다. 그의 끈질김과 설득, 그리고 그녀 주위 모든 사람들의 간청과 부아로 인해 마침내는 그녀도 동의하고야 말았다.

그 일이 있은 다음 날, 그가 살리를 만나러 내려갔더니 밤사이에 살리는 레드와 함께 살았던 오두막을 불살라 버렸다. 늙은 노파가 잔뜩 화가 나서 살리에게 대들었으나 닐슨은 노파를 말렸다. 상관없다, 오두막이 서 있던 자리에 새로 방갈로를 세우면 된다고 설득했다. 그가 피아노와 책들을 가지고 온다면 오두막보다야 유럽식의 집이 실제로 더 편할 것이었다.

이렇게 해서 그가 지금까지 살아온 작은 목조 건물이 세워졌다. 그리고 살리는 그의 아내가 되었다. 그러나 그녀가 그와 결혼하였다는 사실에 만족했던 초기 몇 주간의 황홀한 시간이 지나고 나자 그는 더 이상 행복하지 않았다. 그녀는 단지 그녀의 껍데기만 그에게 맡긴 것이었을 뿐, 그를 전혀 존경하지도 않았다. 그가 흐릿하고 어렴풋하게나마 보아왔던 그녀의 영혼은 그에게서 달아나고 없었다.

닐슨은 살리가 자신을 전혀 사랑하지 않는다는 것을 알았다. 그녀는 여전히 레드를 사랑했고, 모든 시간을 그가 돌아오기를 기다리는 데 바쳤다. 레드가 돌아오는 조짐이라도 보이면, 그동안 그가 쏟아 부은 사랑이나 동정이나 관대함이나 이런 것들은 아무 소용도 없이, 그녀는 한순간의 망설임도 없이 레드에게 돌아가 버릴 것이었다. 그녀는 닐슨의 절망에 대해서는 전혀 생각지도 않았다.

닐슨은 가슴이 시렸다. 그래서 자신을 완강히 거부하는 살리의, 도저히 뚫고 들어갈 틈이 없는 그 자아를 깨뜨려 보려고 애썼다. 그의 사랑은 점점 더 쓰디쓴 것으로 변해갔다. 그는 친절을 다해 그녀의 마음을 녹여 보려고 애를 썼지만 그녀의 가슴은 예전과 마찬가지로 단단하기만 했다. 그는 무관심한 척 가장도 해 보았지만 살리는 신경도 쓰지 않았다. 어떤 때는 그는 이성을 잃고 그녀를 심하게 모욕하기도 했지만, 그녀는 조용히 눈물만 흘릴 뿐이었다. 가끔씩 그는 그녀가 아무것도 아닌 허깨비일 뿐이라고 생각하기도 했다. 그녀의 영혼이란 단지 그 자신이 지어낸 것일 뿐이고, 그가 그녀 마음의 지성소에 들어가지 못하는 것은 진짜로 지성소가 없기 때문일 것이라고 생각하기도 했다.

그의 사랑은 그가 오랫동안 도망쳐 나오고자 애쓰는 감옥으로 변해갔다. 그러나 그는 감옥 문을 열고 나설 용기가—단지 필요한 것은 그것뿐이었지만—, 그 문을 열고 바깥 세상으로 나올 용기가 없었다. 그것은 고문이었다. 마침내 그도 무감각해졌고 희망도 사라졌다. 끝내 사랑의 열정은 스스로 사위고 말았다. 외나무다리 위에서 그녀와 눈이 잠깐 마주칠 때조차도 그의 마음은 열정이 아니라 짜증으로 가득 찼다. 오늘에 이르기까지 오랜 시간을 그들은 습관과 편의에 묶여 계속 살아왔다. 이제는 옛날의 열정을 되돌아보며 그는 미소를 짓는다. 섬에서는 여자는 빨리 나이 들어 버리는 법이라, 그녀도 이제는 늙었다. 그가 더 이상 그녀를 사랑하지 않는다손 치더라도 그에게는 이제 관용이 있다. 그녀는 그를 홀로 내버려 두었고, 그는 책들과 피아노만으로도 만족할 줄 알았다.

이런 생각들을 하다가 닐슨은 몇 마디 더 말하고 싶어졌다.

"지금에 와서 레드와 살리의 짧고도 뜨거웠던 사랑을 되돌아보면, 두 사람의 사랑이 한창 최고조에 이르렀을 그때, 두 사람을 갈라놓은 무자비한 운명에 대해 어쩌면 두 사람은 감사해야 하는 게 아닌가 싶어요. 두 사람은 고통을 받았지만, 그러나 그 고통조차도 아름다운 것이었지요. 그들은 사랑의 진정한 비극으로부터는 자유로울 수 있었으니까요."

"뭘 말하자는 건지 잘 모르겠소만……."

선장이 말했다.

"사랑의 비극은 죽음이나 이별이 아닙니다. 만약 두 사람이 계속 같이 있었다면, 둘 중 한 사람의 사랑이 식어 버리는 데 어느 정도의 시간이 걸렸을 거라고 생각하십니까? 오, 몸과 영혼을 다 바쳐 사랑한 여자가, 한순간도 눈에서 떼어 놓는 것을 견딜 수 없을 만큼 사랑했던 그 여자가, 이제는 전혀 대수롭지 않은 존재로 바뀌어 버리는 것은 견딜 수 없을 만큼 고통스러운 일이랍니다. 사랑의 비극은 바로 무관심이지요."

그런데 닐슨이 이야기를 하고 있는 동안에 아주 이상한 일이 일어났다. 그때까지 선장을 향해 이야기를 하면서도 사실 닐슨은 선장에게 이야기를 한 것이 아니라 자신을 위해 자신의 생각을 말로 바꾸어 놓았던 것이고, 눈은 눈앞의 남자를 향해 있었지만 사실은 바라보고 있지도 않았던 것이다. 그런데 지금 한 가지 이미지가 떠올랐다. 그 이미지는 지금 눈앞에 보고 있는 남자의 이미지가 아니라 또 다른 남자의 이미지였다. 그것은 마치 어떤 사물을 엄청나게 크게도 만들고 짧게도 만드는 마법의 거울을 들여다보는 것과 같았다. 그런데 지금은 정반대의 경우로 추하고 늙은 남자의 모습에서 어떤 젊은이의 모습이 그림자처럼 얼핏 비쳤던 것이다.

닐슨은 선장을 재빨리, 그러나 찬찬히 살펴보았다. 아무렇게나 발걸음을 옮겼을 이 남자가 곧장 이곳으로 온 것은 무슨 까닭일까? 갑작스럽게 심장이 두근거리며 숨이 탁 막혀 왔다. 바보 같은 의문 하나가 머리를 스쳤다. 이런 말도 안되는 일이 어떻게 있을 수 있나? 그러나 어쩌면 사실일지도 모를 일.

"당신 이름이 뭐요?"

갑작스럽게 닐슨은 질문을 던졌다. 선장의 얼굴이 일그러지더니 느물거리며 쿡쿡 웃기 시작했다. 그러자 그는 돼먹지 못한 천박한 사내처럼 보였다.

"내 이름 들어 본 게 빌어먹을 만큼 옛날 옛적의 일이라 나도 내 이름은 잊어 버렸소. 하지만 삼십 년 전, 이 부근 섬에서는 다들 날 보고 '레드'라고 부릅디다."

그 거대한 덩치를 건들거리며 그는 소리 없이 웃고 있었다. 불쾌한 짓이었다. 닐슨은 소름이 끼쳤다. 레드는 무척이나 재미있어 했다. 그의 충혈된 눈에서 눈물이 흘러내렸다.

닐슨은 숨이 막혀 왔다. 그때 한 여자가 들어왔다. 그 여자는 원주민이었는데, 다소 위엄이 있는 여자였다. 몸집이 있기는 하나 뚱뚱한 편은 아니었고, 나이에 어울리는 원주민 특유의 짙은 피부였으며, 머리는 회색빛이었다. 그녀는 검정색 실내복을 입고 있었는데 얇은 천 아래로 풍만한 가슴이 금방 눈에 띄었다. 기다렸던 순간이 온 것이다.

그녀는 뭔가 집안일에 대한 것들을 닐슨에게 물었고 닐슨이 대답을 했다. 닐슨은 자신이 느끼는 것처럼, 아내도 자신의 목소리를 부자연스럽게 느끼는 것은 아닐까 걱정했다. 그녀는 창가의 의자에 앉아 있는 남자에게 무심한 눈길을 한번 던지고는 밖으로 나가 버렸다. 기다려왔던 그 순간이 왔고, 그 순간이 이제 지나갔다.

닐슨은 한동안 아무런 말도 할 수 없었다. 그는 심하게 떨고 있었다. 드디어 그가 말했다.

"여기 잠시 머물면서 저와 함께 저녁을 드시면 좋겠습니다. 운을 한번 시험해 보지요."

"됐소. 그럴 생각은 없소."

레드가 대답했다.

"난 그레이 씨에게 금방 가보아야 하오. 그에게 물건들도 넘겨야 하고……. 그리고 나면 나는 떠날 거요. 내일까지는 아피아로 돌아가고 싶소."

"제가 꼬마 하나를 보내서 길을 안내해 드리도록 하지요."

"그래 주면 고맙지요."

레드가 의자에서 무거운 몸을 일으키는 동안, 스웨덴 사람은 농장에서 일하는 소년 하나를 불렀다. 그는 소년에게 선장이 가려고 하는 곳을 일러 주었고, 소년은 다리 쪽으로 먼저 앞장을 섰다. 레드는 소년을 따라갈 준비를 했다.

"떨어지지 않게 조심하세요."

닐슨이 말했다.

"걱정 붙들어 매쇼."

닐슨은 그가 다리를 건너는 것을 지켜보았다. 그가 야자수 숲 너머로 사라질 때까지 그를 바라보았다. 그러고 나서 그는 의자 깊숙이 몸을 묻었다. 나의 행복을 방해했던 것이 저 남자였단 말인가? 살리가 오랜 세월을 두고 사랑해 왔고 기다려 왔던 남자가 바로 저 사람이란 말인가? 갑작스런 분노가

치밀어 올라, 자리를 박차고 일어나 주변에 있는 것들을 닥치는 대로 부서 버리고 싶은 충동을 느꼈다.

그는 속은 기분이었다. 두 사람은 마침내 서로를 만났다. 그런데 그들은 서로를 알아보지 못했다. 닐슨은 웃음을 터뜨리기 시작했다. 그것은 서글픈 웃음이었고, 그 웃음소리는 점점 커져서 마침내는 신경질적인 웃음으로 바뀌었다. 신들이 이런 잔인한 속임수로 그를 가지고 논 것이다. 그리고 그는 이미 늙어 버렸다.

이윽고 살리가 들어와서 저녁 식사가 준비되었다고 일러 주었다. 그는 살리와 마주 앉아 저녁을 먹기 시작했다. 만약 좀 전에 의자에 앉아 있던 그 남자가 젊은 날부터 일편단심 기다려온 당신의 연인이라고 말해 준다면 그녀는 무엇이라고 말할 것인지 궁금했다. 옛날, 그녀가 자신을 불행하게 만들었기 때문에 그녀를 원망하던 시절이었다면, 그는 기꺼이 그녀에게 죄다 이야기를 해 주었을 것이다. 증오야말로 그의 유일한 사랑법이었던 까닭에, 그는 자신이 상처받은 것처럼 그녀도 상처받기를 원했었을 것이다. 그러나 지금은 아무 상관없다. 닐슨은 아무렇지 않은 듯 어깨를 한번 움찔거렸다.

"아까 그분은 왜 오신 건가요?" 살리가 물어 왔다.

닐슨은 금방 대답하지 않았다. 그녀는 너무 늙었다. 뚱뚱하고 나이 든 원주민 여자였다. 그는 자신이 왜 그렇게 미친 듯이 그녀를 사랑했었는지를 잘 알 수가 없었다. 그는 그 영혼의 모든 보물들을 그녀의 발 앞에 바쳤으나, 그녀는 그런 것들에는 눈길도 주지 않았었다. 헛되고, 헛되고, 헛되도다! 그런데 지금은 그녀를 바라볼 때 경멸밖에는 느껴지는 것이 없었다. 그의 인내심도 이제는 바닥을 드러내 버린 것이었다. 닐슨은 살리의 질문에 대답했다.

"그는 범선의 선장인데, 아피아에서 오는 길이라더군."

"네."

"그 사람이 고향에서 소식을 가져왔어. 제일 큰 형님이 위독하시다는군. 고향으로 돌아가야겠어."

"오래 걸릴 것 같아요?"

닐슨은 어깨를 으쓱해 보였다.

지난 사랑은 지났으므로 아름다운 것

　죽도록 사랑했던 사람이, 오랜 세월이 흐른 뒤에 전혀 다른 모습으로 나타났을 때의 기분은 어떨까. 더구나 그에게서 예전의 사랑스러운 모습은 털끝만큼도 찾아볼 수 없고, 오히려 비열하고 세속적인 모습이라면 그 실망감은 이루 말할 수 없을 것이다. 이 소설을 읽은 사람이라면 분명 이런 의문에 도달할 것이다. 사랑은 영원한 것인가?

　사랑에 빠진 사람은 이 단순한 명제를 믿고 싶을 것이다. 그러나 안타깝게도, 연인들의 사랑에 있어서 한 존재에 대한 영원한 사랑이란 없다. 영원한 사랑이란 한 존재에 대한 사랑의 기억일 뿐, 그에 대한 사랑 자체가 영원한 것은 아니다. 그런 의미에서 보자면, 사랑은 가장 사치스런 언어로 치장된 기만이며 고통일지도 모른다.

　적어도 사랑을 하는 동안에는 고통조차 아름다워 보인다. 더구나 우연한 기회에 운명적인 만남을 갖고, 한 사람을 향한 사랑이 죽음보다 깊을 때, 두 사람의 사랑은 영원히 변하지 않을 것처럼 보인다. 하지만 사랑은 변한다. 역설적이게도 그것은 사랑하고 싶고, 사랑 받고 싶은 인간의 욕망이 영원하기 때문이다.

　시간은 모든 것을 변화시킨다. 시간은 한 사람에 대한 사랑의 기억까지 변화시키고, 그럴 듯하게 포장하며, 마침내 지나간 모든 것을 아름다운 환상으로 만들어 버린다. 소설 속에 나오는 세 사람의 등장인물은 적어도 한때, 자신의 모든 것을 내던져 사랑했다. 그리고 세월이 흘렀다.

이제 처녀는 뚱뚱하고 보잘것없는 원주민 여자로 변해 있고, 그의 연인은 세속적이며 볼품없는 선장으로 돌아왔다. 물론 두 사람의 사랑은 아름다웠을 것이다. 하지만 그들의 사랑이 아름다울 수 있었던 것은, 여인의 두번째 남편인 닐슨의 추억의 통해서이다. 그는 감성적인 남자였지만, 이제는 자신이 키워 온 환상을 버릴 수 있을 만큼 변해 있고, 결국엔 큰 형님의 병을 핑계로 여자 곁을 떠나려 한다. 그는 오래전에 있었던 한 연인의 사랑을 스스로의 상상 속에서 과장하고 있었던 것이다.

그를 지탱해 온 힘은 아마도 질투가 아니었을까. 질투가 강한 남자는 자신의 경쟁자가 죽기를 바라지만, 자존심이 강한 남자는 경쟁자가 구차하게 살아남아 자신에게 무릎 꿇는 것을 목격하고 싶어 한다. 닐슨은 그것을 눈으로 확인했고, 그럼으로써 한 여자를 사랑할 이유가 사라져 버렸다.

또다시 우리는 사랑이란 이렇게 가벼운 것인가, 라는 의문을 가져야 한다. 하지만 사랑이 헛되고, 헛된 것이라고는 말할 수 없다. 어쩌면 니체의 말대로 한 사람만을 사랑한다는 것이 일종의 야만 행위일지도 모르기 때문이다.

주요섭

사랑 손님과 어머니

주요섭(1902-1972)

호 여심(餘心). 평양 출생. 상하이 후장대학 졸업, 스탠퍼드 대학 교육학 석사과정 이수. 단편 「깨어진 항아리」로 문단에 데뷔한 후 「인력거꾼」 「살인」 「사랑 손님과 어머니」 「아네모네 마담」 등 여러 편의 작품을 발표하였다. 초기에는 휴머니즘을 바탕으로 한 리얼리즘 작품을, 중기에는 인간의 내면세계를 추구한 자연주의적 경향의 작품을, 말기에는 사회고발적인 현실의식을 짙게 풍기는 작품들을 썼다.

사랑 손님과 어머니

나는 금년 여섯 살 난 처녀애입니다. 내 이름은 박
옥희이구요. 우리집 식구라고는 세상에서 제일 이쁜 우리 어
머니와 단 두 식구뿐이랍니다. 아차 큰일났군, 외삼촌을 빼
놓을 뻔했으니.

지금 중학교에 다니는 외삼촌은 어디를 그렇게 싸돌아다니
는지 집에는 끼니 때나 외에는 별로 붙어 있지를 않으니까 어
떤 때는 한 주일씩 가도 외삼촌 코빼기도 못 보는 때가 많으
니까요, 깜빡 잊어버리기도 예사지요, 무얼.

우리 어머니는, 그야말로 세상에서 둘도 없이 곱게 생긴 우
리 어머니는, 금년 나이 스물네 살인데 과부랍니다. 과부가
무엇인지 나는 잘 몰라도 하여튼 동리 사람들은 날더러 '과

부딸' 이라고들 부르니까 우리 어머니가 과부인 줄을 알지요. 남들은 다 아버지가 있는데 나만은 아버지가 없지요. 아버지가 없다고 아마 '과부딸' 이라나 봐요.

2

외할머니 말씀을 들으면 우리 아버지는 내가 이 세상에 나오기 한 달 전에 돌아가셨대요. 우리 어머니하고 결혼한 지는 일 년만이고요. 우리 아버지의 본집은 어디 멀리 있는데, 마침 이 동리 학교에 교사로 오게 되기 때문에 결혼 후에도 우리 어머니는 시집으로 가지 않고 여기 이 집을 사고 (바로 이 집은 우리 외할머니댁 옆집이지요) 여기서 살다가 일 년이 못 되어 갑자기 돌아가셨대요. 내가 세상에 나오기도 전에 아버지는 돌아가셨다니까 나는 아버지 얼굴도 못 뵈었지요. 그러기에 아무리 생각해 보아도 아버지 생각은 안 나요. 아버지 사진이라는 사진은 나두 한두 번 보았지요. 참말로 훌륭한 얼굴이야요. 아버지가 살아 계시다면 참말로 이 세상에서 제일가는 잘난 아버지일 거야요. 그런 아버지를 보지도 못한 것은 참으로 분한 일이야요. 그 사진도 본 지가 퍽 오래되었는데, 이전에는 그 사진을 늘 어머니 책상 위에 놓아두시더니 외할머니가 오시면 오실 때마다 그 사진을 치우라고 늘 말씀하셨는데, 지금은 그 사진이 어디 있는지 없어졌어요. 언젠가 한번 어머니가 나 없는 동안에 몰래 장롱 속에서 무엇을 꺼내

보시다가 내가 들어오니까 얼른 장롱 속에 감추는 것을 보았는데, 그것이 아마 아버지 사진인 것 같았어요.

아버지가 돌아가시기 전에 우리가 먹고 살 것을 남겨 놓고 가셨대요. 작년 여름에, 아니로군, 가을이 다 되어서군요. 하루는 어머니를 따라서 저 여기서 한 십 리나 가서 조그만 산이 있는 데를 가서 거기서 밤도 따 먹고 또 그 산 밑에 초가집에 가서 닭고깃국을 먹고 왔는데, 거기 있는 땅이 우리 땅이래요. 거기서 나는 추수로 밥이나 굶지 않게 된다고요. 그래도 반찬 사고 과자 사고 할 돈은 없대요. 그래서 어머니가 다른 사람의 바느질을 맡아서 해 주지요. 바느질을 해서 돈을 벌어서 그걸로 청어도 사고 달걀도 사고 또 내가 먹을 사탕도 사고 한다고요.

그리고 우리집 정말 식구는 어머니와 나와 단둘뿐인데 아버님이 계시던 사랑방이 비어 있으니까 그 방도 쓸 겸 또 어머니의 잔심부름도 좀 해 줄 겸해서 우리 외삼촌이 사랑방에 와 있게 되었대요.

3

금년 봄에는 나를 유치원에 보내 준다고 해서 나는 너무나 좋아서 동무 아이들한테 실컷 자랑을 하고 나서 집으로 들어오노라니까 사랑에서 큰외삼촌이 (우리집 사랑에 와 있는 외삼촌의 형님 말이야요) 웬 낯선 사람 하나와 앉아서 이야기를 하고 있었습니다. 큰외삼촌이 나를 보더니 '옥희야' 하고 부르겠지요.

"옥희야, 이리 온. 와서 이 아저씨께 인사드려라."

나는 어쩐 부끄러워서 비슬비슬하니까, 그 낯선 손님이,

"아, 그 애기 참 곱다. 자네 조카딸인가?"

하고 큰외삼촌더러 묻겠지요. 그러니까 외삼촌은,

"응, 내 누이의 딸…… 경선 군의 유복녀 외딸일세."

하고 대답합니다.

"옥희야, 이리 온, 응! 그 눈은 꼭 아버지를 닮았네그려."

하고 낯선 손님이 말합니다.

"자, 옥희야, 커단 처녀가 왜 저 모양이야. 어서 와서 이 아저씨께 인사해여. 너의 아버지의 옛날 친구신데 오늘부터 이 사랑에 계실 텐데 인사 여쭙고 친해 두어야지."

나는 이 낯선 손님이 사랑방에 계시게 된다는 말을 듣고 갑자기 즐거워졌습니다. 그래서 그 아저씨 앞에 가서 사붓이 절을 하고는 그만 안마당으로 뛰어들어왔지요. 그 낯선 아저씨와 큰외삼촌은 소리를 내서 크게 웃더군요.

나는 안방으로 들어오는 나름으로 어머니를 붙들고,

"엄마, 사랑방에 큰삼춘이 아저씨를 하나 데리구 왔는데에, 그 아저씨가아, 이제 사랑에 있는대."

하고 법석을 하니까,

"응, 그래."

하고 어머니는 벌써 안다는 듯이 대수롭잖게 대답을 하더군요. 그래서 나는,

"언제부텀 와 있나?"

하고 물으니까,

"오늘부텀."

"에구 좋아."

하고 내가 손뼉을 치니까 어머니는 내 손을 꼭 붙잡으면서,

"왜 이리 수선이야."

"그럼 작은외삼춘은 어디루 가나?"

"외삼춘두 사랑에 계시지."

"그럼 둘이 있나?"

"응."

"한방에 둘이 있어?"

"왜, 장지문 닫구 외삼춘은 아랫방에 계시구 그 아저씨는 윗방에 계시구, 그러지."

4

나는 그 아저씨가 어떠한 사람인지는 몰랐으나 첫날부터 내게는 퍽 고맙게 굴고 나도 그 아저씨가 꼭 마음에 들었어요. 어른들이 저희끼리 말하는 것을 들으니까 그 아저씨는 돌아가신 우리 아버지와 어렸을 적 친구라고요. 어디 먼 데 가서 공부를 하다가 요새 돌아왔는데, 우리 동리 학교 교사로

오게 되었대요. 또 우리 큰외삼촌과도 동무인데, 이 동리에는
하숙도 별로 깨끗한 곳이 없고 해서 우리 사랑으로 와 계시게
되었다고요. 또 우리도 그 아저씨한테서 밥값을 받으면 살림
에 보탬도 좀 되고 한다고요.

그 아저씨는 그림책들이 얼마든지 있어요. 내가 사랑방으
로 나가면 그 아저씨는 나를 무릎에 앉히고 그림책들을 보여
줍니다. 또 가끔 과자도 주고요.

어느 날은 점심을 먹고 이내 살그머니 사랑에 나가 보니까
아저씨는 그때에야 점심을 잡수셔요. 그래 가만히 앉아서 점
심 잡수는 걸 구경하고 있노라니까, 아저씨가,

"옥희는 어떤 반찬을 제일 좋아하누?"

하고 묻겠지요. 그래 삶은 달걀을 좋아한다고 했더니 마침
상에 놓인 삶은 달걀을 한 알 집어 주면서 나더러 먹으라고
합니다. 나는 그 달걀을 벗겨 먹으면서,

"아저씨는 무슨 반찬이 제일 맛나우?"

하고 물으니까, 그는 한참이나 빙그레 웃고 있더니,

"나두 삶은 달걀."

하겠지요. 나는 좋아서 손뼉을 짤깍짤깍 치고,

"아, 나와 같네. 그럼, 가서 어머니한테 알려야지."

하면서 일어서니까, 아저씨가 꼭 붙들면서,

"그러지 말어."

그러시지요. 그래도 나는 한번 맘을 먹은 다음엔 꼭 그대로

하고야 마는 성미지요. 그래 안마당으로 뛰쳐들어가면서,

"엄마, 엄마, 사랑 아저씨두 나처럼 삶은 달걀을 제일 좋아한대."

하고 소리를 질렀지요.

"떠들지 말어."

하고 어머니는 눈을 흘기십니다.

그러나 사랑 아저씨가 달걀을 좋아하는 것이 내게는 썩 좋게 되었어요. 그것은 그 다음부터는 어머니가 달걀을 많이씩 사게 되었으니까요. 달걀장수 노친네가 오면 한꺼번에 열 알도 사고 스무 알도 사고 그래선 두고두고 삶아서 아저씨 상에도 놓고 또 으레 나도 한 알씩 주고 그래요. 그뿐만 아니라 아저씨한테 놀러 나가면 가끔 아저씨가 책상 서랍 속에서 달걀을 한두 알 꺼내서 먹으라고 주지요. 그래 그 담부터는 나는 아주 실컷 달걀을 많이 먹었어요.

나는 아저씨가 아주 좋았어요. 하지마는 외삼촌은 가끔 툴툴하는 때가 있었어요. 아마 아저씨가 마음에 안 드나 봐요. 아니, 그것보다도 아저씨 상 심부름을 꼭 외삼촌이 하게 되니까 그것이 싫어서 그러나 봐요. 한번은 어머니와 외삼촌이 말다툼하는 것까지 내가 들었어요. 어머니가,

"야, 또 어디 나가지 말구 사랑에 있다가 선생님 들어오시거든 상 내가야지."

하고 말씀하시니까, 외삼촌은 얼굴을 찡그리면서,

"제길, 남 어디 좀 볼일이 있는 날은 으레 끼니 때에 안 들어오고 늦어지니……."

하고 툴툴하겠지요. 그러니까 어머니는,

"그러니 어짜갔니? 너밖에 사랑 출입할 사람이 어디 있니?"

"누님이 좀 상 들구 나가구려. 요샛세상에 내외합니까!"

어머니는 갑자기 얼굴이 발개지시고 아무 대답도 없이 그냥 외삼촌에게 향하여 눈을 흘기셨습니다.

그러니까 외삼촌은 홍홍 웃으면서 사랑으로 나갔지요.

5

나는 유치원에 가서 창가도 배우고 댄스도 배우고 하였습니다. 유치원 여자 선생님이 풍금을 아주 썩 잘 타요. 그런데 우리 유치원에 있는 풍금은 우리 예배당에 있는 풍금과는 아주 다른데, 퍽 조그마한 것이지마는 소리는 썩 좋아요. 그런데 우리집 윗간에도 유치원 풍금과 꼭같이 생긴 것이 놓여 있는 것이 갑자기 생각이 났어요. 그래 그날 나는 집으로 오는 길로 어머니를 끌고 윗간으로 가서,

"엄마, 이거 풍금 아니우?"

하고 물으니까, 어머니는 빙그레 웃으시면서,

"그렇단다. 그건 어찌 알았니?"

"우리 유치원에 있는 풍금이 이것과 꼭 같은데 무얼. 그럼

274

엄마두 풍금 탈 줄 아우?'

하고 나는 다시 물었습니다. 그것은 내가 이때껏 한 번도 어머니가 이 풍금 앞에 앉은 것을 본 일이 없기 때문입니다.

어머니는 아무 대답도 아니하십니다.

"엄마, 이 풍금 좀 타봐!"

하고 재촉하니까, 어머니 얼굴은 약간 흐려지면서,

"그 풍금은 너의 아버지가 날 사다 주신 거란다. 너의 아버지 돌아가신 후에는 그 풍금은 이때까지 뚜껑두 한 번 안 열어 보았다……."

이렇게 말씀하시는 어머니 얼굴을 보니까 금방 또 울음보가 터질 것만 같이 보여서 나는 그만,

"엄마, 나 사탕 주어."

하면서 아랫방으로 끌고 내려왔습니다.

6

아저씨가 사랑방에 와 계신 지 벌써 여러 밤을 잔 뒤입니다. 아마 한 달이나 되었지요. 나는 거의 매일 아저씨 방에 놀러 갔습니다. 어머니는 나더러 그렇게 가서 귀찮게 굴면 못쓴다고 가끔 꾸지람을 하시지만 정말인즉 나는 조금도 아저씨를 귀찮게 굴지는 않았습니다. 도리어 아저씨가 나를 귀찮게 굴었지요.

"옥희 눈은 아버지를 닮았다. 고 고운 코는 아마 어머니를

닮었지, 고 입하고! 웅, 그러냐, 안 그러냐? 어머니도 옥희처럼 곱지, 웅?'

이렇게 여러 가지로 물을 적도 있었습니다. 그래서 나는,

"아저씨, 입때 우리 엄마 못 봤수?"

하고 물었더니, 아저씨는 잠잠합니다. 그래 나는,

"우리 엄마 보러 들어갈까?'

하면서 아저씨 소매를 잡아당겼더니, 아저씨는 펄쩍 뛰면서,

"아니, 아니, 안 돼. 난 지금 분주해서."

하면서 나를 잡아끌었습니다. 그러나 정말로는 무슨 그리 분주하지도 않은 모양이었어요. 그러기에 나더러 가란 말도 않고 그냥 나를 붙들고 앉아서 머리도 쓰다듬어 주고 뺨에 입도 맞추고 하면서,

"요 저구리 누가 해 주지? ……밤에 엄마하구 한자리에서 자니?'

라는 둥 쓸데없는 말을 자꾸만 물었지요!

그러나 웬일인지 나를 그렇게도 귀애해 주던 아저씨도 아랫방에 외삼촌이 들어오면 갑자기 태도가 달라지지요. 이것저것 묻지도 않고 나를 꼭 껴안지도 않고 점잖게 앉아서 그림책이나 보여주고 그러지요. 아마 아저씨가 우리 외삼촌을 무서워하나 봐요.

하여튼 어머니는 나더러 너무 아저씨를 귀찮게 한다고 어

떤 때는 저녁 먹고 나서 나를 꼭 방 안에 가두어 두고 못 나가게 하는 때도 더러 있었습니다. 그러나 조금 있다가 어머니가 바느질에 정신이 팔리어서 골몰하고 있을 때 몰래 가만히 일어나서 나오지요. 그런 때에는 어머니는 내가 문 여는 소리를 듣고야 퍼뜩 정신을 차려서 쫓아와 나를 붙들지요. 그러나 그런 때는 어머니는 골은 아니 내시고,

"이리 온, 이리 와서 머리 빗고…….

하고 끌어다가 머리를 다시 곱게 땋아 주시지요.

"머리를 곱게 땋고 가야지. 그렇게 되는 대루 하구 가문 아저씨가 숭보시지 않니?"

하시면서, 또 어떤 때에는 머리를 다 땋아 주시고는,

"응, 저구리가 이게 무어냐?"

하시면서 새 저고리를 내어주시는 때도 있었습니다.

7

어떤 토요일 오후였습니다. 아저씨는 나더러 뒷동산에 올라가자고 하셨습니다. 나는 너무나 좋아서 가자고 그러니까, 아저씨가,

"들어가서 어머님께 허락 맡고 온."

하십니다. 참 그렇습니다. 나는 뛰쳐들어가서 어머니께 허락을 맡았습니다. 어머니는 내 얼굴을 다시 세수시켜 주고 머리도 다시 땋고 그리고 나서는 나를 아스러지도록 한번 몹시

껴안았다가 놓아주었습니다.

"너무 오래 있지 말고, 응."

하고 어머니는 크게 소리치셨습니다. 아마 사랑 아저씨도 그 소리를 들었을 거야요.

뒷동산에 올라가서는 정거장을 한참 내려다보았으나 기차는 안 지나갔습니다. 나는 풀잎을 쭉쭉 뽑아 보기도 하고 땅에 누운 아저씨의 다리를 가서 꼬집어 보기도 하면서 놀았습니다. 한참 후에 아저씨가 손목을 잡고 내려오는데 유치원 동무들을 만났습니다.

"옥희가 아빠하구 어디 갔다 온다, 응."

하고 한 동무가 말하였습니다. 그 아이는 우리 아버지가 돌아가신 줄을 모르는 아이였습니다. 나는 얼굴이 빨개졌습니다. 그때 나는 얼마나 이 아저씨가 정말 우리 아버지였더라면 하고 생각했는지 모릅니다. 나는 정말로 한 번만이라도,

"아빠!"

하고 불러 보고 싶었습니다. 그리고 그날 그렇게 아저씨하고 손목을 잡고 골목골목을 지나오는 것이 어찌도 재미가 좋았는지요.

나는 대문까지 와서,

"난 아저씨가 우리 아빠래문 좋겠다."

하고 불쑥 말했습니다. 그랬더니 아저씨는 얼굴이 홍당무처럼 빨개져서 나를 몹시 흔들면서,

"그런 소리 하문 못써."

하고 말하는데 그 목소리가 몹시 떨렸습니다. 나는 아저씨가 몹시 성이 난 것처럼 보여서 아무 말도 못 하고 안으로 뛰어들어갔습니다. 어머니가,

"어디까지 갔던?"

하고 나와 안으며 묻는데, 나는 대답도 못 하고 그만 훌쩍훌쩍 울었습니다. 어머니는 놀라서,

"옥희야, 왜 그러니? 응?"

하고 자꾸만 물었으나 나는 아무 대답도 못 하고 울기만 했습니다.

8

이튿날은 일요일인 고로 나는 어머니와 함께 예배당에를 가려고 차리고 나서 어머니가 옷을 갈아입는 동안 잠깐 사랑에를 나가 보았습니다. '아저씨가 아직두 성이 났나?' 하고 가만히 방 안을 들여다보았더니 책상에 앉아서 무엇을 쓰고 있던 아저씨가 내다보면서 빙그레 웃었습니다. 그 웃음을 보고 나는 마음을 놓았습니다. 아저씨가 지금은 성이 풀린 것이 확실하니까요. 아저씨는 나를 이리 보고 저리 보고 훑어보더니,

"옥희 오늘 어디 가노? 저렇게 곱게 채리구."

하고 물었습니다.

"엄마하고 예배당에 가."

"예배당에?"

하고 나서 아저씨는 잠시 나를 멍하니 바라다보더니,

"어느 예배당에?"

하고 물었습니다.

"요 앞에 예배당에 가지 뭐."

"응? 요 앞이라니?"

이때 안에서,

"옥희야."

하고 부드럽게 부르는 어머니 목소리가 들리었습니다. 나는 얼른 안으로 뛰어들어오면서 돌아다보니까, 아저씨는 또 얼굴이 빨갛게 성이 났겠지요. 내 원, 참으로 무슨 일로 요새는 아저씨가 그렇게 성을 잘 내는지 알 수 없었습니다.

예배당에 가서 찬미하고 기도하다가 기도하는 중간에 갑자기 나는, '혹시 아저씨두 예배당에 오지 않았나?' 하는 생각이 나서 눈을 뜨고 고개를 들어 남자석을 바라다보았습니다. 그랬더니 하, 바로 거기에 아저씨가 와 앉아 있겠지요. 그런데 아저씨는 어른이면서도 눈 감고 기도하지 않고 우리 아이들처럼 눈을 번히 뜨고 여기저기 두리번두리번 바라봅니다. 나는 얼른 아저씨를 알아보았는데 아저씨는 나를 못 알아보는지 내가 방그레 웃어 보여도 웃지도 않고 멀거니 보고만 있겠지요. 그래 나는 손을 흔들었지요. 그러니까 아저씨는 얼른 고개를 숙이고 말더군요. 그때에 어머니가 내가 팔 흔드는 것을 깨닫고 두 손으로 나를 붙들고 끌어당기더군요. 나는 어머니 귀에다 입을 대고,

"저기 아저씨두 왔어."

하고 속삭이니까 어머니는 흠칫하면서 내 입을 손으로 막고 막 끌어 잡아다가 앞에 앉히고 고개를 누르더군요. 보니까 어머니가 또 얼굴이 홍당무처럼 빨개졌군요.

그날 예배는 아주 젬병이었어요. 웬일인지 예배 다 끝날 때까지 어머니는 성이 나서 강대만 향하여 앞으로 바라보고 앉았고, 이전 모양으로 가끔 나를 내려다보고 웃는 일이 없었어요. 그리고 아저씨를 보려고 남자석을 바라다보아도 아저씨도 한 번도 바라다보아 주지 않고 성이 나서 앉아 있고, 어머니는 나를 보지도 않고 공연히 꽉꽉 잡아당기지요. 왜 모두들 그리 성이 났는지! 나는 그만 으아 하고 한번 울고 싶었어요. 그러나 바로 멀지 않은 곳에 우리 유치원 선생님이 앉아 있는 고로 울고 싶은 것을 아주 억지로 참았답니다.

9

내가 유치원에 입학한 후 처음 얼마 동안은 유치원에 갈 때나 올 때나 외삼촌이 바래다주었습니다. 그러나 여러 밤을 자고 난 뒤에는 나 혼자서도 넉넉히 다니게 되었어요. 그러나 언제나 내가 유치원에서 돌아오는 때면 어머니가 옆 대문(우

리 집에는 대문이 사랑 대문과 옆 대문 둘이 있어서 어머니는 늘 이 옆 대문으로만 출입하시는 것이었습니다) 밖에 기다리고 섰다가 내가 달음질쳐 가면, 안고 집 안으로 들어가곤 하는 것이었습니다.

그런데 하루는 어쩐 일인지 어머니가 대문간에 보이지를 않겠지요. 어떻게도 화가 나던지요. 물론 머릿속으로는, '아마 외할머니 댁에 가셨나 부다' 하고 생각했지마는 하여튼 내가 돌아왔는데 문간에서 기다리지 않고 집을 떠났다는 것이 몹시 나쁘게 생각되더군요. 그래서 속으로,

'오늘 엄마를 좀 곯려야겠다' 하고 생각하고 있는데, 옆 대문 밖에서,

"아이고, 애가 원 벌써 왔나?"

하는 어머니 목소리가 들리더군요. 그 순간 나는 얼른 신을 벗어 들고 안방으로 뛰어들어가서 벽장 문을 열고 그 속에 들어가서 숨어 버렸습니다.

"옥희야, 옥희 너, 여태 안 왔니?"

하는 어머니 목소리가 바로 뜰에서 나더니,

"여태 안 왔군."

하면서 밖으로 나가는 모양이었습니다. 나는 재미가 나서 혼자 흐흥흐흥 웃었습니다.

한참을 있더니 집에서는 온통 야단이 났습니다. 어머니 목소리도 들리고 외할머니 목소리도 들리고 외삼촌 목소리도

들리고!

"글쎄, 하루 종일 집이라곤 안 떠났다가 옥희 유치원 파하고 오문 멕일 과자가 없기에 어머님 댁에 잠깐 갔다 왔는데 고 동안에 이런 변이 생긴걸⋯⋯."

하는 것은 어머니 목소리.

"글쎄 유치원에서 벌써 이십 분 전에 떠났다는데 원, 중간에서⋯⋯."

하는 것은 외할머니 목소리.

"하여튼 내 나가서 돌아댕겨 볼웨다. 원 고것이 어딜 갔담?"

하는 것은 외삼촌의 목소리.

이윽고 어머니의 울음소리가 가늘게 들렸습니다. 외할머니는 무어라고 중얼중얼 이야기하는 모양이었습니다. '이젠 그만하고 나갈까?' 하고도 생각했으나, '지난 주일날 예배당에서 성냈던 앙갚음을 해야지' 하는 생각이 나서 나는 그냥 벽장 안에 누워 있었습니다. 벽장 안은 답답하고 더웠습니다. 그래서 이윽고 부지 중에 나는 슬며시 잠이 들고 말았습니다.

얼마 동안이나 잤는지요? 이윽고 잠을 깨어 보니 아까 내가 벽장 안으로 들어왔던 것은 잊어버리고 참 이상스러운 데에 내가 누워 있거든요. 어두컴컴하고 좁고 덥고⋯⋯ 나는 갑자기 무서운 생각이 나서 엉엉 울기 시작했지요. 그러자 갑자기

어디 가까운 데서 어머니의 외마딧소리가 나더니 벽장 문이
벌컥 열리고 어머니가 달려들어서 나를 안아 내렸습니다.

"요 망할 것아."

하면서 어머니는 내 엉덩이를 댓 번 때렸습니다. 나는 더욱
더 소리를 내서 울었습니다. 그때에는 어머니는 나를 끌어안
고 어머니도 따라 울었습니다.

"옥희야, 옥희야, 응 인젠 괜찮다. 엄마 여기 있지 않니, 응,
울지 마라, 옥희야. 엄마는 옥희 하나문 그뿐이다. 옥희 하나
만 바라구 산다. 난 너 하나문 그뿐이야. 세상 다 일이 없다.
옥희만 있으문 바라고 산다. 옥희야, 울지 마라. 응, 울지 마
라."

이렇게 어머니는 나더러 자꾸 울지 말라고 하면서도 어머
니는 그치지 않고 그냥 자꾸자꾸 울었습니다. 외할머니는,

"원 고것이 도깨비가 들렸단 말일까, 벽장 속엔 왜 숨는
담."

하고 앉아 있고, 외삼촌은,

"에, 재수, 메유다."

하면서 밖으로 나갔습니다.

10

이튿날 유치원을 파하고 집으로 오게 된 때 나는 갑자기 어
제 벽장 속에 숨었다가 어머니를 몹시 울게 했던 생각이 나서

집으로 돌아가기가 어쩐지 부끄러워졌습니다. '오늘은 어머니를 좀 기쁘게 해 드려야 텐데…… 무엇을 갖다 드리문 기뻐할까?' 하고 생각했습니다. 그러자 문득 유치원 안에 선생님 책상 위에 놓여 있던 꽃병 생각이 났습니다. 그 꽃병에는 나는 이름도 모르나 곱고 빨간 꽃이 꽃히어 있었습니다. 그 꽃은 개나리도 아니고 진달래도 아니었습니다. 그런 꽃은 나도 잘 알고 또 그런 꽃은 벌써 피었다가 져 버린 후였습니다. 무슨 서양 꽃이려니 하고 나는 생각하였습니다. 나는 우리 어머니가 꽃을 사랑하는 줄을 잘 압니다. 그래서 그 꽃을 갖다가 드리면 어머니가 몹시 기뻐하려니 하고 생각하였습니다.

그래서 나는 도로 유치원 방 안으로 들어갔습니다. 마침 방 안에는 아무도 없었습니다. 선생님도 잠깐 어디를 가셨는지 보이지 않았습니다. 그래 나는 그 꽃을 두어 개 얼른 빼들고 달음질쳐 나왔지요.

집에 오니 어머니는 문간에서 기다리고 있다가 나를 안고 들어왔습니다.

"그 꽃은 어디서 났니? 퍽 곱구나."

하고 어머니가 말씀하셨습니다. 그러나 나는 갑자기 말문이 막혔습니다. '이걸 엄마 드릴라구 유치원서 가져왔어' 하고 말하기가 어째 몹시 부끄러운 생각이 들었습니다. 그래 잠깐 망설이다가,

"응, 이 꽃! 저, 사랑 아저씨가 엄마 갖다주라구 줘."

하고 불쑥 말했습니다. 그런 거짓말이 어디서 그렇게 툭 튀어나왔는지 나도 모르지요.

꽃을 들고 냄새를 맡고 있던 어머니는 내 말이 끝나기가 무섭게 무엇에 몹시 놀란 사람처럼 화닥닥하였습니다. 그리고는 금시에 어머니 얼굴이 그 꽃보다도 더 빨갛게 되었습니다. 그 꽃을 든 어머니 손가락이 파르르 떠는 것을 나는 보았습니다. 어머니는 무슨 무서운 것을 생각하는 듯이 방 안을 휘 한 번 둘러보시더니,

"옥희야, 그런 걸 받아 오문 안 돼."

하고 말하는 목소리는 몹시 떨렸습니다. 나는 꽃을 그렇게도 좋아하는 어머니가 이 꽃을 받고 그처럼 성을 낼 줄은 참으로 뜻밖이었습니다. 어머니가 그렇게도 성을 내는 것을 보니까 그 꽃을 내가 가져왔다고 그러지 않고 아저씨가 주더라고 거짓말을 한 것이 참 잘되었다고 나는 속으로 생각했습니다. 어머니가 성을 내는 까닭을 나는 모르지만 하여튼 성을 낼 바에는 내게 내는 것보다 아저씨에게 내는 것이 내게는 나았기 때문입니다. 한참 있더니 어머니는 나를 방 안으로 데리고 들어와서,

"옥희야, 너 이 꽃 이 얘기 아무보구두 하지 말아라, 응."

하고 타일러 주었습니다. 나는,

"응."

하고 대답하면서 고개를 여러 번 까닥까닥했습니다.

어머니가 그 꽃을 곧 내버릴 줄로 나는 생각했습니다마는 내버리지 않고 꽃병에 꽂아서 풍금 위에 놓아두었습니다. 아마 퍽 여러 밤 자도록 그 꽃은 거기 놓여 있어서 마지막에는 시들었습니다. 꽃이 다 시들자 어머니는 가위로 그 대는 잘라 내버리고 꽃만은 찬송가 갈피에 곱게 끼워 두었습니다.

내가 어머니께 꽃을 갖다주던 날 밤에 나는 또 사랑에 놀러 나가서 아저씨 무릎에 앉아서 그림책을 보고 있었습니다. 갑자기 아저씨 몸이 흠칫하였습니다. 그리고는 귀를 기울입니다. 나도 귀를 기울였습니다.

풍금 소리!

그 풍금 소리는 분명 안방에서 흘러나오는 것이었습니다.

"엄마가 풍금 타나 부다."

하고 나는 벌떡 일어나서 안으로 뛰어왔습니다. 안방에는 불을 켜지 않았었습니다. 그러나 그때는 음력으로 보름께나 되어서 달이 낮같이 밝은데 은빛 같은 흰 달빛이 방 한 절반 가득히 차 있었습니다. 나는 흰옷을 입은 어머니가 풍금 앞에 앉아서 고요히 풍금을 타는 것을 보았습니다.

나는 나이 지금 여섯 살밖에 안되었지마는 하여튼 어머니가 풍금을 타시는 것을 보는 것은 오늘이 처음이었습니다. 어머니는 우리 유치원 선생님보다도 풍금을 더 잘 타시는 것이었습니다. 나는 어머니 곁으로 갔습니다마는 어머니는 내가 곁에 온 것도 깨닫지 못하는지 그냥 까딱 아니 하고 풍금을 탔습니다. 조금 있더니 어머니는 풍금 곡조에 맞추어서 노래를 부르기 시작하였습니다. 어머니의 목소리가 그렇게도 아름다운 것도 나는 이때까지 모르고 있었습니다. 어머니는 참으로 우리 유치원 선생님보다도 목소리가 훨씬 더 곱고 또 노래도 훨씬 더 잘 부르시는 것이었습니다. 나는 가만히 서서 어머님 노래를 들었습니다. 그 노래는 마치 은실을 타고 저 별나라에서 내려오는 노래처럼 아름다웠습니다. 그러나 얼마 오래지 않아 목소리는 약간 떨리기 시작하였습니다. 가늘게 떨리는 노랫소리, 그에 따라 풍금의 가는 소리도 바르르 떠는 듯했습니다. 노랫소리는 차차 가늘어지더니 마지막에는 사르르 없어져 버렸습니다. 풍금 소리도 사르르 없어졌습니다. 어머니는 고요히 풍금에서 일어나시더니 옆에 섰는 내 머리를 쓰다듬었습니다. 그 다음 순간 어머니는 나를 안고 마루로 나오셨습니다. 어머니는 아무 말씀도 없이 그냥 나를 꼭꼭 껴안는 것이었습니다. 달빛을 함빡 받은 내 어머니 얼굴은 몹시도 새하얗다고 생각되었습니다. 우리 어머니는 참으로 천사 같다고 나는 생각하였습니다.

우리 어머니의 새하얀 두 뺨 위로 쉴 새 없이 두 줄기 눈물이 줄줄 흘러내리고 있는 것을 나는 보았습니다. 그것을 보니 나도 갑자기 울고 싶어졌습니다.

"어머니, 왜 울어?"

하고 나도 훌쩍거리면서 물었습니다.

"옥희야."

"응?"

한참 동안 어머니는 아무 말씀도 없었습니다. 그러나 한참
후에,

"옥희야, 난 너 하나문 그뿐이다."

"엄마."

어머니는 다시 대답이 없으셨습니다.

11

하루는 밤에 아저씨 방에서 놀다가 졸려서 안방으로 들어
오려고 일어서니까 아저씨가 하얀 봉투를 서랍에서 꺼내어
내게 주었습니다.

"옥희, 이것 갖다가 엄마 드리고 지나간 달 밥값이라구,
응."

나는 그 봉투를 갖다가 어머니에게 드렸습니다. 어머니는
그 봉투를 받아 들자 갑자기 얼굴이 파랗게 질렸습니다. 그
전날 달밤에 마루에 앉았을 때보다도 더 새하얗다고 생각되
었습니다. 어머니는 그 봉투를 들고 어쩔 줄을 모르는 듯이
초조한 빛이 나타났습니다. 나는,

"그거 지나간 달 밥값이래."

하고 말을 하니까 어머니는 갑자기 잠자다 깨나는 사람처
럼 "응?" 하고 놀라더니 또 금시에 백지장같이 새하얗던 얼

굴이 발갛게 물들었습니다. 봉투 속으로 들어갔던 어머니의 파들파들 떨리는 손가락이 지전을 몇 장 끌고 나왔습니다. 어머니는 입술에 약간 웃음을 띠우면서 후 하고 한숨을 내쉬었습니다. 그러나 그것도 잠깐, 다시 어머니는 무엇에 놀랐는지 흠칫하더니 금시에 얼굴이 다시 새하얘지고 입술이 바르르 떨렸습니다. 어머니의 손을 바라다보니 거기에는 지전 몇 장 외에 네모로 접은 하얀 종이가 한 장 잡혀 있는 것이었습니다.

어머니는 한참을 망설이는 모양이었습니다. 그러더니 무슨 결심을 한 듯이 입술을 악물고 그 종이를 차근차근 펴 들고 그 안에 쓰인 글을 읽었습니다. 나는 그 안에 무슨 글이 씌어 있는지 알 도리가 없었으나 어머니는 그 글을 읽으면서 금시에 얼굴이 파랬다 발갰다 하고 그 종이를 든 손은 이제는 바들바들이 아니라 와들와들 떨리어서 그 종이가 부석부석 소리를 내게 되었습니다.

한참 후에 어머니는 그 종이를 아까 모양으로 네모지게 접어서 돈과 함께 봉투에 도로 넣어 반짇그릇에 던졌습니다. 그리고는 정신 나간 사람처럼 멀거니 앉아서 전등만 쳐다보는데 어머니 가슴이 불룩불룩합니다. 나는 어머니가 혹시 병이나 나지 않았나 하고 염려가 되어서 얼른 가서 무릎에 안기면서,

"엄마, 잘까?"

하고 말했습니다.

엄마는 내 뺨에 입을 맞추어 주었습니다. 그런데 어머니의
입술이 어쩌면 그리도 뜨거운지요. 마치 불에 달군 돌이 볼에
와 닿는 것 같았습니다.

한잠을 자고 나서 잠이 채 깨지는 않았으나 어렴풋한 정신
으로 옆을 쓸어 보니 어머니가 없었습니다. 가끔 가다가 나는
그런 버릇이 있어요. 어렴풋한 정신으로 옆을 쓸면 어머니의
보드라운 살이 만져지지요. 그러면 다시 나는 잠이 들어 버리
곤 하는 것이었습니다.

어머니가 자리에 없다는 것을 알게 되자 나는 갑자기 무서
워졌습니다. 그래서 잠은 다 달아나고 눈을 번쩍 뜨고 고개를
돌려 살펴보았습니다. 방 안에는 불은 안 켰지만 어슴푸레하
게 밝습니다. 뜰로 하나 가득한 달빛이 방 안에까지 희미한
밝음을 던져 주는 것이었습니다. 윗목을 보니 우리 아버지의
옷을 넣어 두고 가끔 어머니가 꺼내서 쓸어 보시는 그 장롱
문이 열려 있고, 그 아래 방바닥에는 흰 옷이 한 무더기 널려
있습니다. 그리고 그 옆에는 장롱을 반쯤 기대고 자리옷만 입
은 어머니가 주춤하고 앉아서 고개를 위로 쳐들고 눈은 감고
무엇이라고 입술로 소곤소곤 외고 있는 것이 보였습니다. 아
마 기도를 하나 보다 하고 나는 생각했습니다. 나는 자리에서
일어나 기어가서 어머니 무릎을 뻐개고 기어 들어갔습니다.

"엄마, 무얼 해?"

어머니는 소곤거리기를 그치고 눈을 떠서 나를 한참이나 물끄러미 들여다보십니다.

"옥희야."

"응?"

"가서 자자."

"엄마두 같이 자."

"응, 그래 엄마두 같이 자."

그 목소리가 어째 싸늘하다고 내게 생각되었습니다.

어머니는 돌아가신 아버지의 옷들을 한 가지씩 들고는 가만히 손바닥으로 쓸어 보고는 장롱 안에 넣었습니다. 하나씩 하나씩 쓸어 보고는 장롱에 넣곤 하여 그 옷을 다 넣은 때 장롱 문을 닫고 쇠를 채우고 그러고 나서 나를 안고 자리로 돌아왔습니다.

"엄마, 우리 기도하고 자?"

하고 나는 물었습니다. 어머니는 나를 밤마다 재워 줄 때마다 반드시 기도를 하는 것이었습니다. 내가 할 줄 아는 기도는 주기도문뿐이었습니다. 그 뜻은 하나도 모르지만 어머니를 따라서 자꾸자꾸 해 보아서 지금에는 나도 주기도문을 잘 웁니다. 그런데 웬일인지 어젯밤 잘 때에는 어머니가 기도할 것을 잊어버리고 그냥 잤던 것이 지금 생각이 났기 때문에 나는 그렇게 물었던 것입니다. 어젯밤 자리에 들 때 내가,

"기도할까?"

하고 말하고 싶었으나 어머니가 너무도 슬픈 빛을 띠고 있는 고로 그만 나도 가만히 아무 소리 없이 잠이 들고 말았던 것입니다.

"응, 기도하자."

하고 어머니가 고요히 대답했습니다.

"엄마가 기도해."

하고 나는 갑자기 어머니의 기도하는 보드라운 음성이 듣고 싶어져서 말했습니다.

"하늘에 계신 우리 아버지시여."

어머니는 고요히 기도를 시작하였습니다.

"이름을 거룩하게 하옵시며 나라이 임하옵시며 뜻이 하늘에서 이루어진 것처럼 땅에서도 이루어지이다. 오늘날 우리에게 일용할 양식을 주옵시고 우리가 우리에게 죄 지은 자를 용서하여 준 것처럼 우리 죄를 사하여 주옵시고, 우리를 시험에 들지 말게 하옵시고…… 우리를 시험에 들지 말게 하옵시고…… 시험에 들지 말게…… 시험에 들지 말게……."

이렇게 어머니는 자꾸 되풀이하였습니다. 나도 지금은 막히지 않고 줄줄 외는 주기도문을 글쎄 어머니가 막히다니 참으로 우스운 일이었습니다.

"시험에 들지 말게…… 시험에 들지 말게……."

하고 자꾸만 되풀이하는 것을 나는 참다 못해서,

"엄마, 내 마저 할게."

하고,

"다만 악에서 구하옵소서. 대개 나라와 권세와 영광이 아버지께 영원히 있사옵나이다."

하고 내가 끝을 마쳤습니다. 어머니는 한참이나 가만 있다가 오래 후에야 겨우,

"아멘."

하고 속삭이었습니다.

12

요새 와서 어머니의 하는 일이란 참으로 알 수가 없는 노릇입니다. 어떤 때는 어머니도 퍽 유쾌하셨습니다. 밤에 때로는 풍금도 타고 또 때로는 찬송가도 부르고 그러실 때에는 나는 너무도 좋아서 가만히 어머니 옆에 앉아서 듣습니다. 그러나 가끔가끔 그 독창은 소리 없는 울음으로 끝을 맺는 때가 많은데, 그런 때면 나도 따라서 울었습니다. 그러면 어머니는 나를 안고 내 얼굴에 돌아가면서 무수히 입을 맞추어 주면서,

"엄마는 옥희 하나문 그뿐이야, 응, 그렇지……."

하시면서 언제까지나 언제까지나 우시는 것이었습니다.

어떤 일요일날, 그렇지요, 그것은 유치원 방학하고 난 그 이튿날이었어요. 그날 어머니는 갑자기 머리가 아프시다고 예배당에를 그만두었습니다. 사랑에서는 아저씨도 어디 나가고 외삼촌도 나가고 집에는 어머니와 나와 단둘이 있었는

데, 머리가 아프다고 누워 계시던 어머니가 갑자기 나를 부르시더니,

"옥희야, 너 아빠가 보고 싶니?"

하고 물으십디다.

"응, 우리두 아빠 하나 있으문."

하고 나는 혀를 까불고 어리광을 좀 부려 가면서 대답을 했습니다. 한참 동안을 어머니는 아무 말씀도 아니하시고 천장만 바라다보시더니,

"옥희야, 옥희 아버지는 옥희가 세상에 나오기도 전에 돌아가셨단다. 옥희두 아빠가 없는 건 아니지. 그저 일찍 돌아가셨지. 옥희가 이제 아버지를 새로 또 가지면 세상이 욕을 한단다. 옥희는 아직 철이 없어서 모르지만 세상이 욕을 한단다. 사람들이 욕을 해. 옥희 어머니는 화냥년이다 이러구 세상이 욕을 해. 옥희 아버지는 죽었는데 옥희는 아버지가 또 하나 생겼대, 참 망측두 하지. 이러구 세상이 욕을 한단다. 그리 되문 옥희는 언제나 손가락질받구, 옥희는 커두 시집두 훌륭한 데 못 가구, 옥희가 공부를 해서 훌륭하게 돼두 에 그까짓 화냥년의 딸, 이러구 남들이 욕을 한단다."

이렇게 어머니는 혼잣말하시듯 드문드문 말씀하셨습니다. 그리고는 한참 있더니,

"옥희야."

하고 또 부르십니다.

"응?"

"옥희는 언제나, 언제나, 내 곁을 안 떠나지. 옥희는 언제나, 언제나 엄마하구 같이 살지. 옥희는 엄마가 늙어서 꼬부랑 할미가 되어두 그래두 옥희는 엄마하구 같이 살지. 옥희가 유치원 졸업하구 또 소학교 졸업하구, 또 중학교 졸업하구, 또 대학교 졸업하구, 옥희가 조선서 제일 훌륭한 사람이 돼두 그래두 옥희는 엄마하구 같이 살지. 응! 옥희는 엄마를 얼만큼 사랑하나?"

"이만큼."

하고 나는 두 팔을 짝 벌리어 보였습니다.

"응? 얼만큼? 응! 그만큼! 언제나, 언제나, 옥희는 엄마만 사랑하지. 그리구 공부두 잘하구, 그리구 훌륭한 사람이 되구……."

나는 어머니의 목소리가 떨리는 것으로 보아 어머니가 또 울까 봐 겁이 나서,

"엄마, 이만큼, 이만큼."

하면서 두 팔을 짝짝 벌리었습니다.

어머니는 울지 않으셨습니다.

"응, 그래, 옥희 엄마는 옥희 하나문 그뿐이야. 세상 다른 건 다 소용없어, 우리 옥희 하나문 그만이야. 그렇지, 옥희야."

"응!"

어머니는 나를 당기어서 꼭 껴안고 내 가슴이 막혀 들어올 때까지 자꾸만 껴안아 주었습니다.

그날 밤 저녁밥 먹고 나니까 어머니는 나를 불러 앉히고 머리를 새로 빗겨 주었습니다. 댕기도 새 댕기를 드려 주고, 바지, 저고리, 치마 모두 새것을 꺼내 입혀 주었습니다.

"엄마, 어디 가?"

하고 물으니까,

"아니."

하고 웃음을 띠우면서 대답합니다. 그러더니 풍금 옆에서 새로 다린 하얀 손수건을 내리어 내 손에 쥐어 주면서,

"이 손수건, 저 사랑 아저씨 손수건인데, 이것 아저씨 갖다 드리구 와, 응. 오래 있지 말구 손수건만 갖다 드리구 이내 와, 응."

하고 말씀하셨습니다.

손수건을 들고 사랑으로 나가면서 나는 그 손수건 접이 속에 무슨 발각발각하는 종이가 들어 있는 것처럼 생각되었습니다마는 그것을 펴 보지 않고 그냥 갖다가 아저씨에게 주었습니다.

아저씨는 방에 누워 있다가 벌떡 일어나서 손수건을 받는데, 웬일인지 아저씨는 이전처럼 나보고 빙그레 웃지도 않고 얼굴이 몹시 파래졌습니다. 그리고는 입술을 질근질근 깨물면서 말 한 마디 아니 하고 그 수건을 받더군요.

나는 어째 이상한 기분이 돌아서 아저씨 방에 들어가 앉지도 못하고 그냥 뒤돌아서 안방으로 들어왔지요. 어머니는 풍금 앞에 앉아서 무엇을 그리 생각하는지 가만히 있더군요. 나는 풍금 옆으로 가서 가만히 그 옆에 앉아 있었습니다. 이윽고 어머니는 조용조용히 풍금을 타십니다. 무슨 곡조인지는 몰라도 어째 구슬프고 고즈넉한 곡조야요.

밤이 늦도록 어머니는 풍금을 타셨습니다. 그 구슬프고 고즈넉한 곡조를 계속하고 또 계속하면서.

13

여러 밤을 자고 난 어떤 날 오후에 나는 오래간만에 아저씨 방엘 나가 보았더니 아저씨가 짐을 싸느라고 분주하겠지요. 내가 아저씨에게 손수건을 갖다드린 다음부터는 웬일인지 아저씨가 나를 보아도 언제나 퍽 슬픈 사람, 무슨 근심이 있는 사람처럼 아무 말도 없이 나를 물끄러미 바라다만 보고 있는 고로 나도 그리 자주 놀러 나오지 않았던 것입니다. 그랬었는데 이렇게 갑자기 짐을 꾸리는 것을 보고 나는 놀랐습니다.

"아저씨, 어디 가우?"

"응, 멀리루 간다."

"언제?"

"오늘."

"기차 타구?"

"웅, 기차 타구."

"갔다가 언제 또 오우?"

아저씨는 아무 대답도 없이 서랍에서 이쁜 인형을 하나 꺼내서 내게 주었습니다.

"옥희, 이것 가져, 웅. 옥희는 아저씨 가구 나문 아저씨 이내 잊어버리구 말겠지!"

나는 갑자기 슬퍼졌습니다. 그래서,

"아니."

하고 얼른 대답하고 인형을 안고 안으로 들어왔습니다.

"엄마, 이것 봐. 아저씨가 이것 나 줬다우. 아저씨가 오늘 기차 타구 먼 데루 간대."

하고 내가 말했으나, 어머니는 대답이 없으십니다.

"엄마, 아저씨 왜 가우?"

"학교 방학했으니깐 가지."

"어디루 가우?"

"아저씨 집으루 가지, 어디루 가."

"갔다가 또 오우?"

어머니는 대답이 없으십니다.

"난 아저씨 가는 거 나쁘다."

하고 입을 쫑긋했으나, 어머니는 그 말은 대답 않고,

"옥희야, 벽장에 가서 달걀 몇 알 남았나 보아라."

하고 말씀하셨습니다.

나는 깡총깡총 방 안으로 들어갔습니다. 달걀은 여섯 알이 있었습니다.

"여스 알."

하고 나는 소리쳤습니다.

"응, 다 가지구 이리 나오너라."

어머니는 그 달걀 여섯 알을 다 삶았습니다. 그 삶은 달걀 여섯 알을 손수건에 싸 놓고 또 반지에 소금을 조금 싸서 한 귀퉁이에 넣었습니다.

"옥희야, 너 이것 갖다 아저씨 드리구, 가시다가 찻간에서 잡수시랜다구, 응."

14

그날 오후에 아저씨가 떠나간 다음 나는 방에서 아저씨가 준 인형을 업고 자장자장 잠을 재우고 있었습니다. 어머니가 부엌에서 들어오시더니,

"옥희야, 우리 뒷동산에 바람이나 쐬러 올라갈까?"

하십니다.

"응, 가, 가."

하면서 나는 좋아 덤비었습니다.

잠깐 다녀올 터이니 집을 보고 있으라고 외삼촌에게 이르고 어머니는 내 손목을 잡고 나섰습니다.

"엄마, 나 저, 아저씨가 준 인형 가지고 가?"

"그러럼."

나는 인형을 안고 어머니 손목을 잡고 뒷동산으로 올라갔습니다. 뒷동산에 올라가면 정거장이 빤히 내려다보입니다.

"엄마, 저 정거장 봐. 기차는 없군."

어머니는 아무 말씀도 없이 가만히 서 계십니다. 사르르 바람이 와서 어머니 모시 치맛자락을 산들산들 흔들어 주었습니다. 그렇게 산 위에 가만히 서 있는 어머니는 다른 때보다도 더한층 이쁘게 보였습니다.

저편 산모퉁이에서 기차가 나타났습니다.

"아, 저기 기차 온다."

하고 나는 좋아서 소리쳤습니다.

기차는 정거장에 잠시 머물더니 금시에 삑 하고 소리를 지르면서 움직였습니다.

"기차 떠난다."

하면서 나는 손뼉을 쳤습니다. 기차가 저편 산모퉁이 뒤로 사라질 때까지, 그리고 그 굴뚝에서 나는 연기가 하늘 위로 모두 흩어져 없어질 때까지, 어머니는 가만히 서서 그것을 바라다보았습니다.

뒷동산에서 내려오자 어머니는 방으로 들어가시더니 이때까지 늘 열어 두었던 풍금 뚜껑을 닫으십니다. 그리고는 거기 쇠를 채우고 그 위에다가 이전 모양으로 반짇그릇을 얹어

놓으십니다. 그리고는 그 옆에 있는 찬송가를 맥없이 들고 뒤적뒤적하시더니 빼빼 마른 꽃송이를 그 갈피에서 집어내시더니,

"옥희야, 이것 내다버려라."

하고 그 마른 꽃을 내게 주었습니다. 그 꽃은 내가 유치원에서 갖다가 어머니께 드렸던 그 꽃입니다. 그러자 옆 대문이 삐걱 하더니,

"달걀 사소."

하고 매일 오는 달걀장수 노친네가 달걀 광주리를 이고 들어왔습니다.

"인젠 우리 달걀 안 사요. 달걀 먹는 이가 없어요."

하시는 어머니 목소리는 맥이 한 푼어치도 없었습니다.

나는 어머니의 이 말씀에 놀라서 떼를 좀 써 보려 했으나 석양에 빤히 비치는 어머니 얼굴을 볼 때 그 용기가 없어지고 말았습니다. 그래서 아저씨가 주신 인형 귀에다가 내 입을 갖다 대고 가만히 속삭이었습니다.

"애, 우리 엄마가 거짓부리 썩 잘하누나. 내가 달걀 좋아하는 줄 잘 알문성 생 먹을 사람이 없대누나. 떼를 좀 쓰구 싶다만 저 우리 엄마 얼굴을 좀 봐라. 어쩌문 저리두 새파래졌을까? 아마 어디가 아픈가 보다."

라고요.

끝내 옛사랑의 굴레를 벗지 못하고……

처음 소설을 공부하던 학창시절, 이 소설은 1인칭 관찰자 시점의 소설을 습작하는 데 매우 유용한 텍스트로 꼽혔었다. 지금 읽기에는 다소 낯선 감이 없지 않지만, 등장인물에 대한 심리 묘사는 아직도 능청스럽기만 하다.

대개 사랑은 느닷없이 찾아오고, 또한 격정적이다. 그러나 지금까지 사랑에 관한 숱한 책을 읽어 보았지만, 위대한 사랑이 평온하고 무사하게 진행된 경우는 거의 없다. 사람들은 안온하고 평이하게 진행된 사랑에 대해서는 후한 점수를 주지 않는다. 왜냐하면 사랑은, 고통의 열매 끝에 맺혀지는 다디단 이슬이어야 한다고 믿기 때문이다.

사랑에는 반드시 훼방꾼이 등장한다. 이 훼방꾼은 시대적 상황일 수도 있고, 황금일 수도 있으며, 운명일 수도 있다. 그러나 당사자들을 더욱 애타게 하는 훼방꾼은 도덕적 양심이다.

소설 속에 등장하는 두 사람의 연인은 서로의 마음을 드러내는 데 미숙하다. 이는 두 사람의 사랑이 부족하기 때문이 아니라 이들을 에워싸고 있는 환경 때문이다. 사랑의 울림은 이들을 가슴 떨리게 하고 때론 아프게 하지만, 이들은 결코 서둘지 않으며 충분히 아파한다. 농익은 아픔이야말로 사랑의 화염을 분출하게 만드는 요인이다.

사랑의 고백은 얼마나 힘들고 고통스러운가. 고백이 고통스러운 것은 사랑하는 사람으로부터 거절을 당하지 않을까 하는 두려움에서 비롯된다. 이 두려움에 대한 극복 없이 사랑은 쉬이 이루어지지 않는다.

『시경詩經』의 '백주柏舟'라는 시에 이런 대목이 나온다.

'내 마음 거울 아니니 남이 알아줄 리 없고, 내 마음 돌이 아니니 굴릴 수도 없고, 내 마음 멍석이 아니니 둘둘 말아 둘 수도 없네我心匪鑒 不可以茹 我心匪石 不可轉也 我心匪席 不可卷也'

우리가 알고 있는 대부분의 사랑이 고통스러운 이유는 가장 치열한 사랑의 훼방꾼이 바로 자기 자신이기 때문이다. 숨길 수도 없고 둘둘 말아둘 수도 없는 사랑을, 가슴속에 화염으로 간직하다가 스스로 몸을 불태워 버리는 어리석음을 범하고 마는 것이다. 사랑을 하면서 동시에 현명해질 수 없는 것은 바로 이 때문이다.

사랑이란 늘 곁에 다가와 있는 것이어서, 함께 있을 때는 그 사랑의 온전한 깊이를 깨닫지 못한다. 따라서 내 안의 사랑을 그가 알아 주기를, 꺾어 주기를 기대하는 사람은 바보다.

대부분의 사람들은 이별의 시간이 임박해서야 자신의 가슴속에 입은 화상火傷을 발견하고, 비로소 그 아픔을 실감하게 된다. 이별이 시작될 때까지, 사랑은 그 깊이를 알지 못하는 것이다.

나다니엘 호손 _ Nathaniel Hathorne

탄생 마크

나다니엘 호손(1804-1864)

미국의 소설가. 『판쇼』를 발표하면서 작가 생활을 시작했다. 보스턴 세관으로 근무
하였으며 후에 영국 리버풀 영사로 부임했다. 청교도주의를 비판하면서도 그 전통
을 계승한 그는 범죄나 도덕적 · 종교적 죄악에 빠진 사람들, 자기중심적이며 고독
에 사로잡힌 사람들의 내면을 도덕 · 종교 · 심리 세 측면에 비추어 엄밀하게 묘사하
였다. 따라서 그의 작품은 교훈적 경향이 강하면서도 철학적 · 종교적 · 심리적으로
의미 심장한 세계가 상징주의적으로 전개되는 정교한 면도 있다.

작품으로는 『주홍글씨』를 비롯 『일곱 박공의 집』『블라이스데일 로맨스』『대리석의
목신상』등이 있다.

탄생 마크

The Birthmark

지난 세기 후반에 자연 철학의 모든 분야에 통달한 한 과학자가 살았다. 그는 이 이야기가 시작되기 얼마 전, 다른 어떤 화학적인 것보다 더 매력 있는 영적인 친화력을 몸소 체험한 적이 있었다. 그는 실험실을 조수에게 맡겨 놓고는, 화로의 연기에 그을린 얼굴을 깨끗이 씻고, 손가락에 얼룩진 산酸을 씻어낸 다음, 한 아름다운 여인에게 자기 아내가 되어 달라고 설득했다.

당시는 전기나 그와 유사한 자연의 신비를 발견하는 것이 기적의 땅으로 가는 통로를 열어 주는 일로 여겨지던 때였다. 따라서 과학에 대한 열정이 한 여인에 대한 사랑과 맞서는 일이 흔히 있었다. 보다 높은 차원의 지성, 상상력, 정신력, 뿐만 아니라 가슴속의 정서까지도 새로운 것에 대한 추구로 동일한 열병을 앓고 있었던 것이다.

열렬히 과학을 숭배하는 몇몇 사람들이 굳게 믿고 있듯이 그러한 추구는 강력한 지성의 계단을 하나하나 올라감으로써 최종적으로는 창조의 비밀을 손에 넣게 되고, 어쩌면 새로운 세계를 스스로 창조해 낼 수도 있으리라는 믿음을 주었던 것이다.

우리는 에일머가 자연에 대한 인간의 궁극적인 지배에 이 정도로 확신을 갖고 있었는지는 잘 알지 못한다. 그러나 어쨌든, 그는 다른 어떤 열정으로도 떼어 놓을 수 없을 만큼 과학적인 탐구에 몰입해 있었다. 아마도 젊은 아내를 과학보다 더 사랑했겠지만, 그것은 아내에 대한 사랑을 과학에 대한 사랑과 동일시하고 마침내는 과학에 대한 사랑의 힘을 자신의 힘에 결합시킬 경우에나 가능했을 것이다. 그러한 결합은 참으로 놀라운 결과와 깊은 교훈을 남겼다.

결혼하고 얼마 되지 않은 어느 날, 에일머는 심각한 표정으로 아내의 얼굴을 들여다보며 앉아 있었다. 표정이 점점 굳어지더니 그가 입을 열었다.

"조지아나!" 하고 그가 말했다.

"당신 뺨에 있는 그 반점을 없앨 수 있다는 생각을 해 본 적 있어?"

"아뇨."

그녀는 웃었으나 남편의 태도가 매우 진지하다는 것을 알아채고는 금방 얼굴이 붉어지고 말았다.

"사실 사람들이 이 점을 나의 매력이라고 말하는 소리를 자주 들었거든요. 그래서 그냥 그런가 보다, 라고 생각한 걸요."

"아, 다른 얼굴에 있는 것이라면 그럴 수 있을지 모르겠는데," 하며 남편이 대답했다.

"하지만 당신에게는 안 돼. 사랑스런 조지아나, 당신은 자연의 손이 빚어낸 가장 완벽한 사람이잖아. 그러니 아무리 작은 것이라도 흠이 돼. 아니, 흠이라고 해야 할지 아름다움이라고 해야 할지 잘 모르겠지만, 어쨌든 내게는 그 점이 완벽한 옥의 티로 보여서 충격을 준단 말이야."

"충격이라고요?"

몹시 마음이 상한 조지아나가 외쳤다. 처음에는 순간적으로 왈칵 화를 낸 것이었으나 곧 눈물이 터져 나왔다.

"그렇담 왜 저와 결혼했어요? 충격을 주는 사람을 사랑하다뇨!"

이 대화를 설명하기 위해서는 조지아나의 왼쪽 뺨 가운데 얽은 듯이 박힌 특이한 점 하나가 있다는 것을 미리 말해 두어야겠다.

평상시 건강한 홍조 상태의 얼굴에서는 약간 붉게 보이는 그 점은 주위가 장밋빛으로 물들어 있는 까닭에 별로 드러나 보이지 않았다. 뿐만 아니라 얼굴이 달아오르면 반점은 한층 희미해져서 볼을 물들이는 고운 핏빛 속으로 완전히 모습을 감추고 만다. 그러나 가끔씩 그녀의 얼굴이 창백해지면 그 점은 여지없이 나타나, 마치 흰 눈 위의 진홍빛 얼룩 같아 보였다.

에일머는 때로 그 점이 끔찍하게 선명하다는 생각을 했다. 그 점은 매우 작았지만 사람의 손 모양과 아주 비슷했다. 조지아나를 사랑하는 사람들은 처음 그녀가 태어났을 때 아름다운 요정이 나타나 그 뺨에 그 조그만 손을 얹고는, 모든 사람들의 마음을 사로잡는 마력을 부여하기 위해 손자국을 남긴 것이라고 말했다. 필사적으로 그녀의 사랑을 구걸했던 구혼자들은 그 신비로운 손자국에 입술을 갖다 대는 특권을 얻기 위해 목숨이라도 걸었을지 모른다.

요정이 만든 그 손자국은, 그러나 보는 사람에 따라 매우 다른 인상을 주었다. 몇몇 까다로운 사람들은——대개 여자들이지만——피 묻은 손이라고 불렀다. 그들은 피 묻은 손이 그녀의 아름다움을 망치고 얼굴을 소름 끼치게 만들었다고 떠들었다.

그러나 이런 주장은 깨끗한 대리석 조각에 가끔 생기는 작고 푸른 얼룩이 이브를 괴물로 변하게 했다고 말하는 것이나 다를 바 없었다. 남자들의 경우에는 비록 반점이 그녀를 더 아름답게 하지는 못했지만, 이 세상에는 흠 하나 없이 아름다운 여자가 하나쯤 있을 법한 일이므로, 대개는 그 점이 없어졌으면 하고 바라는 정도였다.

　그는 결혼한 후에야——전에는 그 문제에 관해 거의 혹은 아예 생각하지 않았으니까——자신이 바로 그런 남자 중 하나라는 것을 알게 되었다.

　만약 그녀가 지금보다 덜 아름다웠더라면——질투의 여신이 조롱할 대상을 다른 곳에서 찾을 수 있었다면——그는 아마도 감정이 고동칠 때마다 희미하게 보이다가 사라지기도 하고, 또 슬그머니 나타나 어른거리는 이 손자국에 더욱 애정을 느낄 수 있었을 것이다. 그러나 그는 아내가 얼굴에 찍힌 점을 제외하면 모든 면에서 완벽한 여자라고 생각하고 있었다. 따라서 그는 시간이 흐를수록 점점 더 그 결점을 견딜 수가 없었다.

　그 점은 자연이 어떤 형태로든 자신의 모든 창조물에 영원히 지울 수 없게 표시를 찍어 놓음으로써, 피조물들이 일시적이고 유한한 것임을 알리기 위한 것처럼 보였다. 또 피조물들의 완전함은 고난에 찬 노력에 의해서만 가능할 뿐임을 암시하는, 일종의 낙인처럼 보였다. 따라서 완벽한 피조물인 아내에게 있어서 그 점은 치명적인 흠이었던 것이다.

　따라서 그에게는 그 진홍빛 손자국이 어떤 고귀하고 순결한 사람일지라도 결국에는 비천한 상태로 전락하여 먼지로 되돌아갈 수밖에 없는 동물들과 마찬가지로 인간의 어찌할 수 없는 유한성을 보여주는 것만 같았다. 에일머는 아내의 반점을 죄악이나 슬픔, 부패나 죽음의 상징으로 받아들였다. 거기에 자신의 음울한 상상력까지 더하여 그것을 아주 끔찍한 것으로 인식하게 되었으며, 조지아나의 아름다움이 자신에게 기쁨보다는 고통과 공포를 주는 것으로까지 여기게 되었다.

에일머는 아내와 행복에 젖어 있는 순간만큼은 그 점에 대해 이야기하고 싶지 않았다. 하지만 의도하지 않았음에도 불구하고 그는 이상하게도 그 불쾌한 점에 대해 관심을 갖곤 했다. 처음에는 별일이 아닌 것처럼 보였지만, 그것은 모든 문제의 중심이 되어 온갖 생각이나 감정을 무한한 고리로 연결시켰다.

이른 새벽 에일머가 눈을 뜨마자 아내의 얼굴에서 제일먼저 보게 되는 것은 바로 그 불완전함의 상징이었다. 또 저녁 무렵 난롯가에 앉아 있을 때 보게 되는 것 역시 불꽃을 따라 일렁거리는 요정의 손이었다. 마치 그것은 사랑스런 여인의 얼굴에 죽음의 운명을 써 넣고 있는 것처럼 보였다.

조지아나는 차차 남편의 그런 눈길을 참을 수 없게 되었다. 그가 간혹 이상한 표정으로 쳐다보기만 하면, 그녀의 장밋빛 뺨은 창백하게 변했다. 그럴 때면 그 진홍빛 손은 하얀 대리석에 루비를 양각한 조각처럼 표나게 두드러져 보이는 것이었다.

어느 늦은 밤, 불빛도 희미해져 그녀의 뺨에 찍힌 낙인이 거의 알아볼 수 없게 되었을 때 조지아나는 처음으로 자신이 먼저 이 문제를 입에 올렸다.

"기억나요, 에일머?" 하고 조지아나는 웃어 보이려고 안간힘을 썼다. "어젯밤에 이 흉측한 손자국이 꿈에 나오지 않던가요?"

"아냐, 그런 일은 없었어."

에일머는 깜짝 놀라며 대답했다. 그러나 가슴에 일어난 진실의 파문을 숨기기 위해 그는 메마르고 차가운 어조로 말했다.

"하기야 그런 꿈을 꿨을지도 모르지. 잠들기 전에 그 반점에 대한 환상에 붙들려 있었으니까."

"그런 꿈을 꾸었네요?"

조지아나는 터져 나오는 울음 때문에 말문이 막힐까 봐 서둘러 말을 이었다.

"끔찍한 꿈! 전 당신이 그 꿈을 잊을 수 없을까 봐 두려워요. '이게 그녀의 심장에 들어 있다! 우린 그걸 파내야만 해!' 라고 한 말을 어떻게 잊을 수 있겠어요? 잘 생각해 봐요, 여보. 무슨 수를 써서라도 당신이 그 꿈을 기억해 내도록 하고 말겠어요."

'잠' 은 모든 것을 집어삼킨다. 하지만 그 '잠' 이 끔찍한 망령들을 자신의 몽롱한 영역에 가둬 두지 못하고 뛰쳐나가도록 내버려 둠으로써 은밀한 삶의 비밀이 현실의 삶을 흔들어

놓는다면, 사람들은 비참한 지경에 빠질 것이다.

에일머는 그제야 간밤의 꿈을 기억해 냈다. 그것은 실험실의 조수 아미나다브와 함께 아내의 반점을 수술하려고 하는 꿈이었다. 칼이 깊이 파고들면 들수록 그 손자국도 깊어져 마침내는 그 작은 손이 조지아나의 심장을 쥐고 있는 듯이 보였다. 그때 에일머는 칼로 베어 내든지 아니면 힘껏 비틀어서라도 그 손자국을 떼어 내기로 마음먹었던 것이다.

꿈의 기억이 완전히 되살아나면서, 그는 문득 죄의식을 느꼈다. 진실이란 때로 잠의 옷을 걸친 채 마음속으로 들어와 우리가 깨어 있는 동안 무의식적으로 스스로를 기만하고 있던 문제들에 관해 사실대로 바로 이야기해 주는 경우가 있다. 그는 지금까지 한 가지 생각이 마음을 얼마나 강력히 지배할 수 있는지에 대하여, 또한 마음의 평화를 얻기 위해서는 어떤 노력을 기울여야 하는지에 대해서도 전혀 알지 못했다.

"에일머."

조지아나가 긴장한 얼굴로 입을 열었다.

"이 치명적인 반점을 없애기 위해 우리 둘이 어떤 대가를 치러야 하는지 나는 잘 몰라요. 어쩜 그것을 없애려다가 돌이키지 못할 정도로 불구가 될지도 모르죠. 또 어쩌면 그게 생명체처럼 깊이 뿌리를 내리고 있을지도 몰라요. 다시 묻는데, 제가 이 세상에 나오기 전부터 내 몸에 있던 이 손자국을 없앨 수 있는 가능성이 조금이라도 있는 건가요?"

"사랑하는 조지아나, 나 역시 그 문제에 관해 오랫동안 생각해 봤어."

에일머가 다급히 그녀의 말을 가로막고 나섰다.

"나는 그 점을 완벽하게 제거할 수 있다고 믿어."

"만약 그런 가능성이 조금이라도 있다면," 조지아나가 말을 이었다. "어떤 위험을 무릅쓰고서라도 시도해 보세요. 저는 위험하더라도 상관없어요. 당신이 이 흉한 얼룩을 두려워하고 끔찍스러워하는 한, 내 인생을 내팽개치고 싶을 뿐이에요. 흉한 이 손자국을 없애 버리든지, 아니면 비참한 제 목숨을 빼앗아 버리라고요! 당신은 훌륭한 과학자예요. 그건 세상 사람들이 모두 알고 있는 사실이에요. 당신은 위대한 기적을 이뤄 낸 사람이에요. 그런 당신이 고작 이 작은 반점, 나의 작은 손가락 두 개로도 가릴 수 있는 이 조그만 얼룩을 없애지 못하겠어요? 당신이 마음 편하게 지내려고 이 불쌍한 아내가 미쳐 버리게 내버려 두지는 않겠죠?"

"사랑스러운 여보!"

에일머는 들떠서 소리쳤다.

"내 능력을 의심하지 마. 나는 이미 이 문제를 깊이 생각해 오고 있었어. 조지아나, 당신은 그 어느 때보다 더 나를 과학의 심장부로 이끌고 왔어. 나는 이 사랑스러운 뺨을 다른 쪽처럼 흠 없이 만들 자신이 있어. 게다가 자연의 가장 아름다운 작품에 남은 불완전한 부분을 고쳐 냈을 때의 성취감이 어떻겠어! 피그말리온이 자신이 조각한 여인상에 생명을 불어넣었을 때 느꼈을 황홀감도 그것만큼은 못될 거야."

"그럼 됐어요."

조지아나가 희미한 웃음을 지어 보였다.

"그리고 에일머, 그 반점이 혹시 내 심장에 숨어 있더라도 나를 아낄 생각은 마세요."

남편은 진홍빛 손자국이 없는 그녀의 오른뺨에 상냥하게 키스했다.

이튿날 에일머는 아내에게 자신이 세운 계획을 설명해 주었다. 그는 계획에 따라 수술에 필요한 것들을 꼼꼼하게 확인하고, 사전에 세심한 주의를 기울였다. 또 조지아나는 성공적인 수술을 위해 충분한 휴식을 취하기로 했다. 그들은 에일머가 실험실로 사용하던 넓은 아파트를 거처로 삼아 수술이 끝날 때까지 그곳에 은신하기로 했다.

그곳은 에일머가 젊었을 때 자연의 본질적인 힘에 관한 연구로 유럽 학계에 경탄을 불러일으킨 곳이기도 했다. 당시 그는 창백한 얼굴로 실험실에 앉아 가장 높은 구름층과 가장 깊은 광맥의 비밀을 조사했고, 화산을 폭발시키고, 그 불꽃을 지속시키는 원인에 대해서도 연구했다. 그리고 샘물의 신비와 그것이 솟아나는 원리를 풀어내고, 어떤 물은 검은 땅에서 나오면서도 맑고 깨끗하며, 심지어 어떤 물은 풍부한 약효까지 함유하고 있는 이유 등에 대해서도 깊이 탐구했다.

연구 초창기에는 자연이 가장 완벽한 걸작품인 인간을 창조하고 키우기 위해 땅과 공기 혹은 영혼의 세계로부터 추출한 중요한 요소들을 동화시키는 과정을 밝혀 보려고 시도했다. 그러나 그는 깨달았다. 자연의 신비를 탐구하는 대부분의 사람들이 곧 부닥치게 마련인 진리, 즉 우리의 위대한 창조자인 대자연은 환한 햇빛 속에 모든 것을 공개하고 있는 것 같았지만, 실제로는 비밀을 감추고 우리에겐 단지 그 결과밖에 보여주지 않는다는 사실을 알게 된 것이다.

그 후 그는 자연에 대한 연구를 중단했다. 자연은 질투로 가득 찬 특허권자처럼, 파괴를 허락할지언정 개선시키는 것은 절대 용납하지 않는다. 어쨌든 에일머는 반쯤 잊어버리고 있던 이런 연구를 다시 시작했다. 물론 예전과는 다른 이유에서였다. 수술을 성공하기 위해서는 생리학적인 지식을 모두 동원해야 하기 때문이었던 것이다.

그가 조지아나를 데리고 실험실 입구에 들어섰을 때, 그녀는 한기를 느끼며 벌벌 떨고 있었다. 에일머는 명랑한 표정을 지어 아내를 안심시키려 했지만 하얀 볼 위의 반점이 점점 짙어지는 것을 보자 몸서리를 치고 말았다. 그의 아내는 곧 정신을 잃고 기절했다.

"아미나다브! 아미나다브!"

에일머는 발로 바닥을 쾅쾅 구르며 조수를 불렀다. 아파트 안쪽에서 키는 작지만 우람한 체격인 남자가 나타났다. 덥수

룩한 머리카락이 화로의 증기로 더러워진 얼굴을 가리고 있
었다. 그는 줄곧 에일머의 조수로 있었지만 과학적 원리에 대
해서는 통 아는 게 없었다. 하지만 실험에 필요한 세부사항들
을 처리하는 실력과 기계 설비를 준비하는 능력이 뛰어나 조
수로서는 안성맞춤이었다.

덥수룩한 머리카락이나 강한 힘, 온통 연기에 그을린 얼굴,
그리고 그를 감싸고 있는 말로 표현하기 어려운 세속적인 분
위기 때문에 그는 인간의 물질적 욕망에 대한 상징처럼 보였
다. 반면 에일머의 가냘픈 몸매와 창백하고 이지적인 얼굴은
인간의 영적인 면을 상징하는 것처럼 보이게 했다.

"침실 문 열어, 아미나다브! 그리고 향 좀 피우게."

"네, 선생님."

아미나다브는 죽은 듯 누워 있는 조지아나를 조심스럽게
보며 대답했다. 그리고 혼잣말로 중얼거렸다.

"만약 이 여자가 내 아내라면 반점을 없앨 생각 따위는 절
대 안 할 텐데."

조지아나가 의식을 회복했을 때, 그녀는 자신이 들이마시
는 공기에 향기가 스며 있는 것을 느꼈다. 그 향기의 신비한
효과가 그녀를 혼절 상태에서 깨어나게 만든 것이었다. 그녀
의 주변에 있는 모든 것은 마법에 걸린 것처럼 보였다. 에일
머가 전성기 때 사용했던, 연기에 그을리고 지저분하며 우중
충한 분위기의 아파트는 사랑스런 여인이 머물기에 알맞은

방으로 개조되어 있었던 것이다.

벽에는 호화로운 커튼이 드리워져서 다른 장식품으로는 절대로 흉내 낼 수 없는 장엄하고 우아한 분위기를 자아내고 있었다. 풍성하고 큼직하게 주름이 잡힌 커튼은 천장에서 마룻바닥까지 늘어져 있었는데, 그 커튼이 벽 모서리나 배관 파이프를 숨겨 주어서 마치 무한한 우주로부터 그 장면만을 옮겨 온 것만 같았다.

조지아나에게는 그 커튼이 마치 구름 사이의 천막처럼 여겨졌다. 에일머는 햇빛이 화학 처리과정에 영향을 줄 수도 있기 때문에 햇빛을 차단했다. 그 대신 여러 가지 색깔의 불꽃을 내면서도 연보랏빛의 부드러운 불빛으로 합쳐지는 향불 램프를 켜 두었다. 그는 아내 곁에 무릎을 꿇고 앉아 심각한 표정으로 찬찬히 그녀를 바라보고 있었다. 그러나 그의 표정에는 불안해하는 기색이라곤 전혀 없었다. 그는 과학의 힘을 확신하고 있었고, 그 어떤 사악한 기운도 그녀를 범하지 못하도록 주변에 마법의 원을 그릴 수 있다고 스스로 믿었기 때문이었다.

"제가 어디에 있는 거죠? 아, 기억이 나네요."

조지아나는 힘없이 말하고는 손으로 얼른 뺨을 가리며 남편이 바라보고 있는 끔찍한 반점을 감추려고 했다.

"겁내지 마!"

그는 소리쳤다.

"나를 피하면 안 돼! 날 믿어, 조지아나. 당신의 불완전한 부분을 제거하는 게 얼마나 큰 기쁨을 줄지 생각하면 정말 흥분돼."

"오, 살려 줘요!"

그녀가 슬픈 목소리로 외쳤다.

"당신이 다시는 그 반점을 볼 수 없기를 기도할게요. 반점을 볼 때마다 몸서리치던 당신 모습은 정말 잊을 수가 없어요."

에일머는 조지아나를 현실의 중압감으로부터 해방시키고 마음을 진정시키기 위해 자신이 알고 있는 과학 지식 가운데 간단하고 흥미로운 비법 몇 가지를 시도해 보았다. 공기처럼 가벼운 형상들이, 형체가 없는 생각들이, 실체가 없는 아름다움의 형상들이 한 줄기 불빛 위로 덧없는 발자국을 남기며 그녀 앞에서 춤을 추었다.

그녀는 이런 광학적 현상을 일으키는 이론에 대해 어렴풋하게 알고 있었지만, 그 환영幻影은 너무도 완벽해서 남편이 영혼의 세계까지도 지배할 수 있다고 믿을 정도였다. 격리된 상태에서 벗어나고 싶은 그녀의 욕구가 생길 때마다 거기에 부응이라도 하듯 외부 세계의 모습이 즉시 스크린 위에 나타났다. 그 모습은 완벽할 뿐 아니라 실제보다 훨씬 더 근사한 그림이나 이미지로 나타났다. 그런 것들이 삶의 풍경들을 재현하곤 했는데 그것은 실제와는 다른, 뭐라고 말로 표현할 수 없는 마법과도 같았다.

그것에 싫증이 날 때쯤, 에일머는 아내에게 흙이 담긴 그릇을 보라고 말했다. 처음엔 별 관심 없이 시키는 대로 따라 했던 조지아나는, 그러나 흙에서 새싹 하나가 돋아나는 것을 보고 깜짝 놀랐다. 곧이어 새싹에서 가느다란 줄기가 자라더니 잎이 서서히 돋아나고, 나중에는 그 줄기 한가운데에서 완벽하고 아름다운 꽃 한 송이가 피어올랐다.

"마술이잖아요!"

조지아나가 소리쳤다.

"만져 봐도 될지 모르겠어요."

"꺾어 봐!"

에일머가 대답했다.

"꺾어서 한껏 향기를 맡아 봐. 그 꽃은 곧 시들 거야. 화분에는 갈색 씨앗만 남겠지만 그렇게 잠시 나타났다가 사라지는 꽃들이 계속 나올 거야."

하지만 조지아나가 꽃을 만지는 순간 줄기가 마르기 시작하더니 이내 잎사귀들은 벼락을 맞은 것처럼 새카맣게 변하고 말았다.

"자극이 너무 강했던 모양인데?"

에일머가 생각에 잠긴 채 말했다. 꽃 실험의 실패를 만회하기 위해 에일머는 자기가 발명한 과학적인 기술을 이용해 아내의 초상화를 그려 주겠다고 제안했다. 그는 잘 닦은 금속판에 광선으로 자극을 주었다. 그 순간 조지아나는 희미하고 흐릿하게 완성된 자신의 초상화를 보고 깜짝 놀랐다. 뺨인 듯한 부분에 작은 손 모양이 나타나 있었기 때문이었다. 에일머는 금속판을 빼앗아 부식성 산이 든 병 속에 던져 넣었다. 그러나 그는 이 굴욕적인 실패를 금세 잊어버렸다.

그는 연구와 화학 실험을 하는 동안 흥분하거나 지치면 아내를 찾아갔다. 그리고 아내만 보면 기운이 솟는 듯 일의 성과에 대해 열을 올리며 설명하곤 했다. 뿐만 아니라 그는 무수한 세월 동안 연금술사들이 이루어 냈던 행적들이며 연금술의 역사에 대해 설명했다. 연금술사들은 하찮고 쓸모 없는 물질에서 금을 추출할 수 있는 완전한 용매에 대해 연구해 왔다.

에일머는 그 단순한 과학적 논리를 믿고 있는 것 같았지만, 그토록 오랫동안 연구한 용매를 발견하는 데 따른 한계도 인정하는 편이었다.

"하지만."

그는 말했다.

"그런 능력을 얻을 수 있을 만큼 심오하고 지혜로운 과학자라면 누구나 고상하게 살려고 하지 궁상맞게 웅크리고 앉아 실험을 하려 들지는 않을 거야."

늙지도 않고 죽지도 않게 하는 영약에 대한 생각 역시 남달랐다. 에일머는 인간의 생명을 몇 년 정도 연장시키거나 어쩌면 영원히 죽지 않게 할 물약을 만들 수 있다고 생각하는 것 같았다. 그러나 그런 약은 결국 자연과 조화를 이루지 못할 것이고, 바로 그 부조화로 인해 온 세상이, 특히 그 영약을 마신 사람들이 저주할 만한 그런 부조화를 초래할 것이라고 주장했다.

"에일머, 진심으로 하는 말이에요?"

조지아나는 놀랍기도 하고 두렵기도 했다.

"그런 힘을 가진다는 것은 끔찍해요. 그리고 그런 약을 만들 생각을 한다는 것 자체도 무서운 일이고요."

"그렇게 두려워할 필요는 없어."

그가 웃음을 지으며 대답했다.

"그런 부조화 때문에 우리 삶이 잘못되는 일은 없을 거야. 그냥 이런 기술들과 비교해 보면 당신 얼굴의 작은 손자국을 제거한다는 것이 그리 대단한 일이 아니라는 걸 한번 생각해 보라고 한 말이지."

반점이 언급되자 조지아나는 여느 때와 마찬가지로 시뻘겋게 달궈진 쇳덩이를 뺨에 갖다 대기라도 한 듯 몸을 떨었다.

에일머는 다시 자신의 작업에 몰두했다. 저쪽 방에서 아미나다브에게 무언가 지시를 내리는 남편의 목소리가 들려왔다. 아미나다브가 거칠고 무뚝뚝한 소리로 대답하는 것도 들렸다. 그의 목소리는 짐승이 킁킁거리거나 울부짖는 소리와 비슷했다.

다시 몇 시간이 흐른 뒤, 남편은 화학 생성물과 땅에서 난 천연의 재료들을 넣어 둔 진열장을 구경하러 가자고 했다. 그는 진열된 화학 물질 가운데 작은 유리병 하나를 보여주면서, 병에 든 액체는 향이 무척 부드럽지만 한 번 스쳐 가는 바람에도 온 나라를 향기로 뒤덮을 만큼 효과가 강력하다고 설명했다. 그것은 가치를 헤아릴 수 없을 정도로 귀중한 것이라고 했다. 향수를 허공에 조금 뿌리자 방 안은 이내 강렬하면서도 상쾌한 공기로 가득 찼다.

"이건 뭐죠?"

조지아나가 황금빛 용액을 담아 놓은 작은 크리스털 병을 가리키며 물었다.

"보기에도 정말 아름다워요. 마치 생명수가 담긴 병 같아요."

"그렇게 생각할 수도 있어."

에일머가 대답했다.

"아니면 불로불사의 영약이라고도 할 수 있겠지. 이건 세상에서 만들어 낸 것 중에서 가장 귀한 독약이야. 당신이 원한다면 어떤 사람이라도 그 수명을 조절할 수 있지. 약의 강도에 따라서는 수명을 몇 년씩 연장할 수도 있고, 단숨에 죽일 수도 있어. 아무리 엄중한 경호를 받고 있는 왕이라도 내가 백성들의 행복한 삶을 위해 그를 없애 버리는 게 낫다고 생각한다면 그 왕은 절대로 살아 있지 못할 거야."

"왜 그런 끔찍한 약을 갖고 계신 거죠?"

조지아나가 소름 끼친다는 듯이 물었다.

"나를 그렇게 못 믿으면 안 돼."

에일머는 미소를 지었다.

"아직은 해로운 것보다 유익한 효능이 훨씬 많으니까. 잘 봐! 이건 효과적인 화장품으로 사용할 수도 있어. 물 한 그릇에 몇 방울만 떨어뜨려 얼굴을 씻으면 주근깨들이 쉽게 없어진다니까. 약을 좀 더 많이 섞으면 볼에서 핏기가 사라지고, 아름다운 장밋빛 얼굴도 금방 유령처럼 창백해지지."

"그럼 내 뺨도 이 약으로 씻어 낼 건가요?"

조지아나는 걱정이 되어 물었다.

"오, 아냐."

남편은 재빨리 부인했다.

"이건 단지 피부에만 작용해. 당신 같은 경우엔 피부 깊이 스며드는 치료제가 필요하지."

그는 이런저런 이야기를 나누면서 조지아나의 기분은 어떤지, 방 안에만 틀어박혀 있는 것이 기분 나쁘지는 않은지, 온도는 알맞은지 따위의 일반적인 질문들을 했다. 그녀는 이런 질문 앞에서 자신이 어떤 향을 뿌려 둔 공기나 음식을 통해 벌써 물리적인 지배를 받고 있는 것이 아닌가 하는 의구심이 일었다. 그리고 어쩌면 상상일 수도 있지만, 자기 몸이 자극을 받고 있는 것 같다는 생각이 들었다. 뭐라고 딱 꼬집어 말할 수 없는 이상한 느낌이 혈관을 따라 흐르고 가슴도 따끔거렸다. 용기를 내어 거울을 들여다보면 백장미처럼 창백한 뺨에 붉은 장미가 선명하게 찍혀 있는 것이 보였다. 이제는 에일머조차도 그녀만큼 그 반점을 증오하지는 않았다.

남편이 약을 조합하고 분석하는 동안 조지아나는 지루함을 달래기 위해 그의 과학 도서들을 뒤적였다. 칙칙한 고서 더미에서 그녀는 로맨스와 시가 가득 담긴 부분들을 우연히 발견하기도 했다. 그것들은 알베르투스 마그누스, 코르넬리우스 아그리파, 파라켈수스 같은 중세 철학자나 성직자의 작품들이었다.

이런 고대 자연주의자들은 당시로서는 선지자들이었지만 자신들의 생각을 지나치게 맹신하는 경향이 있었다. 그래서 그들은 자연계를 연구함으로써 대자연을 능가하는 힘을 얻을 수 있으며, 물리적 현상을 탐구함으로써 정신적인 세계를 지배하는 것이 가능하다고 생각했다. 왕립학회의 초기 기록을 보면 회원들은 자연의 가능성에 한계가 있다는 것을 몰랐다. 따라서 기적을 만들어 내는 방법을 연구한 기록 중에는 매우 기발하고 상상력이 풍부한 것들이 허다했다.

하지만 조지아나가 가장 관심을 쏟은 것은 남편이 과학에 몰입하여 경험한 것을 직접 기록해 둔 2절판의 큰 책이었다. 그는 거기에다 실험의 목적, 실험 방법, 성공과 실패, 그리고 그 원인 등을 적어 놓았다. 그것은 열정과 야심과 풍부한 상상력으로 수많은 경험을 하면서 근면하게 살아온 삶의 역사이자 상징이었다.

　그는 자연계에서 일어나는 현상이라면 비록 하찮은 것일지라도 자신의 연구 범위를 벗어나지 못할 것이라는 자세로 꼼꼼하게 연구했다. 모든 것을 정신적인 의미로 해석했고, 무한한 존재에 대한 강하고 격렬한 열망을 가지고 있었다. 그 때문에 그는 물질주의에 빠져들지도 않았다. 그의 손바닥 안에서는 지상의 어떤 흙덩이라도 영혼이 있는 것처럼 여겨졌다.

　조지아나는 그 기록을 읽고 나서 에일머를 존경하고 전보다 더 깊이 사랑하게 되었지만 신뢰감은 오히려 줄어들었다. 성취해 낸 것은 많았지만 가장 주목할 만한 성공을 거둔 것조차도 원래 목적했던 것과 비교해 본다면 거의 실패에 가까웠다. 그가 도달할 수 있는 곳 너머에 숨겨진, 더할 나위 없이 귀중한 보석과 비교해 보면 그가 찾아낸 다이아몬드도 한낱 자갈에 불과했던 것이다.

　에일머 자신도 그렇게 느끼고 있었다. 책에는 저자를 유명하게 만든 업적들이 가득 적혀 있었지만, 한편으론 인간의 손으로 씌어진 것 중 가장 우울한 기록이기도 했다. 거기에는 고달프게 현실을 살아가는 인간이 어쩔 수 없이 간직할 수밖에 없는 결점이 숨어 있었다. 또한 세속적인 욕망에 시달리는 스스로를 비참하게 바라볼 수밖에 없는 고귀한 본성과 갈등하고 있는 영혼의 슬픈 고백이자 끝없는 성찰이었다. 어떤 분야에서든 두각을 나타낸 사람이라면 에일머처럼 유사한 인식에 도달했을 것이다.

깊은 감동을 받은 조지아나는 펼쳐 놓은 책에 얼굴을 파묻고 울음을 터뜨렸다. 그때 남편이 다가왔다.

"마법사의 책을 읽는 건 위험해."

에일머는 웃는 낯으로 말했지만 불쾌하고 기분 나쁜 기색이었다.

"조지아나, 그 책엔 나도 겨우 한 번 보고 넘어간 부분이나 주의해야 하는 부분들도 있어. 당신에게 해가 되지 않도록 조심해야 해."

"이 책을 읽고 당신을 더 존경하게 되었어요."

그녀가 말했다.

"아, 이번 일이 성공할 때까지는 기다려 줘. 그때 가서 나를 존경해도 늦지 않아. 난 아직은 존경받을 자격이 없어. 자, 이리 와. 당신의 아름다운 노래를 듣고 싶어. 노래를 불러 줘, 여보."

그래서 조지아나는 영혼의 갈증까지 적셔 줄 듯한 맑은 목소리로 노래를 불렀다. 노래가 끝나자 남편은 이런 격리 생활도 이제 얼마 남지 않았으며, 결과는 확실하다고 말했다. 그리고 어린애처럼 즐거워하면서 방을 나갔다. 조지아나는 그가 나가자마자 뒤를 쫓았다. 한두 시간 전부터 일어나기 시작한 증상을 알리려고 했는데 그만 깜빡 잊어버렸던 것이다. 치명적인 반점 때문에 고통스러운 것은 아니지만 어쨌든 온몸이 들뜨고 불안한 느낌이 들었다. 그녀는 남편을 따라가다가 처음으로 실험실 안에 들어가게 되었다.

맨 먼저 눈길을 끈 것은 이글거리는 강한 불꽃으로 뜨겁게 불타고 있는 화로였다. 엉겨 붙은 숯 검댕으로 보아 몇 년 동안이나 그렇게 끓고 있었던 것 같았다. 실험기구들도 모두 작동되고 있었다. 실험실 여기저기에 증류기, 관, 실린더, 도가니, 그 밖에도 갖가지 실험 장비들이 널브러져 있었다. 전기 장치 역시 당장이라도 사용할 준비가 되어 있었다.

실내의 공기는 억누르는 듯 답답했으며 실험 과정에서 발생하는 질식할 것 같은 가스들로 가득했다. 조지아나는 자기가 머물고 있던 환상적이고 호화로운 방에 익숙했기 때문에 실험실의 초라한 풍경이 어색하기만 했다. 그곳은 벽에 칠도하지 않았고 바닥에도 벽돌이 그대로 드러나 있었다. 하지만 그녀의 관심을 가장 많이 끈 것은, 아니 유일하게 관심을 끄는 것은 바로 에일머의 모습이었다.

그는 시체처럼 창백한 낯빛에 근심 가득한 표정으로 실험에 몰두하고 있었다. 지금 증류시키고 있는 액체를 얼마나 세심하게 관찰하는가에 따라 운명이 판가름날 것처럼 그는 심각한 자세로 용광로 앞에 붙어 있었다. 그가 조지아나를 격려할 때 보여주었던 활기차고 기쁨에 넘친 태도와는 판이하게 달랐다.

"조심해, 아미나다브. 조심하라고 이 멍청아! 조심해, 바보 같은 놈!"

에일머는 조수에게 말하는 것이 아니라 마치 자기 자신을 꾸짖고 있는 것 같았다.

"자, 이제 생각을 너무 많이 해도 안 되고, 너무 적게 해도 안 돼. 그러면 끝장이야."

"오! 오!"

아미나다브가 놀라서 외쳤다.

"보세요, 선생님! 보세요!"

에일머는 급히 고개를 들고 조지아나를 보았다. 처음에는 얼굴이 붉어지는가 싶었는데 이내 얼굴빛이 창백해졌다. 에일머는 달려와서 다짜고짜 아내의 팔을 꽉 움켜쥐었다. 어찌나 세게 쥐었던지 팔에 손자국이 남을 정도였다.

"여긴 왜? 남편을 믿을 수 없어서?"

그가 성급하게 외쳤다.

"당신은 치명적인 그 반점의 어두운 그늘을 드리워서 내 일을 망치려는 거야? 그래선 안 돼. 나가, 나가라고!"

"아니, 에일머!"

그녀는 평소와 달리 단호한 태도로 소리쳤다.

"그렇게 불평하는 것은 옳지 않아요. 당신은 부인도 믿지 못하나요? 이제 보니 이 실험 결과에 대한 불안을 제게 숨기고 있었잖아요? 내가 그걸 알 가치도 없다고는 생각하지 마세요. 여보, 앞으로 일어날 모든 일에 대해 저한테도 말해 주세요. 제가 겁을 먹을까 봐 두려워하지 않으셔도 돼요. 제가 느끼는 두려움은 당신에 비하면 아무것도 아닐 테니까요."

"아냐, 아냐, 조지아나!"

에일머가 참지 못하겠다는 듯이 소리쳤다.

"절대 그럴 수는 없어."

"알겠어요."

그녀가 조용히 대답했다.

"에일머, 당신이 주는 약이라면 무엇이든 마실게요. 당신 손으로 건네주는 것이라면 독이라도 마실 수 있어요. 그게 제 마음이에요."

"오, 나의 고귀한 아내여!"

에일머는 조지아나의 말에 깊이 감동하며 말했다.

"나는 지금까지도 당신의 마음이 그렇게 넓고 깊은 줄 몰랐어. 숨긴 것은 없어. 당신 얼굴에 찍힌 붉은 손자국은 피부에만 나타난 것이 아니라 당신 몸 속 깊이 박혀 있는 거야. 이런 경우는 한 번도 본 적이 없거든. 사실 나는 당신의 전체적인 신체 구조만 제외하고 나머지 모든 것을 변화시킬 정도로 강력한 약을 사용했었어. 이제 단 한 가지 방법만 남았어. 그것마저 실패한다면 우린 파멸이야."

"왜 저한테 사실대로 말하지 않았죠?"

그녀가 물었다.

"그 이유는 말이야, 조지아나."

에일머는 목소리를 낮추었다.

"위험하기 때문이지."

"위험하다고요? 진짜 위험은 단 한 가지예요. 바로 이 끔찍한 표시가 내 얼굴에 계속 남아 있는 것 말예요!"

조지아나가 크게 소리를 질렀다.

"없애 버려요. 점을 없애 달라고요. 어떤 대가를 치르더라도 괜찮아요. 그렇게 하지 않으면 우린 둘 다 미쳐 버리고 말 거예요."

"하늘도 당신의 진심을 알아줄 거야."

에일머가 슬픈 표정으로 말했다.

"사랑하는 조지아나, 이제 방으로 돌아가. 잠시 뒤면 모든 실험이 끝나."

그는 그녀를 내실로 데려다 준 뒤 엄숙하면서도 부드러운 표정으로 다시 작별 인사를 했다. 그녀는 남편의 진지한 태도에서 상황이 얼마나 심각한지 알 수 있었다.

남편이 나간 뒤 조지아나는 깊은 생각에 잠겼다. 그녀는 에일머의 성격을 돌이켜보며 다른 어떤 때보다 확실한 판단을 내렸다. 가슴은 떨리고 있었지만 남편의 고귀한 사랑을 확인한 것이 몹시 기뻤다. 그의 사랑은 너무도 순수하고 고결했다. 그는 완벽하지 않은 것이나 또는 세속적인 본성에 이끌리는 것은 용납하지 않았다.

조지아나는 남편의 그런 면이 마음속의 불완전함을 견뎌내며 처량하게 살아가는 사람보다 낫다고 여겼다. 뿐만 아니라 숭고한 사랑을 비참한 현실 세계로 끌어내리는 행위에 대해 줄곧 죄책감을 느끼며 살아가는 것보다도 낫다고 생각했다.

그녀는 남편의 높고 깊은 생각에 자신이 만족할 수 있기를 바라며 잠시 정성을 다해 기도했다. 하지만 곧 그렇게 될 수 없다는 것도 깨달았다. 그의 영혼은 항상 앞으로 나아가면서 한 단계씩 상승해 왔고, 매 순간마다 이전의 것을 뛰어넘은 무언가를 새롭게 요구하기 때문이었다.

남편의 발걸음 소리가 그녀를 깨웠다. 그는 마치 불멸의 생명수처럼 보이는 투명한 액체를 크리스털 병에 담아 왔다. 에일머는 창백해 보였다. 하지만 두려움이나 의심 때문이 아니라 정신을 집중하고 영혼을 긴장시키느라 그런 것처럼 보였다.

"이 용액은 완벽하게 제조되었어."

그는 조지아나의 눈을 보며 말했다.

"나의 학문이 나를 속이지 않는다면 우린 결코 실패하지 않아."

"사랑하는 에일머, 당신을 위해서라면 내 목숨을 포기하고서라도 이 죽음의 반점을 없애 버리고 싶어요. 현자들에게 삶이란 한낱 슬픈 집착일 뿐이에요. 제가 맹목적이거나 마음이 약한 사람이라면 오히려 행복했을지 몰라요. 그리고 의지가 지금보다 강했더라면 더욱 큰 희망으로 견뎌 냈을지도 모르죠. 하지만 저는 이 세상에서 죽음과 가장 어울리는 사람이란 생각이 들어요."

"당신은 죽지 않고도 천국에 들어갈 수 있는 사람이야."

남편이 말했다.

"그런데 왜 우리가 죽음에 대해 이야기를 해야 해? 이 약은 실패하지 않아. 자, 식물에 시험해 볼 테니 효과를 잘 살펴봐."

창틀 위에는 잎사귀에 노란 반점이 퍼진 병든 제라늄 화분이 있었다. 에일머는 제라늄이 뿌리를 박은 흙에다 약을 약간 뿌렸다. 잠시 후 제라늄 뿌리가 수분을 섭취하자 보기 싫던 노란 반점들이 사라지고 파릇파릇한 생기가 감돌았다.

"증명해 보일 필요는 없었어요."

조지아나가 조용히 말했다.

"그 병을 이리 주세요. 당신 명령이라면 기꺼이 따르겠어요."

"그럼, 마셔 봐!"

에일머는 열정적으로 소리쳤다.

"당신의 영혼에 불완전한 것이라곤 아무것도 없어. 당신의 육체도 곧 모두 완벽해질 거야."

그녀는 단숨에 약을 마시고 나서 그의 손에 빈 잔을 쥐어 주었다.

"고마워요."

그녀는 얼굴에 평온한 웃음을 띠고 말했다.

"천국의 샘에서 떠온 생명수 같아요. 잘 모르겠지만 향긋한 냄새가 나고 맛이 좋았어요. 며칠 동안 저를 바싹 태우곤했던 심한 갈증도 없어졌고요. 여보, 이제 좀 자야겠어요. 황혼녘에 장미의 심장부로 오므라드는 꽃잎들처럼 저의 감각들도 영혼을 감싸며 닫히는 것 같아요."

그녀는 나지막하게 중얼거리는 것도 힘겨운지 마지막 말들을 간신히 뱉어냈다. 그녀는 곧 잠에 빠져들었다. 에일머는 지금 이 실험에 자기의 모든 것이 달려 있는 사람처럼 잠든 아내의 곁에 앉아 조용히 지켜보았다.

물론 과학자로서의 관찰력과 탐구정신도 작용하고 있었다. 그의 눈은 어떤 작은 변화도 놓치지 않았다. 볼이 붉게 짙어 가는 것, 약간 불규칙한 호흡, 눈꺼풀의 떨림, 전신을 스치고 지나가는, 거의 알아차릴 수 없을 정도의 미세한 전율…… 그는 시간이 흐름에 따라 나타나는 미세한 현상들을 자기 책의 마지막 장에 적어 나갔다. 그 책의 앞 부분에는 열정적인 연구 결과들이 기록되어 있었고, 이제 마지막 장에 몇 년 간의 실험이 집약되는 것이었다.

이처럼 일에 몰두하는 동안에도 그는 이따금 그 운명의 손자국을 바라보지 않을 수 없었으며, 그때마다 몸을 떨었다.

한번은 설명할 수 없는 어떤 충동에 이끌려 그녀의 반점에 입술을 갖다 대고 말았다. 하지만 곧바로 그는 자신의 행동에 움찔거리며 뒷걸음질쳤다.

조지아나 역시 깊이 잠들어 있으면서도 불안하게 움직였고, 간혹 항의라도 하는 듯 알아들을 수 없는 말들을 중얼거렸다. 에일머는 계속해서 그녀를 관찰했다. 그의 관찰은 헛되지 않았다. 어느 순간, 대리석처럼 하얀 조지아나의 볼 위로 진하게 드러났던 붉은 손자국이 차차 희미해지기 시작한 것이다. 안색은 여전히 창백했지만 숨을 쉴 때마다 반점은 흐릿해지고 있었다. 이제까지는 반점이 있다는 것 자체가 끔찍한 일이었는데, 지금은 오히려 사라지는 반점이 더 끔찍했다. 하늘에서 무지개가 사라지는 것을 떠올려 본다면 조지아나의 신비로운 상징이 없어지는 모습을 상상할 수 있을 것이다.

"오, 세상에! 거의 없어졌잖아!"

에일머는 억누를 수 없는 흥분을 느끼며 소리쳤다.

"이제는 거의 알아볼 수도 없어. 성공이야! 성공! 아주 엷은 장밋빛이야. 혈색이 조금만 돌아와도 보이지 않을 거야. 그런데 안색이 너무 창백한데!"

그가 창문 커튼을 열자 햇빛이 방으로 들어와 그녀의 뺨을 비추었다. 그때 조수 아미나다브가 거칠고 쉰 목소리로 킬킬거렸다. 그는 기분이 좋을 때면 곧잘 그런 소리를 내곤 했다.

"바보 같은 자식! 이 얼간이야!"

에일머는 미친 듯이 웃으며 소리쳤다.

"넌 참 훌륭한 조수야! 물질과 영혼, 땅과 하늘! 모두가 제 몫을 해주었어! 웃어라, 너는 웃을 자격이 충분해!"

이 소란스런 소리가 터져 나오는 통에 조지아나가 잠에서 깨어났다. 그녀는 천천히 눈을 떴다. 남편이 거울을 들이밀자 그녀는 찬찬히 자신의 얼굴을 들여다보았다. 한때 부부의 행복을 위협하던 진홍빛 손자국이 보일 듯 말 듯 나타났다. 그 모습을 보자 그녀의 입가에도 미소가 희미하게 스쳐갔다. 하지만 그녀의 눈은 뭐라고 설명할 수 없는 불안과 고통을 담은 채 남편을 찾고 있었다.

"불쌍한 에일머!"

그녀가 중얼거렸다.

"불쌍하다니? 아니, 나야말로 세상에서 가장 부자고, 가장 행복하고, 가장 축복 받은 사람이야! 실험은 성공했어! 당신은 이제 완전해졌단 말이야!"

"불쌍한 나의 에일머!"

그녀는 가장 부드러운 말투로 되풀이했다.

"당신은 아주 고결한 목표를 세웠고 훌륭하게 그걸 해냈어요. 그런 고귀하고 순수한 감정으로 한 것이니까 당신이 지상에서 가질 수 있는 최고의 것을 잃었다고 해서 결코 후회하지 마세요. 에일머, 사랑하는 에일머, 난 지금 죽어 가고 있어요!"

아아, 그것은 사실이었다! 그 운명의 손자국은 생명의 신비를 움켜쥐고 있었으며, 천사 같은 그녀의 영혼을 육체와 연결시키는 고리였던 셈이다. 반점의 진홍빛 흔적이——인간의 불완전함을 나타내는 유일한 표시인 그것이——뺨 위에서 사라지는 동시에, 이제야 비로소 완전해진 그녀의 마지막 숨결이 허공으로 흩어졌고, 마침내 그녀의 영혼은 남편 곁에서 잠시 머뭇거리다가 하늘로 날아갔다.

그때 어디선가 킬킬거리는 웃음소리가 다시 들렸다! 저열한 속세의 운명은 불완전한 현실 세계에서 더 완벽한 것을 원하는 욕망을 짓밟고 저처럼 기뻐하는 것이다. 그러나 만일 에일머가 조금만 더 현명했더라면 천상에서와 같은 삶을 지상에서도 누릴 수 있는 행복을 그처럼 허무하게 내팽개치지는 않았을 것이다.

이 덧없는 현실은 그에겐 너무나 버거웠다. 그는 시간의 어두운 영역 너머를 보지 못했다. 그리고 현실에서 단 한 번만이라도 영원불멸의 세계에 살면서 완전한 미래를 찾는 데 실패한 것이었다.

사랑은 시험도 실험도 할 수 없는 것

젊은 시절부터 평생 동안 완벽한 여자를 찾아 헤맨 사람이 있었다. 이제 나이 70이 되었으나 여전히 그는 의지를 굽히지 않았다. 보다 못한 친구가 그에게 충고했다.

"이제 자네는 일흔 살이 되지 않았나? 70년 동안 완벽한 여자를 찾아 헤맸으면 됐지 뭐가 부족해서 아직도 찾아 헤매나? 제발 방황하지 말게나."

"나도 그러고 싶네. 하지만 완벽한 여자 없이는 행복해질 수 없으니 어쩌겠나?"

"70년이나 찾아 헤맸으면서도 완벽한 여자를 못 찾지 않았나?"

"아니, 한 번 있었지. 딱 한 번."

"그런데 왜 그 여자와 결혼하지 않았나?"

"그건 불가능했어. 그 여자도 완벽한 남자를 찾고 있었거든."

이 우화에서처럼 완벽한 존재, 혹은 완벽한 사랑이 존재할 수 있는 것일까? 결론적으로 말하자면 그런 사랑은 존재하지 않는다. 아름다운 옥玉도 결국은 뛰어난 장인에 의해 다듬어지듯이, 사랑 또한 그의 가치를 알아주는 사람에 의해 완전해지기 때문이다. 따라서 홀로 서 있는 것은 모두 불완전하다. 그럼에도 불구하고 사람들은 끊임없이 완벽한 존재를 찾아 헤맨다.

소설 속의 주인공은 아내의 유일한 결점을 치유하기 위해 자신의 모든 지식과 경험을 투자한다. 하지만 그에게 돌아온 것은 아내의 죽음뿐이었다. 하긴 죽음만큼 완벽한 마무리가 또 어디 있으랴.

아내를 죽음으로 몰고 간 것은 그녀 자신의 욕망과 남편의 집착이다. 좀 더 사랑받고 싶은 욕망을 나무랄 수는 없다. 그러나 진정한 사랑 안에는 집착이 없어야 한다. 집착이 있는 곳에 사랑은 존재하지 않는다. 따라서 집착의 뿌리를 하나씩 제거함으로써, 그리고 사랑이 아닌 것들을 하나씩 부정함으로써 우리는 진실한 사랑에 도달할 수 있다.

사랑은 결코 어떤 것을 추구하는 것이 아니다. 추구한다는 것은 누군가를 사랑하는 것이 아니라 사랑에 대한 '보답'을 원하는 것이기 때문이다.

사랑한다는 것은 함께 나누어 짊어진다는 것이다. 그러므로 사랑에는 이기주의가 들어설 틈이 없다. 다행히 아내는 남편에게 모든 것을 내맡김으로써 사랑의 믿음을 증명했다. 그가 원하는 것에 다가갈 수만 있다면 생명의 위험까지 감수할 수 있는 사랑이야말로 가장 고귀한 사랑일 것이다.

하지만 남자는 스스로의 집착에 매몰되어 결국은 신의 영역을 침범하고 말았다. 신은 그리 관대하지 못하다. 자신의 영역을 침범당했을 때, 신은 죽음이라는 가장 가혹한 무기를 사용하는 것이다.